陈九中短篇小说选

KADDAFI'S

卡达菲魔箱

SECRET SUITCASE

陈九
著

作家出版社

目 录

你不能不读陈九（代序）

邱华栋

我跟陈九认识也有十年八年了，最早认识他的时候，我还在《人民文学》当编辑。当时我编发了他的一些小说，我就特别喜欢他的作品。这一次，他让我给他的新小说集写个序言，我犹豫了一下，还是应承了。为啥？不少找我写序的，我都推掉了，因为我觉得作家最好是自己给自己的书写序，因为作家最了解自己的作品。再一个，写序言得花时间好好阅读人家的书，而我工作太忙，没有时间读稿子。但陈九是特别信任我这个老编辑过去对他的首肯，这次出版新书，他执意从纽约发来微信语音，让我写几句话，那我就简单谈一点对陈九小说的印象，算是个引子。

我觉得陈九的小说最重要的特点，是他拓展了中国当代小说的经验范围，因为他长期在纽约生活，不断往返于纽约和北京，老家又在天津，他的作品先天地带着北京和天津地域文化里的达观、开朗、爽快和幽默。这种豁达敞亮在他笔下，又和纽约这个国际化大都市的全球性移民大熔炉的独特地域文化冲撞在一起，就竟然混搭成了陈九的极其独特的视野和十分风格化的小说叙事。

所以，读陈九的小说，我就能感受到他在太平洋两岸穿梭来往，互相观照、互为镜像的这样一个视角，由此也形成了陈九式的新移民小说，或者叫国际自由人小说。这就是他的小说的奇观性贡献所在。就是说，他的写作空间十分广大，是以太平洋两岸为背景的，一边儿是北京、天津这样的中国大都市，一边儿是纽约大都会。他的小说题材与人物就是这样跨越了地球的大洋，带给了我们一种全球化的新景象。

陈九还有一个引人注目的地方，就是他的作品里的幽默感。读他的小说，你拿起来就放不下，会一口气读完。陈九的这种语言上的幽默，我前面说了，自然跟他小时候在北京和天津的生活经验有关，但我发现，他还把京津的幽默文化和英美式的现代幽默进行了有趣的结合，创造出了一种全新的陈九式的幽默。

另外，陈九的小说所塑造的人物，都是我们过去不熟悉也未曾见过的，大部分是新华人。陈九是从中国本土生发出来的一棵树，移栽到了美国，然后挂了果，又把果子落在中国土地上了。所以，他的小说就有这样一个独特镜像效果。你看看这样的题目：《纽约有个田翠莲》《常德道大胖》《母猪沙赫》，是不是觉得这样的混搭很有趣？

是的，读陈九的小说，你会感觉到轻松愉快，幽默，好玩儿。收在这本集子里的七篇中短篇小说，有的我在刊物上就看过了，看的时候就哈哈大笑乐不可支，但似乎又黯然神伤，这种阅读感受是非常奇特的。所以，陈九是新海外华人作家群中一个十分独特的作家，我想说的是——你不能不读陈九！

我热烈祝贺他这本新小说集的出版。因为工作太忙，我也没能写一篇导读式的序言，来一篇篇谈论他的七部作品。我想这个应该由陈九自己来完成。我也相信阅读这本书的人，都会觉得物有所值，也都会为陈九精彩的小说而喝彩。

（邱华栋，著名作家、诗人）

卡达菲魔箱

写这件事是想登一条寻人启事：潘兴，男，中等身材，前纽约长岛苏福克大学博士候选人，有要事相告。请知情者尽快通知我，酬金从厚，细节如下。

1

最初认识潘兴是那次把钥匙锁屋里了，不光门钥匙，连车钥匙一块儿，通通锁屋里了，而且是刚关门就想起来，咣！哎哟喂，钥匙锁屋里了，我钥匙！别提多窝囊了。没辙呀，气得我这通死踹，把门震得哐哐响，满楼道地震赛的。边踹我还边琢磨，珍妮佛休假明天才回，要她在就好了！珍妮佛是我们系实验室辅导老师，永远一身牛仔裤运动鞋，正儿八经的美国白妞儿女汉子，天下没她不会的事儿，特别是开锁，甭管门锁还是车锁，只要珍妮佛到场，喊里咔嚓，稳拿。你说这不倒霉催的嘛，偏赶她不在我把钥匙锁屋里，看来非得翻晾台了，客厅的玻璃拉门应该没锁死。我正磨叽呢，只见一男同胞横空出世呈现在我眼前，他中等个儿，不胖不瘦，关键是身着中山装上衣，注意，不是西装不是夹克，是中山装，四个贴口袋儿外加直立翻领儿，洗得还有点儿褪色，像个上世纪六十年代小知识分子，恍若隔世戳在我面前。心说这可是美利坚合众国的地面儿，长岛苏福克大学，二十世纪八十年代末，怎么中山装都出来了？我正一头雾水没缓过闷儿来，"中山装"开了口：

> 钥匙锁里了？
>
> 啊。
>
> 踹门管蛋用啊？
>
> 依着您呢？
>
> 开呀，依着谁也得开门呐！
>
> 多新鲜呐，能开我还……
>
> 起开，你起开。

说着他把我拨拉开，赶巧有个女生打此路过，他找人家借了个头发卡子，就最原始那种，铁丝打个弯儿，像篆体的人字，哎，对对，就这个。他背对着我，也不知怎么鼓捣的，就十几秒，不对，十秒，五秒，反正刚一碰门就开了。我噢一声叫起来，哎哟，简直太神奇了你，比珍妮佛都牛！珍妮佛？哦，是我们系一助教，也会开锁。说着赶紧将"中山装"让进屋，我叫胖子，您进来坐会儿！他却摆摆手说，不价了，门开了就得，回见您呐。就在他转身欲行之际，我阴错阳差冒出一句，哎，我有龙虾，请您吃龙虾吧？他听罢一顿，您，真有龙虾？您看，这能有假，个个儿活！您有几只？什么叫几只啊，想吃几只有几只，这么跟您说吧，瞧见那个大冰箱了吗？啊。您自己打开瞅瞅。"中山装"二话不说一把将冰箱门拉开，龙虾因塞得过满哗啦撒得一地，到处爬。这回轮到我让他开眼了，他兴奋得直叫，哇，是真龙虾哎。废话，可不真龙虾么，说螃蟹我得干呐。

是这么回事，我当时勤工俭学，跟个叫老史的老外船长天天出海捕龙虾。凡缺胳膊少腿或卖剩下的，老史就让我带回家。我哪吃得了这么些啊，久而久之早腻了，你扫听扫听苏福克大学中国留学生尤其女的，谁没吃过我的龙虾，谁不知道我胖子的大名！"中山装"听罢点头一笑，竟坐下跟我聊起来。他自我介绍说他叫潘兴。"潘兴"？潘兴式导弹的潘兴？没错，就这俩字。嘿，那我还叫"飞毛腿"呢，当年冷战时期美国潘兴式导弹不正对苏联的飞毛腿吗，咱俩不搭不配正好一对儿。

谁想到不聊则已，一聊真投缘。潘兴不仅跟我一样北京人不说，愣还住在中关村十一楼，跟我住的人民大学一街之隔，正经街坊。他在苏福克大学读机械学博士学位，我读环境工程，同属工程学院，不缘分吗？可我以前怎么没见过你啊潘兴？他说他刚从法国转学过来没几天。嚯，还法兰西，我说呢，以后想吃龙虾奔我这儿，管你够，不过你打哪学的这手绝活，太牛了，跟我们系珍妮佛好有一拼。这么说还是个女的？没错，一美国大妞儿，金发碧眼人高马大，哪儿都大，整个一浑不吝的主儿。她也会开锁？对，能开很多锁，那天我把车钥匙锁车里，珍妮佛用个铁片哗就打开了，一秒钟。铁片，长条那种？没错，长条铁片，你行啊潘兴，行家呀，你说你有这两下子还读个屁博士呀，咱俩直奔花旗银行金库不齐了？潘兴呵呵笑起来，他身上的中山装让我有挥之不去的疑惑。

你这身儿，怎么意思？
什么怎么意思？

当他意识到我在说他的衣服，反问道，你不觉得这是最有范儿的服装吗？觉得，我当年也这么穿，可现在我敢说，不讲全美国全纽约，就咱苏福克大学，你这身肯定蝎子屎——独一份儿。那又怎样，我感觉好就行了，衣服又不是穿给别人的。这倒也对，你这款配上三接头儿皮鞋,知道我想起谁了?谁啊?陈景润,那个"一加一不等于二"的数学家。你说他呀,就住我家对门儿,你认识他?好么,说着说着都对门儿了,世界真是不大。我连忙跟潘兴解释,我哪认识他呀,他又打不开我的锁,我认识你不比认识他强,咱别光聊天了,你就兹当再帮我一忙,这些龙虾你敞开吃。那,我可就不客气啦?绝对!我们哥儿俩是龙虾加小二,二两装的小瓶二锅头,吃得是落花流水浑然天成。

酒过八巡,潘兴的话已经很多了。他生在天津,不到一岁随父母搬到中关村科学院宿舍,从此在这儿长大。我连忙打断他,缘分呐,我也生在天津,三个月跟我妈到北京再没离开,不过我姥姥还在天津,每年暑假都回去看老太太。什么,我姥姥也在天津,长沙道二十七号,就民园体育场对过儿。真的呀,可你这开锁的本事怎么学的?咳,潘兴一声轻叹,六岁那年有一天在外面疯玩弄丢了大门钥匙,怕我爸揍我,被逼无奈凭记忆用竹子做了把钥匙,嘎嘣一下愣把门打开了。什么,用竹子,那时大门钥匙不都铜制罗马式,一根圆柱前边有个棱子,上面带豁口?没错就这种,你们人大宿舍也那样?没错,后来呢?后来就刹不住车了,见锁就开,如履平地,甭管是拨簧的弹子的,对数的双开的,还有一种鸳鸯锁,两把钥匙同时开,只要落我手里,两秒钟一准拿下。

说到这儿我突然想起什么,忙打断他,你这么一说我倒想起件事,当年科学院"丢档案"事件听说是个中学生跟同学打赌干的,连英式保险柜都给打开了,有这事吗?潘兴眼睛一亮,这事儿你都知道?多新鲜呐,我们人大附中还传达了呢,莫非是你小子?哈哈哈哈,朝这看,英国毕索式,朝这看胖子!潘兴笑得前仰后合。不对吧,不说那小子后来进去了吗,好像什么盗窃罪?话音没落我就后悔了,瞧你丫这张臭嘴,纯属找抽型,哪壶不开提哪壶。没想到此言一出，潘兴脸色骤变，他激动得颤抖起来，厉声对我嚷道，我潘兴行不更名坐不改姓，除了开锁我从不行窃！言罢唰地起身而去头也不回。只剩下半截儿龙虾半杯小二在桌上发呆，折射着他刚才的畅笑。我靠，牛人就是任性耶。

　　人们都说北京爷们儿局气敞亮，但也有致命弱点，胡吹乱侃，到处抖机灵。第二天一到学校，正好上珍妮佛的实验课。我发现大都市出来的都特能忽悠，天下没他们不知道的事儿，这个珍妮佛也大大咧咧口无遮拦。刚见面我就迫不及待把昨天遇到潘兴显摆给珍妮佛听：正当紧要关节之际，突见旁边闪出一人。谁呀？只见他赤眉红发，脚蹬一双风火轮呼呼作响，对我问道，你的，什么的干活？我？我的，钥匙锁屋里的干活。听到这儿珍妮佛不屑一顾，少来了胖子同志，你在演脱口秀吗，哪有赤眉红发的人？没有吗，你太孤陋寡闻了珍妮佛同志，古代的神仙可上九天揽月可下五洋捉鳖，不知道吗？那你这个潘什么兴也下过五洋捉鳖呀，吹吧你？嘿，还别抬杠珍妮佛，人家潘兴可是号子里出来的。什么是号子？不懂了吧，号子就是监狱！你说他进过监狱？珍妮佛惊讶得睁大眼睛。进过监狱怎么了，这还不算下五洋捉鳖吗，监狱就是地狱，有几个能活着出来的？珍妮佛一顿愣住了。我接着刚才的往下捋，说时迟那时快，只见赤眉红发轻轻将我拨至一侧，大吼一声"疾！"你猜怎么着珍妮佛同志？怎么着？门，它开了。

　　　胡扯，你肯定胡扯。
　　　信不信由你。
　　　你说他把锁打开了？
　　　而且不用钥匙。
　　　不信，我绝对不信。

　　正赶上下课。实验课辅导老师不算教师，也无须高学历，跟学生关系比较随便。珍妮佛虽说是未婚女性，我俩聊天儿完全像哥们儿一样，甭管说什么都无所顾忌。有件事我都不好意思提，那天聊起来来美经历，我小声嘟囔了一句，来美两年什么都见过，就没见过脱衣舞。其实我开个玩笑，随便一说。嘿，万没想到，当晚珍妮佛把电话打到我宿舍，胖子你出来。出来，这大半夜的？废话，别想歪了，我在你门口车里等着呢。她也不说这是奔哪儿，干吗去，左摇右转拐进一家小门脸儿。好么，一进门我就蒙了：白花花闪动的可都是大胸脯子！我靠，长这么大咱顶多见过个把，这么多凑一块儿还真头一回。我刚要揎眼，珍妮佛揶揄道，装什么呀你，合理合法怕个屁啊？哦，合着这事不违法？废话，违法能开店吗，只要不摸不碰，当然，她让你摸除外，就这么干看违什么法？不用另打钱吗？不用，叫杯啤酒，想给小费凑近点儿，不想给坐远点儿，你一坐人家就懂了，不会为难你。瞧把你吓的，你不说法国女人都睡过吗？就这句把我噎住了，脸臊得通红，我那是瞎吹，一个穷学生又是捕龙虾的，哪儿睡法国女人去呀，我倒想呢。

　　我和珍妮佛边说边走出实验室，她的安静让我有些意外。没事吧珍妮佛？我问。你说的潘兴真有那么大本事？她仔细盯着我，搞得我不知所措。说实在的我没觉得她那两下子能比潘兴强，人家潘兴毕竟开过英式保险柜，制造了闻名遐迩的"历史事件"，正儿八经是虫子。珍妮佛虽说也不简单，到底见过多大世面我真吃不准。犹疑之间，只见珍妮佛指着实验室大门的门锁问我，这种锁潘兴能打开吗？我定睛一看，发现它跟我宿舍的十分不同，是先按数码再用钥匙，双层保险。我犯嘀咕，且不说那天跟潘兴不欢而散，就算没这事他能打开吗，这可是美国特制的锁哟！可既然牛皮已吹出去，刚说潘兴是神人，又不能说他不行。应该没问题吧。我模棱两可道。

什么叫应该呀？

没问题，就是没问题。

好，那就好。

　　说着珍妮佛把实验室钥匙塞到我手里，胖子，麻烦把它放我桌上，我得赶紧上趟洗手间。我照她说的办，心中不免疑惑。就在我离开实验室时，只见珍妮佛反身咣啷把大门撞上了，震得满楼道嗡嗡响。等等儿，你怎么把钥匙锁里了？珍妮佛嘻嘻一笑说，叫你的潘兴神人来开呀，否则下节课谁也别上！别开玩笑啊珍妮佛？我像开玩笑吗，我还会告诉系里是你胖子把钥匙锁教室里的。嘿，你不能这么做珍妮佛，咱俩可是换命弟兄！去你的胖子，谁跟你换过命。说罢珍妮佛扭身要走。我想想不对，万一潘兴打不开珍妮佛又不在，下节课受了影响，我是这门课教授的助教，浑身长嘴也说不清啊！我死气白赖叫住珍妮佛，对她说，这么着，你要真有种就挨这儿等着，你不不服吗，不是想跟潘兴叫板吗，今儿我豁出这张老脸把他叫来跟你比画，是骡子是马你俩自己遛遛，别跟我较劲行吗？行，没问题，本姑奶奶还不信邪了，倒看看你这个潘什么兴有多大本事？得，珍妮佛姑奶奶，我可把丑话说头喽，要潘兴比你强你得再请我看脱衣舞，咱换一家，找个年轻点儿的行吗？大色狼臭胖子，要输了本姑奶奶亲自脱给你看还不行？哎哟喂，这可你说的，有啦，有啦！

　　珍妮佛在楼上等，我下楼去找潘兴。那天喝酒他说过他办公室在二楼，博士候选人都有办公室，无一例外。我没乘电梯，我不习惯事事用电梯，在国内我家住人大林园楼四层，根本没电梯，每天上下八百多回不也没觉得怎样？就在我下楼时分，听到楼梯下面恍若飘出声响，好像什么人在穷嘀啵，嘀嘀咕咕听不清讲什么。我步履放轻，轻轻走正如轻轻来，千万别惊动楼下这片云彩。当我侧脸儿能瞅见人时陡然发现，竟是潘兴！这哥们儿还是那身中山装，自己在对着墙说话，他是一个人，墙算另一人，俩人展开对话，玲珑塔塔玲珑，玲珑宝塔第五层，五张高桌二十条腿，五个和尚五本经，……西北风一刮，唔儿了哇啦响唔儿嗡。好么，我一听差点儿喷出来，合着您跑这儿唱西河大鼓来了，还马增芬的绝段儿，这不撞我枪口上了嘛，绝对知音那咱，当年在天津跟我们老爷子逛谦德庄小戏园子，这段儿是他的最爱，回家路上还练呢，唔儿了哇啦响唔儿嗡，一到这就卡壳，当时我就五六岁，我都听会了老爷子也没整明白。想到此心里一阵放松，大撒把的感觉，我故意猫腰先不吭声，等他刚刚"西北风一刮"，踩着点儿我就接"唔儿了哇啦响唔儿嗡"，什么叫童子功啊，什么叫娃娃腿儿啊，五六岁学的本事一辈子忘不了，那是条件反射，叫功夫太欺负你了。

我算整明白了，嘛叫缘分？缘分就是拖不垮打不烂的情感，你就手撕鸡，剁饺子馅儿，也掰不开的相互关联。剁饺子馅儿这个最形象，剁碎了，剁烂了，还得包在一个皮儿里，缘分就是饺子，我跟潘兴就属饺子一类。就我这句"唔儿了哇啦响唔儿嗡"显然把潘兴感动了，他愣没停，接着往第六第七层唱，我全接唔儿了哇啦响唔儿嗡，到点就给他怼上，闹半天男声二重唱的《玲珑塔》比马增芬不差。赶潘兴往第八第九层唱时，我果断叫停了他，咱停停行吗兄弟？楼上需要你。需要我？需要的正是你，我的好发小儿耶。

然而，当潘兴一听是要开锁扭头便走，面部也平直起来。我一把拽住他，只说了一句：兄弟，当年我也进去过，东城分局，就关在香饵胡同。为……为什么呀？潘兴没再挪窝儿。说了怕你笑话，"铁一号"知道吗？不人民大学旧址吗？对呀，就为在那儿偷书被抓了。听到这句潘兴把我拽他的手挪开，偷书被抓，没说实话吧？得，你潘兴火眼金睛，我也不掖着藏着，是这样，小时候我在那儿见过一张南宋皇帝给缅甸土司的牒文，那天跟同学吵起来，我说缅甸曾属中国，他们不信，非让我把牒文亮出来，否则是造谣。我一气之下钻窗户进去，出来时叫人发觉了，直接扭送东城分局。你找到牒文了？找到了。真找到牒文啦？真找到了，还在老地方没动，他们说我盗窃文物，否则不至于。那牒文呢？让警察没收了。哎哟完了，这下瞎了，落他们手里还有好！潘兴急得直跺脚。我借机赶紧试探他，我说潘兄，牒文肯定找不回来了，不过咱言归正传，记得跟你提过的珍妮佛吗？就那个美国大妞儿？没错，潘兄可否跟她切磋一下"锁艺"？接着我把刚才跟珍妮佛的互动往细了一说，潘兄，你兹当给我个面子，把她镇住完事，咋样？潘兴的表情平静下来，说切磋就免了，不存在这个问题，我就帮你把门打开吧。行，那也行。

潘兴跟我上楼，直奔实验室门锁而去，中山装一角被走路带风扬起，一张一合像在说话。只见珍妮佛迎上前来，冲我们就喊，潘兴吗，我是珍妮佛，你的风火轮呢，你不脚踏风火轮吗？潘兴一愣。我连忙小声用中文解释。于是他急忙应对，你好珍妮佛，风火轮忘家了，开这种锁用不着风火轮。潘兴边和珍妮佛握手边问，有密码吗？八三四一，珍妮佛随口答道，语调似有迟疑。潘兴一听笑起来，嚯，闹半天老美也喜欢这个数？可话没说完他眉头一耸，不对，密码不对，不过没关系，已经开了。人家潘兴把锁都打开了珍妮佛才又叫起来，欧买嘎，抱歉抱歉，是八五四一、八五四一。潘兴莞尔，说很高兴认识你珍妮佛小姐，然后转身欲行。我只好陪他离开，顾不上瞠目结舌的珍妮佛，她彻底被潘兴镇住了。唯有敞开的实验室大门轻轻微启，吱的一声，像西河大鼓的小过门儿。

2

从此我和潘兴的"小日子"渐入佳境。我屋里冰箱对他不设防，我什么对他都不设防。我们哥儿俩是清蒸龙虾、姜葱龙虾、龙虾沙拉、龙虾饺子、龙虾打卤、龙虾火锅，就差把自己变成龙虾。还别说，潘兴就好这口儿，龙虾加小二，别的酒他不稀罕。得亏长岛离纽约不远，小瓶二锅头五块一瓶管够，喝完直奔法拉盛再整一箱回来，那里号称是纽约第二中国城，满天飞舞着中国货，别提多方便了。

那天周末喝大酒潘兴问我，胖子，带我一块儿到海上捕龙虾如何，我想见识见识。他意思我当然明白，这哥们儿脾气古怪对什么都好奇，吃了这么些龙虾，该琢磨怎么抓了。我故意跟他卖关子，还别说，我们船上正好有个旧铁皮箱打不开，是老史，就那个老外船长他爷爷留下的，你肯定没问题，转天我跟他提，不过你开锁的绝活儿能否向我也传授一二呀？听到这话潘兴叹口气缓缓道来，唉，胖子，不是不教，也没人教我呀，那纯粹是一种感觉，我拿东西往里一探，锁里形状便浮现眼前，你叫我怎么教？我一惊，哇塞，原来潘兴还如此地温柔哦，好感动耶。借着酒兴他继续说，其实吧胖子，见多也就不怪了，现在我根本不用探，一看就知道里面嘛样儿。锁的本质都是物质抵抗物质，变换的只是表面文章，数码啊电子啊，都是锁之上的形式而已，只要这个物质可以活动往返，就一定有多种开启方式，这是绝对的。时间长了你就明白了胖子，锁其实是一种哲学，是人类自我挣扎自我束缚的产物。我已经烦这个了，这么说真不是故意显摆，越来越没劲，人类的自以为是已不可救药，不作不死，这都一帮什么猴儿啊？

欧买嘎！

就上面这一小段儿，让我找不着北整个蒙圈，开锁愣开出哲学了，闹半天哲学不属于哲学家，而属于身怀绝技的人。这让我自惭形秽：学什么开锁呀，学得会开锁也学不会哲学啊！可我就纳闷了，难道开锁真没诀窍吗？听到这儿潘兴摇摇头，他把杯中酒一撩而尽反问我，胖子，总说"使尽浑身解数"，何谓浑身解数？这个，就是个比喻的说法，表示想尽一切办法。不对。不对？一听不对我赶紧给他再满一杯，这哥们儿特能喝，听他接着白话。浑身"解数"是确有此物。确有此物？人这种猴儿吧，是带着解数来到世间的。在哪儿呢，我没瞅见呐？潘兴扬扬胳膊，胳肢窝底下、肋条骨上、肚脐眼，到处都有，要怎么说浑身解数呢，不幸的是，生下时解数是关闭的，像开关一样没打开。那怎样打开呢？潘兴一声轻叹，没人知道，全靠撞大运，绝大多数人的解数永远打不开，只有极少数人歪打正着嘎嘣儿开了，开就开了，很难再关上。这么说，你开锁是因为打开了一个解数？正是。当年我用竹子做钥匙，只觉心中一亮，开锁时毫不怀疑，肯定能打开，仿佛打篮球的投篮，出手便知有没有，这就是解数的作用，要不干吗叫解数不叫闭数，而且还浑身解数呢，因为古人早有同感，不是我潘兴杜撰的！这么说来，当年梅兰芳唱戏？解数。齐白石画画？解数。爱迪生发明？解数。不对呀，怎么解数都是过去打开的，现在少了呢？问得好！潘兴笑起来，因为生活越艰苦解数越容易打开，越舒适反倒越没戏，老天爷早厌倦人类的贪婪，再给你们解数还了得吗，遗憾的是明明没什么解数还偏要抖机灵，只能越弄越糟。哎呀潘兴兄弟，你这么一说就顺了，否则很多现象都没法解释。我顿时对潘兴佩服得是乌泱乌泱的，来，咱接着喝，一口儿闷了，走着！

打那一刻起我彻底成为潘兴的崇拜者，现在叫粉丝，"潘粉"。我这个潘粉可不白当，处处为他着想。我一直记着珍妮佛当时对我的承诺，兹是潘兴打开锁，她得让我们看她一对儿大波，不是隔着衣裳，必须看真的。我借着七分酒兴试探潘兴，心说你再哲学家也是男人，男人都一德行，谁也甭装。哥们儿你这方面，咋样？哪方面？当然妞儿戏了，珍妮佛俩大波不想瞧瞧吗？潘兴笑了，你开玩笑呢吧胖子？我像开玩笑吗，实话告你，当时开实验室门锁她可答应过我，打开就让咱看，至少请咱俩看场脱衣舞。她真这么说？多新鲜呐！算了吧胖子，女人的话不能当真，咱俩有酒喝有龙虾吃不挺滋润么，你以为女人便宜那么好占，跟她们纠缠没好果子吃，不赊等着吃亏！哟，没看出来，行家呀潘兴？废话，没吃过猪肉还没见过猪跑吗？

潘兴虽这么说，但男人间一旦捅破这层窗户纸，关系立马亲密升级。好关系必须经过坏考验，这才是好坏的辩证法，没坏就没好，好到头儿肯定干坏事儿，好好坏坏坏坏好好，好生坏坏生好，无穷尽也。得，瞅见没有，跟着潘兴混锁没开成，先当哲学家了。倒不是我夸自个儿，咱真有这个，只不过跟潘兴不一路，他是技术性哲学，我是妞儿戏哲学，比他的实惠多了。

不过话可又说回来，跟潘兴提珍妮佛，借着酒劲儿话甩出去了。人散后，一钩新月天如水，心里却冉冉浮起郁闷。明明珍妮佛说给我看，又加潘兴了，这一加还有好儿，俩开锁的还不合并同类项腻一块儿去。你也是，早干吗去了，珍妮佛当年请你看脱衣舞嘛意思，抄家伙呀，管那干吗，先过一水再说呀，合着前锋好容易把球带到门前，倒跟守门员聊起来了。不是我说你胖子，天津人讲话，太山药蛋了你，破茶壶全长嘴儿上了，除了白话嘛不会。亏得潘兴是半仙儿，让你心服口服，要赶上个啤酒庸人，还不一口血喷出个长江中下游，非打起来不可。也罢，咱就当唱出《红娘》，宁拆一庙不破一婚行吗。

无奈的是，这种情绪愣让我抻了珍妮佛好几天没搭理她，我不得把这口窝囊气捋顺了呀？她跟我说话我就打马虎眼，好像嘛也没发生，就不提潘兴二字。潘兴这边我也装糊涂，该吃吃该喝喝妞儿戏不往嘴上搁。可奇怪的是，这哥们儿跟我玩儿起假清高，根本不抻珍妮佛这根线头，反过来还催我带他出海，令我疑惑。心说什么套路啊，还有比泡妞儿更迫切的吗。男人不好色一般两种情况，要么家伙事儿不灵，要么人怪。我在洗手间瞥过他的家伙，个儿不小，不应该，人倒是真够怪的，满脑子空灵诡异，与正常人完全不在同一空间，脾气也捉摸不定，高兴起来像孩子，说板脸板脸，比如那次喝酒，不就提了句监狱嘛，有什么呀，好像谁没进去过似的，至于扭身就走吗？可人就这么贱，没辙，我上辈子欠他的，就稀罕他，服他，情愿为他两肋插刀，毫无道理。再者说，关羽身边不还有个周仓么，要不大刀谁扛啊。特别像这种异禀之人，有句老话叫"峣峣者易折"，别看他们成天人五人六的，咔嚓一下说折就折，有我在兴许还能保着他点儿。小时候我姥爷总跟我念叨，温功课呐胖子，差不多得了，别嘛都想拔尖儿，记住喽，日中则昃，月盈则食，而况人乎？嘛意思姥爷？嘛意思，树大招风枪打出头鸟，平平安安比嘛不强？当年小孩儿听不懂，现在想想真这么个理儿。红尘滚滚沧海横流，在意的是权力钱财，神仙算屁呀，七仙女下凡不也织布耕田吗？江湖赌的是命不是才。前两年美国艾奥瓦州有个屠宰场，杀牛车间二十来口子同时中四亿美金劲球大奖，悬点儿让公司关张，这就是命。潘兴有才中得着奖吗？我还挺牛呢，能敞开吃龙虾，全本《玲珑塔》，不牛吗？到美国那天起我就买彩票，别说四亿，四块都没中过。"否极泰来"倒过来也对，泰极否来，历史是圆舞曲，施特劳斯就是历史学家，好坏来回兜圈子，嘭嚓嚓，嘭嚓嚓……

既然潘兴非要出海，没问题，这个可以有。那天心一软，我心对他总是软的，真把这小子领船上去了。船长老史只顾抽烟喝酒说脏话，整条船全由我操作，稳拿，我是稳拿呀，好好儿在潘兴面前露了把脸。正赶上阴天下雨，初春的凌晨格外黑暗，驶出杰佛逊港时依然伸手不见五指。上船时潘兴拽着我祆袖不撒手。我说你先撒开，他偏不，非拽着。你不撒我怎么挎枪呀？说着我咔嚓一声猛推双筒猎枪的机栓，吓他一跳。抓龙虾还带枪？废话，碰上偷龙虾的就得开枪，这才是海上的语言，抽屉里还有把短的，要不你揣上？哦不要不要，我不会打枪。潘兴往后一躲，这才把拽我的手松开。我暗笑，这一套都是头回上船老史耍给我的，给我个下马威，我原封不动全怼给潘兴了。

黑暗中，龙虾船沿着隐现的航标航行。我全神贯注紧盯着被夜色虚拟的前方，耳边潘兴的喘息声像呜咽的排箫时缓时急。开始我以为他只是紧张，完全被黑暗中的大海吓尿裤了，就像我第一次跟船长老史出海那样，当时我最怕的就是，万一老史一起兴把我推海里咋办，漆黑的海上谁知道我存在过？想到这儿我把一瓶打开的威士忌递给潘兴，喝吧兄弟，只有烈酒才能压住恐惧，你知道哥伦布航海都带些什么吗，半船舱的威士忌，现在你明白为什么了吧？因为大海本身就是酒徒，性情中人，它只喜欢爱喝酒的水手，一切胆怯在海上都死路一条，你得这么想，反正是死，畏惧着死不如放肆着死，只有放肆才能活下来，为嘛西方近代文明都始于海港，那是死而复生的地方，也是生而复死的地方，文明是人类发酒疯后创造的，好好琢磨吧兄弟。黑洞。你说什么？黑洞。潘兴又重复一遍。我发现他的目光向漆黑一片的海面飘摇迁延，对着我款款说道，黑洞的意思是，一切物质和作用力在向一个空间散发时得不到反射，因此也失去自身存在的真实性。此时此刻咱俩连同这条船，除我们自己认为存在，其实未必存在，我们驶向前方却没有任何反射，连说话的声音都似有若无，看来世界是在有无之间交替变换着，你不觉得吗胖子？他冷不丁发问让我没反应过来，我又不懂什么黑洞白洞，只得装假深沉，紧紧凝视前方不吭声。此刻的黑夜已不同于出发时的样子，阴雨的黑是浑浊僵滞的，而此时的黑开始发蓝，透出敲击琴键般的清脆，天分明在放晴啊，我顿时兴奋起来。

潘兴兄弟，先把这口干了。

为什么要干了？

哥用黑洞给你变个魔术。

变个魔术？

让你瞧瞧嘛叫真正的精彩！

说话间我将舵轮猛一把打向左侧，虽然看不见，但我坚信龙虾船正在海面上大角度漂移，划出优美的弧线，船的右侧完全向东方展现出来，我甚至听到船舷与海水摩擦发出的刹刹声。潘兴你勒住喽，快往右看，变变变变，变！随我的喊声，就这一瞬，绝暗中砰地闪出一簇火苗，尚未看清又沉入海底。瞧见了吗潘兴？我……我不确定。他话音未落，只见一个巨大的金黄色半圆体在我们眼前，近在咫尺触手可及，轰地跃出海面，金红色的光泽顺海流扑面而来，天仍是黑的海也是黑的，只有中间的红色，稠密得像岩浆一样滚动翻腾着，分娩一样迫不及待冒出了海平面。浪花顷刻雀跃起来，此起彼伏的涛声像雄浑的合唱军团，给这个混沌初开的时刻带来庆典般的仪式感。阳光尝试着，开始在浪尖上恣情起舞，此刻的光芒绝不是直线的，完全不是，而像炉前工捅开渣口的瞬间，铁水奔流钢花四溅，整个海面顿时燃烧起来。那是大海与太阳的绝恋，等待得过久，相拥的欲望迅速转化为赤裸的纠缠，你中有我我中有你，无论怎样交集也难以拯救彼此的表达，分不清何处算海水，哪里是火焰！潘兴被这一幕彻底震惊，他迟疑了一下，突然推开我向甲板奔去。我一把搂住他，生怕他掉进海里。他在我怀中挣扎着大叫，混沌初开，乾坤始奠，气之轻清上升者为天……你疯了吗潘兴？说着我用缆绳紧紧绑在他的腰上。

3

没想到珍妮佛等不及了，女人哟，骚起来不要不要的。

那天在走廊上又与她相遇。我故意绷着，她却隔大老远就招呼我，胖子胖子，你这两天干吗老躲我，你个大坏蛋，我打死我。哎哟，这不是珍妮佛同志吗，今儿这打扮奔哪儿啊，有约会儿啊？只见珍妮佛还是一条牛仔裤，衬衣最上面的扣子故意不系，感觉整个儿都没系，俩大波四处逃生，像两只兔子往外蹿。我故意做个承接动作，她一顿，你想干吗？还我想干吗，怕掉地下摔碎了，帮你接着点儿。去你的，你们这几天跑哪儿去了？等等儿，合着你问的不是我，另有所指，你到底想问谁吧？你和潘兴啊，你们不是总在一块儿吗？珍妮佛说这话时眼睛充满天真，像清晨的露水，我差点儿就信了。不过我还是下定决心排除万难地定下神来，过去问我现在问我们，"移情别恋"岂不昭然若揭？想到此我又有点儿火大，我说珍妮佛，当初你是怎么答应我的？答应你什么了？废话，潘兴打开门锁你就让我看你那个，说过没有？你个臭胖子，哪个呀？行，跟我来这套是吧，别拿豆包不当干粮，留神我一句话让潘兴永远不理你，哥们儿就有这本事。

听到这话珍妮佛脸上的纯情一扫而空，马上恢复到平日的大妞儿风格。臭胖子，那不是开玩笑嘛，再说我敢脱你敢看吗？嘿，要这么说今儿我还豁出去了，兹是你敢脱我就敢看，脱吧，亮出波涛让我瞅瞅？我话没说完只见珍妮佛哗地做个撩衣动作，吓我一跳赶紧扭头。珍妮佛笑得前仰后合，就你这点儿出息还出来混世面儿，这样吧胖子，今晚请你和潘兴去一家裸胸餐厅见见世面，让你俩看个够还不行。

美妙美妙真美妙，珍妮佛是说到做到，当晚带我和潘兴直奔长岛南岸著名的"野蛮西部"牛排馆而去。长岛地分南北，北岸保守南岸开放，此处的女侍年轻靓丽，全部赤裸上身，空脖子戴领结，头上扎着粉红发卡，就这么敞开胸襟为顾客服务。哦，闹半天老外女的也不个个都大，有的就那么回事儿。潘兴看上去难得的好兴致，印堂发亮，我们都印堂发亮跃跃欲试。俗话说牛排红酒越吃越有，尤以纳帕山谷的红酒为最，简直专为牛排定制。这时我才发现光吃龙虾不行，

珍妮佛

龙虾放久会化成水，光吃"柔情似水"怎么当男人，就得是牛排红酒，轰一下顶起来，难怪我一直反应迟钝，吃龙虾吃的，否则早该把珍妮佛拿下。现在过辙了，男女一过"性"辙就没戏了，过辙就是屏蔽就是绝缘，男女要没了性是真没劲，你大爷的，绝对白活。不过也好，潘兴闲也闲着，有工夫琢磨哲学不如抱个洋妞儿唧唧。看得出珍妮佛真喜欢他，今天这顿饭可不便宜，一掷千金呐，她从没请我到这儿来过，压根儿没听她提过。既然如此何不顺水推舟成全他俩。来来来潘兴，人家珍妮佛专为感谢你替她开锁，请你看美女吃大餐，我可没这福气，你得敬敬人家珍妮佛，咱赶紧满上，交杯酒走起来，哎哎哎没价个没价个，咱是谁，潘大仙呐，不能丢大仙的份，干杯不能养鱼这是规矩，来来来走着走着。

养鱼，谁养鱼？
别问了珍妮佛，你不懂。
不懂你告诉我，谁养鱼？
哎哟喂，谁都没养！
那你怎么说养鱼？

我估计珍妮佛是喝大了，嗓音高了一个调门儿，可劲儿瞎搅和。问题是中英文有时没法互通，意思通了感觉也通不上。我好说歹说，总算把"养鱼"表达清楚。好么，这下崴了，珍妮佛跟受病赛的，学会后嚷嚷了一晚上，人家一举杯就说不能养鱼，她还创造发展，非说看见鱼在游，鳕鱼鲈鱼三文鱼，好几条呢，令人忍俊不禁。酒喝到这个份儿上才算杠上开花，看着满屋的大胸脯子颇有酒池肉林的快感。当年富可敌国的石崇也就这点儿意思，现在进步了，人人都能当石崇，发展是硬道理，当石崇不也硬道理么？

借三分酒劲儿，三分不止，珍妮佛得有五六分，她来不来就不许养鱼，哪有这么喝酒的？她问潘兴，兴，我没明白，密码是怎么破译的，你告诉我我让你看我的还不行？我靠，赶紧着潘兴，还琢磨什么呢你！看来潘兴也没少喝，目光四溅，一听珍妮佛要给他看那个眼神唰地拐过来，撇撇嘴说，这个吧，所有密码都从零设置，回零后的腔体就是密码位置。什么什么，什么腔体？珍妮佛叫起来。潘兴露出一丝谑笑，他挑逗珍妮佛说，先上酒养鱼，再"掀起你的盖头来"让我瞧瞧才告你。好家伙，闹半天他也会犯坏，男人都他妈一个屌样儿。这下可把珍妮佛怼住了，她看我又看潘兴，手搭在衣襟上只差呼啦。我马上说打住打住，两口子的事与我无关，我去方便一下。咱是场面人，这局面不明白吗，珍妮佛的波涛属于潘兴，命中注定与我无缘，公开了今后让潘兴面子往哪儿搁？

夜幕渐浓，窗外是港湾，灯火映在水面上像扯碎的女人睡衣，泛起暧昧的光泽。不知何处飘来猫王那首《无爱的女人》，穿过女侍们诱人的胴体，散落在迷茫的远方。我回来时珍妮佛正跟潘兴谈论着什么，估计该看的已经看了，喝酒要的就是尽兴，让疲惫的尊严靠边儿站，只有酒精能剥去世俗伪装，抛开对规则的敬畏进入本色空间，看个奶子算屁呀，这才到哪儿啊？不有这么种说法吗，如果女人让你摸她脸就肯定答应跟你上床，这是个重要标志，摸脸都能上床何况摸奶乎？

当我走回来时珍妮佛向我招手，胖子胖子，我正跟潘兴说"锁匠俱乐部"呢，我不跟你提过吗，潘兴你让胖子给你讲讲。锁匠俱乐部？我努力在记忆中搜寻线索，没错，的确有这么回事，去年在国际留学生街坊节上，主持人是国际留学生办公室主任萨雷斯，珍妮佛还露了一手，当场打开几把同学们带来的锁头，赢得阵阵喝彩。事后野餐会上我拍她马屁，你个小娘子真了不起，有两下子呀！没想到她反倒不高兴了，什么小娘子，女的怎么了，你怎么跟锁匠俱乐部一个腔调，就知道歧视女性！怼得我一头雾水。随后她向我解释了关于锁匠俱乐部的情况，可当时环境嘈杂我又醉翁之意不在酒，老想跟她起腻，所以只听了个大概齐。我印象里锁匠俱乐部源自欧洲古老的手艺人行会，那时的行会都有反宗教色彩，甚至是神秘的地下组织，比如共济会，至今仍在很多地方存在着，纽约就有锁匠俱乐部。据说他们一贯歧视女性和少数族裔，只收男不收女，更不收有色人种。听珍妮佛的意思是，她想参加锁匠俱乐部一直未能如愿，颇感愤愤不平。我当时还问她，不让参加算尿，反正又没什么好处。珍妮佛重重瞥了我一眼，你知道什么呀胖子，他们经常和政府合作干大项目，好多钞票呢。说着用大拇指捻着食指，做出点现金的样子。

想到这儿我冒出一句，不是说他们对入会有很严格的限制吗，会让潘兴参加？听到这话潘兴眼皮一跳。珍妮佛马上抢过话头，参不参加无所谓，能跟他们合作就足够了。合作，他们那两下子能跟潘兴比吗，想占便宜吧？不会不会，他们也有非常出色的手艺人，你们看新闻了吗，里根总统秘密向伊朗销售武器的丑闻，诺斯中校有罪的证据是一份传真，被锁在一只英国毕索式保险柜里，那可是全世界最难打开的保险柜，据说中间有道密码是逆向设置的，联邦调查局正是靠锁匠俱乐部才破解的！我跟潘兴一愣，四目相视禁不住兴奋。你再说一遍什么式？毕索式呀。这样吧珍妮佛，咱喝一个，为毕索式干杯。干吗为毕索式干杯？先干了再说，不许养鱼哦。当大家杯空酒净，潘兴刚想说什么被我一把按住。你别言语让我来，闹半天他们也就毕索式这两下子，我现在是你的经纪人，想跟潘兴合作得先和我谈，价码低了绝对没戏。亲耐的珍妮佛同志，就你说的什么狗屁毕索式，那是潘兴十六岁的活计。什么叫，十六岁的活计？就是他十六岁时就打开过毕索式！珍妮佛一听嗷地叫起来，满脸绯红。真的吗兴，你绝对太性感了！说着抱住潘兴的头一顿狂啃，连路过的女侍们都不禁驻足，白花花的胸脯在我眼前摇啊摇，摇到外婆桥。

　　珍妮佛可劲儿撩骚，却没注意到潘兴的眼神正从刚才的"兴奋"渐渐复原，如果刚才是十，那么倒计时，十、九、八、七，已重返二三之地。他有些踌躇，大概对女人香吻的回味牵制了他的表达，不过我知道这个人是憋不住的。果然，他缓缓说道，我对毕索式早没兴趣了，对你说的那些人也没什么感觉，我只想尽快拿到学位回去陪母亲，我是她唯一的孩子。伯母多大年纪？七十多了。为何不把她接来？珍妮佛也问。这句话让潘兴面露迟疑，他给自己倒了半杯酒，一饮而尽说，我母亲是加州理工的化学博士，"珍珠港事件"后因为会说流利的日语被当作日侨关进集中营，她发誓再不来美国了！有这事？大家愕然。我估计潘兴聊这些是为转移话题，珍妮佛却不依不饶，使命般地把潘兴转移的话题又拉回来。谁说毕索式了，哪那么多毕索式呀，你们听说过"卡达菲魔箱"吗？卡达菲魔箱，你说的是那个北非国家总统卡达菲？对，卡达菲当年从苏联某加盟共和国弄到两枚核弹，苏联怕美国误解，就把开启核弹的手提箱偷出来交给美国，俗称卡达菲魔箱。卡达菲为何不敢宣布拥核，因为箱子丢了，据说这只箱子由苏联人精心打造，保险系统设计独特，十年来一直无人能打开它。你想让潘兴开卡达菲魔箱？怎么样兴，有兴趣了吧？等等等等珍妮佛，先别管兴趣，钱呢，你得把钱说清楚啊。钱不是问题！珍妮佛自信地答道。

　　珍妮佛最后这句让空气有些停滞。钱这个东西往往如此，容易谈比费劲谈更难以置信，会诱发新的疑点。潘兴问，既然国家机密，怎么会落到你们手里？没错，靠谱吗珍妮佛同志？当然靠谱了，你们不在圈儿里，圈儿里这是公开的秘密，联邦调查局为此还悬过赏呢。哦，是这样？我跟潘兴再次感到意外。照这么说，你别是拿臭街的玩意儿找我们寻开心吧？珍妮佛一听急了，什么叫臭街呀，我相信潘兴有真本事才把赚钱的机会拿出来分享，不感谢我也罢，干吗恶心人呢，想干干不想干拉倒，没见过跟钱有仇的，估计你们也就小打小闹见不得大世面，哎，不对呀，开锁的是潘兴你搅和什么呀臭胖子？还我搅和什么，我是潘兴经纪人知道吗？噢，你是潘兴经纪人，那我还是他女朋友呢！说着珍妮佛一把搂住潘兴，你就说干不干吧兴？好么，潘兴喝酒脸都不红，被女人一搂脸倒红了。他挥挥手打着圆场，不是，我是说，这"卡达菲魔箱"不会开到半截儿炸了吧，别钱没挣着小命儿搭里头，我还得回国伺候老太太呢。开十年都炸不了，早没事了！这倒也对。潘兴似有若无点点头。兴，这么说你答应了！我爱死你了，啦啦啦啦啦，气死你呀，臭胖子呀。说着珍妮佛又抱起潘兴的脑瓜子狂啃。这次潘兴一点儿没挣扎，假装的都没有。

我这人什么气都能受，就受不了过河拆桥。虽说珍妮佛开玩笑，拿我找乐儿，我可是旧恨新仇，这口气实难下咽。嘛事就怕炝火，此刻我满肚子都是天津人骂街的话，介不够奏儿的，介货，介是要找倒霉呀，当年我混天津卫那前儿，早就大耳贴子伺候了，管那干嘛。可是不行啊，咱毕竟为了潘兴，怎么好直接叫板？这么着，我恶心恶心她，让她不好受。行行行珍妮佛，你牛，说这么热闹，哪儿呢卡达菲魔箱，东西呢，刚才潘兴不说了吗，漫说卡达菲魔箱，里根撒切尔魔箱都没问题，你倒是把家伙亮出来呀？我赌到底珍妮佛搞不定此事，明摆着，卡达菲的事儿都轮到一个实验室辅导员管，谁信呐？可万万没有想到的是，珍妮佛并未回答我，她一屁股从座位上站起，你们等等，我去打个电话，说罢转身向餐厅门口的电话间走去。

这一下搞得我和潘兴面面相觑，他瞅我我瞅他，心里没底。我坚持认为珍妮佛没大戏，不管你信不信潘兴，我反正不信，苏美冷战都搞到女人石榴裙下了，她以为是拍《来自北方的爱情》呐，你潘兴成詹姆斯·邦德了。潘兴面露尴尬，他几乎喃喃自语道，我其实在法国听说过这个组织，他们还联系过我，当时正赶上论文答辩就没理睬，谁想到美国也有。你说什么，既然你听说过刚才为嘛不吭声？我……没好意思打断她，再说我只听说没见过，谁知是不是一码事儿，看来还是没绕过去呀。潘兴这话耐人寻味，我正琢磨，只见珍妮佛风风火火大步流星走回来，她面色凝重，咱们赶紧走吧，人家等咱呢！人家是谁？锁匠俱乐部啊。你是说锁匠俱乐部等着见我们？是啊。就为开卡达菲魔箱？对呀。嘿我这暴脾气，今儿还真打眼了，刮目相看呐珍妮佛同志！我回头问潘兴，兄弟，出来走几步？潘兴看我又看她，行吧，咱先把杯中酒干了。对对对，干了干了，不许养鱼啊！

今晚谁都没少喝，酒池肉林嘛，估计此刻也全醒了，否则不会半天不言语。珍妮佛只顾开车，沿着连接长岛南北两端的一三五号高速一路向北，亏得没遇到州警巡逻，她肯定超速了。纽约限速是五十五迈，约九十公里，她起码八十迈了，这要给逮着，让她吹喇叭测酒精含量，非进去不可。窗外灯火奔涌流走，像失重的流星雨散落身后。我觉得有点儿闷热，珍妮佛的车空调也不灵，那个年代的车空调都不灵，开窗吹得慌不开又热，进退维谷。潘兴凝视着前方，我发现他屁股没坐全，只屁股尖儿挨着座位。这怎么行，又不是赴刑场，赴刑场又怎么样嘛！我说珍妮佛同志你悠着点儿，急什么呀？人家等咱呢！我知道他们等着呢，我们潘兴就这么大谱儿，让他们等着，有嘛？听到这话潘兴的屁股尖儿落了下来，胖子说得没错，珍妮佛你慢点儿开。大家就这么说着闲话，车子下了高速，钻入一条蜿蜒的林中小径。长岛这个地方树林密布，基本上都是"二战"后靠人工种植的。很多社区公路埋在高耸的林间，尤其晚上路灯不足，借着月光，凸显幽静神秘。这里是小动物的天堂，松鼠、浣熊、野兔、旱獭，有的地方还有鹿，上次我带潘兴去参观美国诗人惠特曼故居，回来路上就撞到一只鹿，咣一下动静很大，它倒下后又蹿起来跑掉了。不知它后来会不会死，为此我纠结了很久；我坚信它肯定能挺住，我家过去养的猫被汽车碾成片儿都活了过来，动物不怕内伤，人不如动物。

这时汽车驶进一个四周有围墙的巨大院落，像这么大的院子并不多见，在一座白色殖民式建筑前停下，上面有块名牌：都铎镇历史学会。这个都铎镇我略知一二，据说曾属亨利·都铎的后人，都铎王朝始终与罗马教廷不睦，加上伊丽莎白一世终身不嫁没有子嗣，皇室渐入末路，连皇室后人都跑到北美这片蛮荒之地苟且偷生，兴衰啊。

可奇怪的是，我们未能登堂入室，而被引入直通地下室的一扇小门，上悬一盏珠黄色灯火，如果没猜错，灯座肯定是紫铜铸的，时光经久，上面泛起经典的绿色，青铜时代的青字便来源于此。突然，门打开了，室内的灯光格外刺亮，我们刚来自黑夜，被晃得睁不开眼。而当一切落定，摆在面前的竟是只巨大的保险柜，和一个身穿背带牛仔裤，长着茂密红胡子的白种男人。谁是潘兴？我。请打开这只毕索式保险柜。不是，你谁啊，不说卡达菲魔箱吗，怎么……我话没说完只见他伸出手掌挡住我的视线，你不要说话，潘兴先生，请打开它！我这才发现珍妮佛不在身旁，原来她并没随我们走进这间屋子。潘兴看我，又回头瞅瞅紧闭的房门，屋里只有我们三人，关键是，墙角一侧夸张似的摆着一副枪架，上面有几支乌兹式冲锋枪。空气咣地凝滞起来。于是潘兴默默上前，他先用一只手捂住数码盘上方，另一只手开始缓缓转动旋钮，同时有意用身体挡住他人的视线，红胡子侧身一点儿潘兴便挪动一下。几十秒过后，不到一分钟，从背后看，只见潘兴的双手往身体两侧一垂，明显停止了工作。我纳闷儿，是开开还是没开开啊？潘兴慢慢低头转身，然后猛一下抬头，我发现他的目光深邃明亮，自信中透出一丝嘲讽，与刚才酒池肉林的他判若两人。他直逼红胡子的瞳孔，你为什么把第三道码环卡死了？你说什么？你为什么把第三道码环卡死了？我，我没有啊？你为什么把第三道码环卡死了？我不明白你说什么？你从里面把第三道码环点了胶水，对不对？我我我没有啊……从我眼前走开，你走开，太下三滥了！潘兴的吼声发自深喉，亮度不高却极具震动，像猫狗护食发出的唬唬声。他拉起我的手，胖子咱走。说罢头也不回开门而去，我负责断后，生怕红胡子抄枪。快到停车场时珍妮佛追上来，看来她一直守在门外，发生什么了兴，胖子你说话呀，怎么回事？

我没吭声，因为我的确没弄懂究竟发生了什么。

4

转天我整了几个菜给潘兴压惊。老三样，龙虾沙拉、姜葱龙虾，再包点儿三鲜馅儿饺子，大个儿的龙虾可劲儿招呼，配上碎猪肉和炒鸡蛋，大葱香油，淋上些花椒水，这可是我姥姥的家传秘方，天津人的饺子举世无双，没得比。酒还是小二，小瓶二锅头，外加几瓶啤的，这可有讲儿，酒上三巡人必叫渴，这时啜上几口冰镇生啤，解渴醒脑，微醺不醉，潘兴专好这口儿。我跟你说，潘兴真不是凡人。如果当初佩服他的天分，打都铎镇回来后我更敬重他的凛然大气。你以为红胡子大老美那么好对付，体积有我俩大，背后就是乌兹式冲锋枪，设身处地啊同志们，平时我这人嘛都不在乎，浑不吝，可当时心里也七上八下，心说这不好莱坞大片吗，这不《教父》吗，米拉哆西拉哆拉西拉发索米，米拉哆西拉哆拉西拉发来来，怎么玩儿真的了？再看人家潘兴，目光如剑直刺心房，一下就把对方镇住了，个儿大管屁用啊，勇气来源于对人的洞察力，自信取决于对自身的评价，人和人比的不是力气，而是谁的信心强大。潘兴只要一沾开锁就一览众山小，此刻他就是玉皇大帝，"从我眼前走开，你走开"，你听听，这是下命令，奉天承运皇帝诏曰，朕命红胡子等一干鸟人流放宁古塔，钦此。怎么样，他就得闪道，眼睁睁看着潘兴扬长而去，根本不带你丫玩儿。这种魄力还能有谁，除了潘兴别无分号。

待潘兴酒酣耳热，小脸儿喝鼓了，表情也放松归俗了。酒这东西很奇妙，甭管君臣父子，三杯下肚全拉齐，按哥们儿论。到这个火候儿我才憋不住问他，兄弟，我的好发小儿耶，怎么回事？什么码环呀胶水啊，至于发这么大火吗？潘兴仰脖儿干了杯中酒，面对窗外跟我叫了句板：好大雪雪雪雪雪！好么，林冲发配，雪夜上梁山，我这才发现窗外真飘起了雪花，纷纷扬扬。长岛这地方初春下雪不稀罕，还有阳历六月下雪的呢，窦娥冤不冤不知道，六月雪先飘起来再说。潘兴兄弟，怎么还叫板呐，哪儿那么大委屈呀？咳，胖子你有所不知，他们这是瞧不起我潘兴，先用毕索式保险柜摸摸我路数，摸你就好好摸，还他妈跟我玩儿阴的，拿我当雏儿啊，我从来没受过这种羞辱！接下来听潘兴一掰扯我才明白怎么回事，开锁这行是有规矩的，全世界都差不多，凭的是真本事，就像在大西洋城赌百家乐，靠的是经验判断。凡有手艺人的地方就有较劲的，明争暗斗看谁本事大，当年不为争口气潘兴也不至于进局子呀。争归争闹归闹，讲究的是真材实料真家伙。最怕暗中使坏，什么塞小米儿的、点胶水儿的——最缺德的就是点胶水儿，专对保险柜的多层密码锁。保险柜的密码一般分三层，用不同的码环调整弹子的位置。如果在码环上点少许胶水卡住码环，一使蛮力会将里面的弹子震下来，于是又错过一次循环，让开锁者当众出丑。这跟赌百家乐暗中换牌一样，点儿乱了，再有经验也白搭。要不潘兴怎么骂他们下三滥呢，这都是最龌龊最卑鄙的雕虫小技。

> 没想到老外也这德行。
> 你说多恶心，多叫人失望吧。
> 那卡达菲魔箱你还开吗？
> 这路人不能沾，杀你的心都有。
> 没错，甭搭理他们丫的。

我们哥儿俩边喝边聊，天色已暗下来。刚才的雪花早不知去向，换来的是几抹初春的淡淡残阳。春天的落日与秋天不同，秋天的是丰满熟女，只有熟女才懂得风情万种。小丫头不行，小柴火垛子，未解风情，与秋日夕阳的灿烂完全两码事，灿烂重点在烂，熟得滋溢，而小丫头更像此刻的晚霞，单薄骨感，懵懂初开，羞羞答答，稍纵即逝，女孩儿都是稍纵即逝一夜间长大的，春日的黄昏正如是，一天一个样，越来越惹人顾盼。

必须的，我们自然聊到珍妮佛。哥们儿，那俩大波你睃着啦？潘兴莞尔一笑，来来来胖子咱走一个，走着。你真没见过吗胖子？嘿，说什么呢你，兄弟妻不可欺，你的女人哥哪儿能沾呢。说完这句我自己也不好意思，知道不可欺还问，跟咱有关系吗？该话题就此打住，我发誓再也不谈珍妮佛的大波。潘兴显然未留意我的神情变化，仍意犹未尽地问我，你说这珍妮佛什么路子，怎么认识这样一帮人，别是黑社会吧？那倒不至于，她就一美国大妞儿，爱张罗事儿，给人家吹喇叭抬轿子，那天晚上人家不是没让她进屋嘛。倒也是。潘兴感叹道。我看出潘兴这点儿小心思，他这人吧，刚才还夸他英气逼人，那是沾开锁，除此之外磨磨叽叽像个孩子。我干脆挑明他，兄弟你是不是不敢上珍妮佛啊，管那干吗，打一炮再说呀，不参与卡达菲魔箱是对的，那些人太烂，但不上珍妮佛你也太过了吧？不是，我怕她跟卡达菲魔箱扯不清，卡达菲魔箱我是坚决不再参与，对玩儿我的人绝不原谅，可珍妮佛牵扯其中岂不啰唆？你多虑了兄弟，她佩服你喜欢你这个人，一旦上了床她还不听你的，你不沾卡达菲魔箱她能吃了你？今天怪我，应该把珍妮佛叫来一块儿喝几杯，说清楚不就结了。潘兴点头称是。我一看表快九点了。要不我打个电话，九点还不算晚！话音未落，只听一阵急促的敲门声，伴着珍妮佛的喊叫凭空而起。臭胖子你在家吗，我看你车在楼下呢。潘兴在吗，他怎么样，你开门胖子。我跟潘兴一愣，我对他说，这就是命兄弟，今晚你要不上她天理难容，非折阳寿不可！

打开门我俩整个儿一傻，只见珍妮佛拎一个两斤装大酒瓶子，约翰瓦克，经典苏格兰威士忌，盖儿是打开的，她看去云鬓凌乱，酥胸微启，香水与酒气的混合汇成致命诱惑力，轰一家伙，让浑身上下所有能竖起来的都竖起来，比如汗毛头发和那个，只想一揽入怀亲她摸她吃她，置人伦荣辱于天外。女人不能沾酒，不可以啊，可怕呀，卓文君杨贵妃李清照，那些胡姬们呐，你们让男人念叨了上千年，至今无法释怀。世界是男人的也是女人的，但归根结底是女人的，你们风骚万种正在发情期，多少小命儿心甘情愿死磕在你们身上。我们就这样僵持了一分钟，只有呼吸没有语言。潘兴怎么想我不知道，这哥们儿空灵怪异，要我，此刻一个大背跨，扛肩上床办大活，根本无需说话。我觉得我背跨动作都要做了，侧身抄胳膊一低头哗就上肩，可是不行啊，心字头上一把刀，这份兄弟情义岂能毁于一旦。哟呵，这不珍妮佛同志嘛，你怎么了这是？快进屋。

意外的是，珍妮佛一进门就哭起来。她开始想朝我扑，女人哭泣不都爱找个肩膀靠靠，因为我站前面潘兴在后面。一看这架势，我赶紧把她往后面让，于是就落在潘兴的怀里。潘兴这哥们儿也是，情商有问题，也不说趁势拦腰抱住，却把她扶到桌边坐下来。谁惹你了珍妮佛？潘兴问。他们都骂我！珍妮佛哭诉道。谁呀，那个红胡子吗，他凭什么骂你？他们说我带来什么乱七八糟人，瞎耽误工夫。还我们乱七八糟，他们才下三滥呢，跟我玩儿这套点胶水的把戏，拿我当什么了？潘兴又要火大。而珍妮佛试图解释道，兴我想你肯定误会了，他们只想试探一下你有没有真本事，没别的意思。没别的意思，哼！潘兴根本不买珍妮佛的账，点胶水算什么试探，他们根本瞧不起我，拿我开涮罢了！会不会时间太久码环生锈才打不开？珍妮佛问。不会！毕索式的码环是铜锡镍合金的，根本不会生锈，蒙谁呢？所以说呀兴，我一再告诉他们你很了不起，他们偏不信我。你肯定能打开卡达菲魔箱，现在他们后悔极了。你再给他们个机会吧好吗，否则连我都抬不起头来，你就帮帮他们吧？抱歉珍妮佛，我估计你会替他们说情，可没想到这么快。我无法与他们共事，人有脸树有皮，做人的底线不能破。兴啊，你这么固执对自己很不利的呀。珍妮佛说着又哭起来。

兹为方便他俩交流，打珍妮佛进屋我就躲在厨房。厨房与饭厅之间没有隔墙，开放式的，所以他们说话我全能听见。你说这个潘兴，太犟了也，人家都海棠醉日梨花带雨了也不怜香惜玉，连句软话都没有，泡过妞儿吗你？这种情况我不得不说两句，否则床没上成再打起来不全砸了。珍妮佛你别难过了，我本想给潘兴压惊，正说给你打电话你就从天而降，不缘分吗。这么着，今儿咱不养鱼，我教你划拳怎样？什么是划拳？就是根据酒令，看两人出手的数目能否对上，谁对上谁赢，输的罚酒一杯。珍妮佛脸上露出微笑，刚好接住眼角流出的最后一滴泪水。你还别说，珍妮佛学挺快，看来干这个她在行。先跟我比画，为逗她乐我当然让着她，一高兴她赢了也喝，这傻丫头。又跟潘兴对阵，闹半天潘兴开锁大牛，划拳真比不上人家珍妮佛。俩人是输了喝赢了也喝，我这边又包饺子又做菜，紧着供应他俩。好嘛，这小气氛给你整得，嗷嗷叫。赶最后我开始拾掇了，听着听着怎么没音儿了？扭头儿一看，哟嗬，俩人都醉得快睡着了。你大爷的，我要的就这效果，吵个屁啊吵，一醉解千愁比什么不强，管那干吗？我把他俩挨个儿扶到我床上，铺的铺盖的盖，关灯销门，这才回到客厅的沙发上叹了口气。

俗话说师傅领进门修行在个人，后面的事儿我就管不了了。第二天他俩离开时我还在客厅沙发上蒙头大睡，其实根本没睡着，我能说什么，在我床上"入洞房"，我这个哥哥够意思的吧。我是又洗床单又洗被子又洗枕头，就差连床垫儿都洗喽，他俩也太不拿自己当外人了，祸祸得一世界，你说我看着什么心情，这是要气气气死我呀！老实讲，世界的事儿不能光指望明白人。潘兴明白，明白人就爱讲原则讲底线，大千世界变幻莫测哪那么些原则底线啊，解决问题还得靠像我这样的俗人。甭管你信不信锁匠俱乐部，无论你开不开卡达菲魔箱，先把小肉体结合上再说，七情六欲才是硬道理。你得把人放在具体的利益关系中，解决问题的办法就自然导出了。老话儿怎么说来着，什么活水来着，为有源头活水来，嘛是源头，嘛叫活水，就是生猛的男女关系，根本上的利害关系，一切都打这儿化出，往西说荷马史诗，往东说春秋战国，"一条长鞭"打天下。

所以说自此我不能太掺和他俩的事儿，人家有人家的想法，再瓷的关系也难免出现分歧，到时候好像咱图他什么。比如说经纪人这事儿就不能再当真。虽然潘兴一再表明不参与卡达菲魔箱，那是啪啪啪之前，以后不好说，将来如果变戏，人家珍妮佛也比咱近得多，没法比，这我想得很明白，爱咋咋不往心里去。过去潘兴几乎天天我这儿吃，龙虾小二管他够，这些日子很少见他人影儿，也不知他吃嘛，就他那副中国下水，玲珑塔塔玲珑的肠胃，但愿珍妮佛伺候得了他。我瞅见珍妮佛的车有时停他楼下，潘兴有驾照没车，出出进进过去跟我，现在肯定找他"媳妇儿"呗。还有他那身中山装，从前是"红旗到底能打多久"，现在成"中山装到底能穿多久"了，我想珍妮佛伴随潘兴左右，三亲六故到处溜达，估计他这身行头恐怕也得换换了，真够难为他的。所有这些活思想老在我脑子里瞎窜悠，有时我独坐床前，望着天上的明月光会莫名地感慨：刨去同性恋不表，男人之间再好也就那么回事儿。来了个女人你中有我我中有你，结不结婚不重要，那也得算嫂子弟妹，就得敬而远之，不是你敬人家远之，是人家敬你远之明白吗。

还好正赶上期中考试，这学期我有两篇期中论文要交，一门系统工程一门环境经济学，都是五字头的课。美国大学的所有课程均统一编号，五字头的课是开给研究生的高级别课程，难度较大。比如系统工程这门课，鲁本斯教授就一神经病，他号称是尼德兰画家鲁本斯之后，画家鲁本斯同时也是安德卫普的外交家，必随和通达之人。而这个鲁本斯教授绝对基因突变了，标准虐待狂，一篇期中论文的阅读量高达十六本书，我打死我！前段时间光顾跟潘兴珍妮佛瞎惹惹了，外加出海打工，一本书也没读，动都没动，这可怎么好，天津人讲话介是要崴泥呀！我此刻最要命的就是心情，非常紧张，连句多余的话都懒得说，谁也不想见，恨不得从世界上消失才好。那天在走廊上遇到珍妮佛，本想一低头过去，她却喊我，胖子胖子，你好好劝劝潘兴吧，他就不肯开卡达菲魔箱，多好的机会，他这么犟弄不好会吃亏的呀！珍妮佛说话时激动得浑身颤抖，尤以上半部为最。我一听颇感意外，心说小肉体都结合了还没搞定卡达菲魔箱，你珍妮佛也忒没用了。我怎么劝呐，潘兴这人一根筋，你说都不管用我说能管用吗，估计谁劝都不好使。不过我嘴上还是应和着她，没问题你放心吧，改天我一定跟潘兴说。而恰好就在几天后，我隔着马路看见潘兴和珍妮佛，他俩一前一后，潘兴在前珍妮佛在后，好像没有什么互动。我还琢磨，怎么了这是？吵架啦，"中美关系"难免磕磕碰碰，美国人的利益杠上中国人的原则，再超级的丁香奶也白搭。要按往常一块儿混那会儿，我还能用世俗的善意帮他们排解排解，可现在潘兴也没跟咱提呀，我就是有心也使不上劲儿啊。眼瞅着他俩的身影一点点儿变小，直到变成小蚂蚁消失在路的尽头，算尿，爱咋咋吧，两口子的事儿斗而不破没嘛大不了的，用得着咱人家自然会找咱，还是赶紧忙期中论文吧，十六本书耶。

5

这些日子我天天学校宿舍两点一线，沉沦于论文写作。考试把我的生活凝固成机械模式，必须按预定的程序运转。生活本身都具有这种特性，好像我们创造生活，其实被生活所创造，所有喜怒哀乐不过是程式运算的结果而已。当然这么说并不全对，起码艺术家作家还在超凡脱俗拼老命抵抗着世俗。此外还有心灵，真性情是绵绵不绝的，看不见摸不着却勃动有力。比如我自己，心情再紧张还是放不下潘兴，你说这个卡达菲魔箱开还是不开，如果我碰到他提不提呢？还有珍妮佛，把她怼给潘兴到底对不对，如果对，他怎么倒更沉默了呢？这些思绪都让我挥之不去欲罢不能。此时已夜深人静，初春的夜风依然飕飕响动，刻薄阴冷，让人更感孤单。我放下手中的书，让十六本书先滚一边儿去，对窗远望不禁一声轻叹，潘兴啊，今宵酒醒何处，杨柳岸，晓风残月哟。

这时，电话突起，是潘兴，说马上过来。

潘兴深夜造访从未有过，不知为何我竟没觉得奇怪？把他让进屋时，我能感觉出他好像在微微颤抖。他仍穿中山装，颤抖让他的中山装拧成一团，正失去原有的品位。这种衣服看似简单，就像乔羽刘炽的歌曲《我的祖国》，听着简单实则不然，很多貌似简单的东西都不简单，比如中山装，只有充沛的灵魂才撑得起来，任何自卑猥琐都不适合这种风格。此刻的潘兴看去有几分猥琐，不是衣服，不是，肯定是穿衣服的人摊上事儿了。

窗外夜风依旧，把树枝吹鼓出嘤咛。按说四月不该这般峻峭，搞爱情的都喜欢"人间四月天"，可千万别在长岛。四月在长岛搞爱情一定多穿点儿，尤其人约黄昏，冻感冒不是闹着玩的。我本想问潘兴到底嘛事，想想还是等他先开口，他这人各色，不想说问他也不说，想说自然会坦言相告。于是我问，兄弟，这么晚了哥给你做点儿夜宵吧，有现抓的龙虾，给你来碗龙虾热汤面？潘兴点头，他的点头看着跟摇头很像。我赶紧葱花炝锅，不炝锅的热汤面我无法忍受，像温吞水，你说南方人怎么不爱炝锅呢？等我把面条、筷子、小二、餐巾纸，样样摆在他面前，只见潘兴递上个信封。这是，怎么档子事儿？潘兴灌了口小二，示意我自己打开。好么，这一看不要紧，我才明白潘兴为何这副窘相。信是国际学生办公室主任萨雷斯签发的正式文书。这人我记得，去年国际留学生街坊节上就是萨雷斯介绍珍妮佛给大家做开锁表演。他五十来岁不苟言笑，据说他太太有一回醉酒，说萨雷斯做爱都绷着脸。这路人肯定非性情中人，干不出什么好事。果然，萨雷斯写道：

亲爱的潘兴先生：

感谢您提出延续学生签证的申请。根据移民法第某条某款，并根据本校关于外国留学生签证申办的相关程序，我们发现在您的申请文件中，缺失关于您来美前在居住国时的无犯罪证明。您须在三十个工作日内将此文件补齐，否则我们无法批准您的申请。您的学生签证将于本学期末终止，您必须在签证过期三十天内离开美国。

特此通告。

您的，萨雷斯

纽约州立苏福克大学国际学生事务办公室主任

读罢我顿感困惑，这是，介你妈嘛玩意儿，能么回事？我一急天津话冒出来。我这人两种情况下必说天津话，一是着急，二是喝高，只要沾一条天津方言脱口而出。潘兴一听我的提问更焦躁了，他咕嘟干掉整瓶小二，他是嘛意思胖子，嘛意思？潘兴拄着我胳膊不停摇晃，无助得像个孩子。我，我从没听说过什么无犯罪证明啊，咱俩几乎同时申请延期学生签证，怎么没人找我要这破玩意儿呀？我困惑得自言自语。潘兴一听更加紧张，两眼睁得很大，眼大无神一片空荡荡。这并不是我俩无能，所谓"无犯罪证明"在美国二十世纪八十年代根本不流行，除非特殊情况，一般学生签证延期不会被要求提供此种证明，这是"9·11"恐袭事件后才出现的移民文件新常态，所以潘兴问我我也一头雾水。就在冥思苦想之际，只见潘兴把嘴凑到我耳边，这屋里并无他人，不至于呀？他犹疑地问我，胖子你说实话，我进局子这事儿你跟谁提过吗，比如珍妮佛？

听到这话我心里咣啷打了个颤，这才明白为何他并未在事发第一时间找珍妮佛，而是跑到我这儿，因心存大忌无法与他人分享。想到此我更加纠结，我分明记得那次跟珍妮佛抖机灵提到过此事！哎呀，胖子你这张臭嘴哟，这可如何是好呢？不对，我定神再一琢磨，珍妮佛是跟你潘兴结合的小肉体耶，身上吸收着你的能量信息，怎么会出卖你，绝对不可能！这样一想我开始镇静下来，虽说我不该满嘴跑火车，但肯定并未造成无可挽回的严重后果，既然如此说跟不说没什么区别，如果此时认账必会加重潘兴的焦躁不安，后果不堪设想，不如死扛到底坚决不承认为好，拖一天算一天。

没有啊。
再想想，真没有？
废话，绝对没有！

说这话说时我心里使劲儿憋着气，不让这口气泄了。我再说一遍潘兴，绝对没跟任何人说过这事，你不提这茬儿我早忘了，再说这对我有嘛好处，我不也进去过吗？我死盯着潘兴的瞳孔不眨眼。那可怎么办呀胖子，我肯定开不出证明，三十天一晃即过，那可怎么办呀？潘兴急得像狗一样来回溜达，边溜达边搓手，看得我眼晕。我有什么办法，美国这么大，两三亿人口咱认识谁谁认识咱呐？说来说去能过上话的也就珍妮佛，要不找她合计合计？想到这儿我问潘兴，兄弟你给哥兜个底儿，你跟珍妮佛关系咋样？就那样。什么叫就那样，你不早把人家操翻了吗？既然你俩相好，能否找她商量商量呀？你说找珍妮佛商量这事？对呀。不行不行，我进局子这事谁都不能说，永远不能说知道吗？废话，哥还不懂这个，珍妮佛跟萨雷斯熟，咱就问问如果时间来不及怎么补救，这总行吧？潘兴脸上泛起光泽，虽然微弱，还是把他阴暗的面孔映得有了亮度。她跟萨雷斯熟？肯定啊，上次留学生街坊节萨雷斯介绍她做开锁表演的呀。也好。潘兴喃喃。那你就别抻着了，赶紧找她聊聊去啊？我敦促道。让我自己去？多新鲜呐，你正好以此为由连吃带摸一套大活，然后再谈正事儿，不搭不配稳拿呀这是。我话音未落潘兴猛烈摇头说不行，非得让我陪着他，搞得我无可奈何。我当然没问题，咱心里有愧巴不得帮上忙。要不这样吧兄弟，大家都忙，为节省时间我来安排，就在我下船的杰佛逊港附近找个餐馆一块儿坐坐，看有什么可以通融的办法。

长岛的气温比北京晚个把月，四月仍属初春，每年的龙虾季节就从这时启动。第二天下午船靠岸时，我远远看见潘兴在杰佛逊港长长的栈桥上等我。码头风平浪静，与深海的激荡神秘完全两码事。长岛湾的海岸正从漫长的严冬醒来，海水此刻正在膨胀，像发育女孩儿的胸部开始膨胀一样，从无到有，从两个点到两座峰，伴有炸裂般的刺痛，有些痛苦是幸福的一部分，比如初夜。长岛湾的海水又一次开始初夜，春天让她风情万种，你只要走近就不难察觉。冬季的海水是凹的，海面有无数小褶子，因惧怕寒冷抱成一团，有明显收缩感。而此刻的海水渐渐凸起，是伸展式的，张开双臂袒露胸怀又鼓又滑，充满撩人的欲望。望着这样的海你千万别乱动，别惊动海，就这么绷着，只消一枚小石子丢下去就算破处，海水肯定哎呀一声，然后向你绽放笑容。海水与人不同，人是靠延寿活着，延啊延啊，大多数时间是在延续衰老，女二十五男三十三生命开始萎缩，活到九十，老了一辈子。海水则靠死亡与重生繁衍，每个春天都是新的生命，新的欲望，新的冲动。当我把龙虾船一猛子扎进海洋深处时，海水看着面熟，她和去年的海肯定有关但绝非同一人，那种单纯与激情，还有无尽的野性充满悬念，绝对是全新的。

在这样的背景下眺望潘兴让我有些困惑。人的分量看来与才华思想关系有限，即便有浑身解数又怎样，特别是男人，是靠风采活着，就像海水靠性情活着一样，最难把握的正是这个东西，是先天后天相结合的产物，差一点儿都不行。人生才是真正的锁，没有钥匙，全凭自己揣摩开锁的途径，开成什么样儿完全取决于个人造化，无法预测。就在我走向潘兴时，突然发现海水的反光梦幻般在潘兴的中山装上舞动，那些光线恍如根根白绫将他五花大绑起来。我不觉惊叫，使劲儿拃了他一把，快过来躲开那儿，到这边来！什么什么？潘兴迷惑地跟着我，脚下的橡木栈桥被我们踩出钢钢的响声，把那些根根白绫扯得四分五裂，散落在安静的港湾里。怎么就你自己，珍妮佛呢？她说要晚一会儿。你自己坐巴士过来的，萨雷斯的信和申请表都带来了？嗯。潘兴点点头。

杰佛逊港的"蒸笼"酒家是远近闻名的海鲜馆，出名有二：一为海鲜桶，一只不小的木桶里面盛满生猛海鲜，有龙虾雪蟹及各式贝类，非常过瘾；二是自酿啤酒，晶莹醇厚口感凛冽，不可多得的啤酒佳品，既然下馆子何不好好开一顿！直到珍妮佛出现，我和潘兴已饮罢第二杯啤酒，她的晚到让人有些意外，气氛从一开始就变得有些拘谨。我发现潘兴的笑容从眼角往下滑，真的微笑应该上扬才对。那么好，由我来启动话题吧。于是我亮出潘兴的申请表，俗称一二〇表，把他遇到的麻烦婉转向珍妮佛解释，既要说清问题也得照顾潘兴面子。是这么回事儿珍妮佛，过去延期学生签证只需萨雷斯在这张表上敲个图章就行，现在又要什么无犯罪证明。不是我们开不出来，关键时间来不及，眼瞅着期中一过就期末，中美又相隔遥远，你想，这一来二去走邮件时间都不够。就是啊。珍妮佛还没开口潘兴先插一句，我能理解他内心的焦急。奇怪的是，珍妮佛从一进门就微笑寡语，她身体前倾，一对儿波涛无意间架在桌面上，融化成食物的一部分，仿佛能吃似的。

其实今天在海上我一直思考这件事，并基本有了大致方案。请珍妮佛来主要听听她的判断，看能否通融通融延缓时间，给潘兴一个闪展腾挪的机会。此刻潘兴必须有再次转学的准备，只需一段缓冲期保持合法身份，在学生签证期满前转走，这是底线。但没想到的是，珍妮佛一反往日嘻嘻哈哈，完全不像上过床那种感同身受的意思。她问，你们尝试过开证明吗？还没有。那怎么知道来不及，也可能很简单呐，兴你在中国没犯过罪吧？潘兴一怔，当然没有！那怕什么，开个证明不就完了。谁怕了？潘兴翻起白眼儿。珍妮佛的态度让我不悦，这不装逼吗，房都圆了奶子也摸了，男女到这份儿上不是一般关系，不得往一家人走吗？合着你男人快被撵回中国了你倒轻描淡写，没病吧你。想到这儿我说，珍妮佛，我这人说话是小胡同儿赶猪——直来直去。赶猪？为什么非赶猪，赶牛赶羊不行吗？行行，那就赶羊，我正好属羊，你赶我行了吧，我意思是，你跟萨雷斯熟，能不能跟他求求情在时间上延缓一下，潘兴不是开不出证明，是时间太紧来不及知道吗？听到这话珍妮佛打断我，谁说我跟萨雷斯熟了？我一愣，去年国际街坊节不是他介绍你表演吗？还有，我咬咬牙决定使出杀手锏，还有，我曾看到你和萨雷斯在"沙溪"餐馆吃午饭，我当时正好取外卖。是吗？是的。珍妮佛举起啤酒对我微笑，也可能吧，好像有过一次，碰巧跟他坐一张桌子，我跟萨雷斯是一般工作关系，并不很熟悉。是这样？我盯着珍妮佛的眼睛，她却把玩起手中的酒杯。这种店制啤酒非常醇厚，味道浓郁后劲儿大，我已经感到有些晕眩了。抱歉，算我弄错了，不过也没嘛，有什么呀，大不了咱卷铺盖卷儿走人，人挪活树挪死，哪儿的黄土不埋人呀！潘兴，我还把话撂这儿，如果你必须回国，好事成双，哥哥与你同进退，你到哪儿我到哪儿，当年这鬼地方关过你母亲，看来跟咱真是无缘呐！言罢，我把满满一大杯啤酒一饮而尽，然后反转杯底，怎么样，没养鱼吧？

那晚回家潘兴坐我的车，出了餐馆大门他自然就跟在我后面。他在副驾驶上一直沉默，不接话茬儿。我跟他聊秦山核电站正式发电，不吭声。又侃苏联议会闹独立，他也不言语。我只想找些轻松的话题活跃气氛，今晚饭局生生让珍妮佛搞僵了，若不是几大杯生啤垫底稳住大盘，肯定不好收场。窗外灯火一簇簇闪过，像传递信火的击鼓传花，刚刚到手又赶忙抛给下一个。我这部旧车里有股子鱼腥味，因为经常装运龙虾，所以车窗不敢摇到顶，得留条缝儿，风吹进来，连同杰佛逊港的海潮声，哗哗哗，哗哗哗，把时光洗涤得格外寂静，寂静得像移民法庭等候传唤的走廊一样。

这时潘兴突然唱起来，玲珑塔塔玲珑，玲珑宝塔第五层，五张高桌二十条腿，五个和尚五本经，……西北风一刮啊，唔儿了哇啦响唔儿嗡。然后第六层，第七层，第八第九第某层。他练过，肯定练过，西河大鼓跟大青衣不同，声音除了奔上走，还得有圆润的喉腔共鸣，得在喉咙里打个弯儿再出来，光靠天生丽质不行。潘兴是男声，音色当然跟马增芬不同，但后者所有捋过的小节儿，风格都在小节儿上，潘兴一处不落都点化到位，滴滴香浓。我不禁困惑，闹不清开锁和西河大鼓到底哪个才算他的强项。但我没像上次那样接他戏腿儿，由他唱，今天肯定喝高了，每次喝高都更让我感到他天生异禀，一个人的天分平时不大好观察，就得喝高了看，看他超凡脱俗的表现，酒精正是人类通往潜意识的秘密通道。快到家门口时，潘兴的调门儿舒缓下来。趁他换气的当口我赶紧说，想起来了，我有个铁道兵战友叫杜丁，都叫他杜冷丁，跟我一起复员，我分到科学院，他进了北京市公安局当警察，这都十多年了，他怎么也该混出点儿名堂，别急潘兴，咱还有时间，我马上跟他联系，铁道兵战友关系特铁，肯定能帮上忙。潘兴哼了一下，声音不像发自喉咙，倒像打鼻子擤出来的。我扶他上楼时他突然一把攥住我胳膊问，哎，不对呀，你刚才为嘛没接"唔儿了哇啦响唔儿嗡"呢？不是，我那两下子也就班门弄斧，你不寒碜哥么。潘兴抿嘴一乐，迈大步向屋里走去，边走还边嘟哝，好啊，介凑是跟爷叫板呐。我连忙掏出他刚才给我的申请表喊道，表儿，表儿都不要啦？他摆摆手，放你那儿吧。

<h1 style="text-align:center">6</h1>

　　回到宿舍停都没停，我拿起电话就往北京撩，四处联系杜丁。潘兴刚才的表现让我难过，怎么又唱起《玲珑塔》了，"跟爷叫板"又是嘛意思？我越想越陷入难以自拔的自责。原以为珍妮佛小肉体能抵挡一阵子，看来洋妞儿跟土妞儿完全不一路子，这辈子说嘛不能跟洋妞儿过，养不熟，关键时刻根本靠不住，珍妮佛这副事不关己的架势，但愿别落井投石就不错。你就说你这张臭嘴，烂泥扶不上墙，成事不足败事有余的玩意儿，你要耽误了人家潘兴的学业拿什么赔人家，反正咱话也撂出去了，如果潘兴被迫回国你必须跟着走，这辈子做牛做马你得伺候人家。当务之急是赶紧想辙，三十天内把证明拿下来。杜丁应该能帮上忙，当年不是我帮他用温水测体温，他能在师部医院泡上他老婆张娜莎？张娜莎的爹是谁我不提了，怕吓着你，反正不是凡人。凭我们的战友情谊再久不联系历史也不能更改呀伙计，那时的朋友是永恒的朋友，那时遇到曹雪芹你就《红楼梦》，遇到问君能有几多愁呢，你就凑合着一江春水向东流吧，人这辈子总得有几个"配套产品"，比如一起扛过枪一起蹲铁窗，在论的，跑不掉。

　　所以这两天我闷头儿找杜丁嘛都没干，找不着杜丁就跟潘兴回

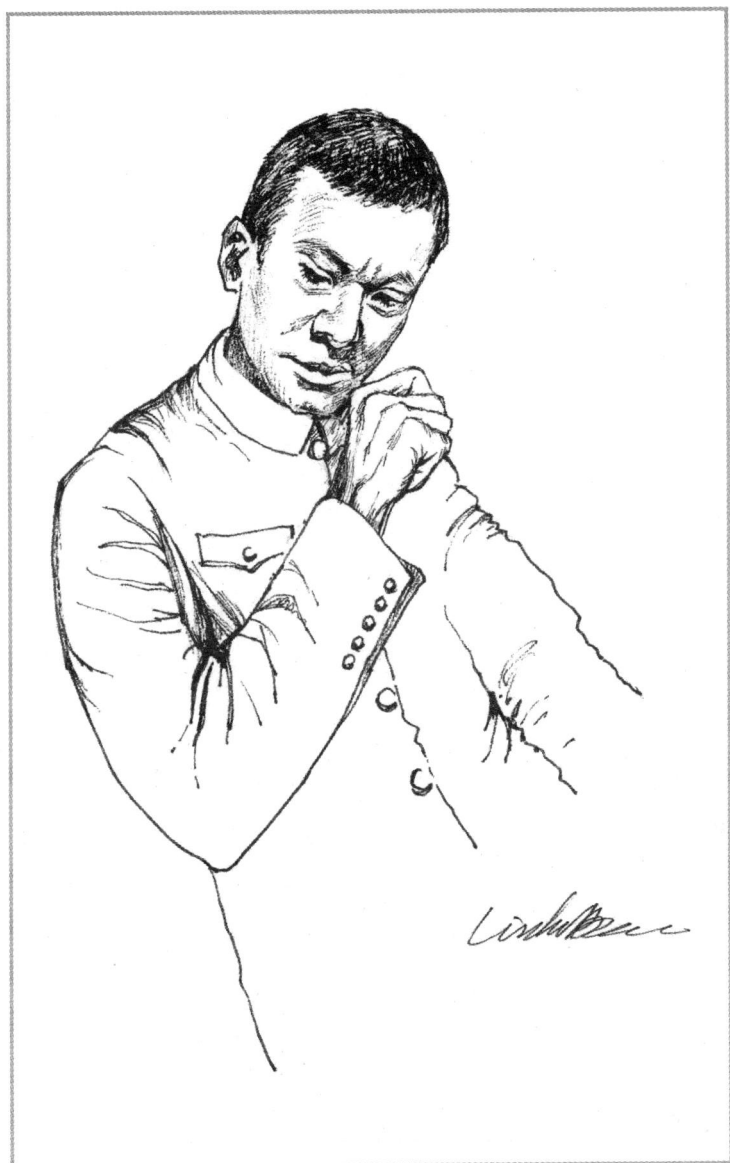

潘兴

国，读个屁书啊。结果你猜怎么着？你说我是不是聪明绝顶，关键时刻不掉链子，居然能想起杜丁，因为自打复员我忙上学他忙升官儿，就没联系过，这次总算绕来绕去，虽说没找到杜丁本人，但找到他媳妇儿张娜莎了，不一回事儿吗？这个张娜莎还跟从前一样，咋咋呼呼的，军姐儿都这脾气，她从小跟外婆在上海长大，说话也上海腔，侬啥人？我胖子，我胖子呀。啥个胖子，交惯多胖子，阿拉晓得侬哪个胖子？你说你，铁四师的胖子，师部医院的胖子，还几个胖子呀？一听这个她大叫起来，哎哟哟要命嘞，侬个死胖子搞得好哇，多少年寻侬寻不到，不是讲侬跟罗小燕私奔了吗，侬不是把伊肚皮搞大了吗？听到这话我一愣，我跟罗小燕关系是不错，可人家早嫁人了，我巴不得把她肚子搞大呢，没这个福分呐！打住，娜莎你打住，根本没这么回事儿，我怎么跟罗小燕私奔了，我是从纽约给你打电话知道吗，纽约耶！没错是纽约，人家就讲侬把罗小燕拐到纽约去了，伊在吗，我要跟小燕说话！哎哟喂，都哪焊哪啊，什么都没什么我先把人家肚子搞大了。最后总算整明白了，第一我没跟罗小燕私奔，跟我没屌毛灰关系。第二杜丁现在是北京市公安局某分局副局长，正忙着在东北出差不在北京。哈哈，你们听听，副局长，我这暴脾气，也太不搭不配了，我顿感阵阵潮热，都快高潮了，天下就有这么巧的事儿，也透着潘兴吉人天相。别耽搁，我赶紧把开证明的事儿跟张娜莎仔细一掰扯，娜莎你跟杜丁说，潘兴这哥们儿可是开锁天才，这张证明是他生命线，三十天内必须到手，否则被遣送回国可就身败名裂啦！

就开张证明喽？

就开张证明。

阿拉以为侬要捞啥人呢。

我就捞潘兴啊。

个小事体，回头我跟伊讲。

跟张娜莎聊电话是半夜，北京纽约十二小时时差，我都三更半夜跟国内联系，容易吗我？放下电话我先憋着，现在不好吵醒潘兴，万一人家办大活呢，你不得讲究点儿人道主义呀？转天刚吃完早饭，我噼里噗噜跑出去敲他门。潘兴睡眼蒙眬望着我直犯迷糊，嘛事胖子，够早的呀你。话里明显带着埋怨。潘兴兄弟，听过一首歌叫《北京喜讯到山寨》吗？嗯，听过。哥今天给你带来正版的"北京喜讯到纽约"咋样？到纽约，中央又开大会啦？潘兴越听越糊涂。废话，他们开会跟咱有什么关系，记得我跟你提过的杜丁吗？那个杜冷丁？对对，杜冷丁，人家当局长啦，公安局长！你找到他了胖子？我得意地模仿起当时潘兴炫耀开毕索式保险柜的架势，"哈哈哈，朝这看，英国毕索式，朝这看兄弟"。是吗？潘兴差点儿喊起来。什么叫是妈呀，是妈不给哑儿吃！人家可说了，开证明是"小事体"，根本不在话下，就算有人进去都能捞出来明白吗？听到这儿潘兴小心翼翼地问，杜丁上海人？他哪儿上海人呐，他媳妇儿张娜莎上海人，杜丁在东北出差呢，我跟张娜莎交代了，回来马上办，你就放心吧。哦。潘兴哦了一声。

说着我俩已在客厅的沙发上落座，从这儿能看到洗手间的门关闭着，里面正传出冲马桶的哗哗声。没等我缓过闷儿，只见雪白的大腿一闪而过，伴着珍妮佛的调侃声从洗手间冲向卧室，对不起胖子，兴折腾我大半夜，让我再眯会儿，你们聊吧。我这才意识到珍妮佛也在这儿，尴尬地望着潘兴，他倒一副稀松平常的样子，不以为意。我突然想起什么，连忙对珍妮佛喊道，谢谢你珍妮佛，那天你说得没错，不试怎么知道开不出证明呢，现在基本搞定了，潘兴肯定能按时拿到证明，他不会回国的，还会继续折腾你的。我原本想以调侃对调侃，舒缓一下彼此的羞赧。没想到一听这话珍妮佛咣地跑出来，她浑身上下闪着白光，针织睡衣勉强遮住大腿根儿，让人怀疑下面会不会是光板。你办好证明了胖子？还没有，但已经托关系了，肯定没问题。开证明还托关系，有关系就什么证明都能开吗？差不多吧，看关系铁不铁，关系够铁就没办不成的事儿！珍妮佛瞪大眼睛，脸上充满惊讶诡异的神情。那，如果犯过罪也可以开出无犯罪证明吗？

屋里轰地静下来，只有滴水声。

我惶恐地望着珍妮佛，不明白她为何问这句话，到底什么意思？潘兴的脸也涨得通红，他用责问的尖锐目光盯着我，让我不敢直视，此刻所有"白光""光板"的概念一扫而空，只剩下抽象的人，就像所有肉肉一扫而空，只剩下骨架一样。珍妮佛察觉出气氛不对，想解释什么，可她接下来的话使局面更糟，险些走向崩溃的边缘。哎呀你们是不是想多了，人家又没说你们，不过随便问问罢了。其实美国也有类似情况，警察也会给熟人开绿灯的。上次乔治，就你们见过的那个红胡子，开车超速被警察拦住，他说他哥哥是都铎郡的典狱长，人家就放他了。对了，这倒提醒我，要不找乔治试试，他哥哥神通广大肯定认识移民局的人，我听说移民局对所有外国开具的证明都要进行认证，这是必需的法律程序，有人帮忙沟通一下不就保险多了，我去问问吧？不必了。潘兴冷峻地说。问问又没什么关系。珍妮佛执意道。我说过多少次了，不想跟这种人来往，不想沾"卡达菲魔箱"的边儿，还不够清楚吗？潘兴硬是把谈话终结在窗外传来的一记车鸣里。

从这一刻起情况开始变异了。比如潘兴，对我好像有点儿不冷不热，跟他汇报开证明的进展他也心不在焉。我说张娜莎可问你呢，啥个锁都能开吗。我说是。那就让伊干脆回国吧，杜丁有交惯锁让伊开，给伊搞个技术科科长做做哪能？按说听到这话你起码得表示一下，科长嘛级别，多少钱，有女秘吗？要我肯定这么说。可潘兴跟没听见一样，比没听见还坏，鼻子还擤一下，继续低头摆弄桌上的美国地图，他也不打哪儿弄来这么些个地图哟，哪州都有，连肯塔基、新墨西哥，这些边远山区的都有，还用红笔跟上边比画，很像在筹划一次行军路线，要"四渡赤水"似的。

当他将红笔越过俄亥俄河伸向肯塔基时，我忍不住叫停了他。等等儿，肯塔基州的路易斯维尔市你不应错过。潘兴的笔尖戳在地图上，撑起眼帘望着我，为什么？下月那里有一场重要活动。什么？史蒂夫·福斯特音乐节，每年六月最后一个周末都会举办，来自全世界各地喜爱史蒂夫·福斯特歌曲的人，包括歌唱家、作曲家，还有普通爱好者，都聚集在那里吟唱他的歌曲，像《哦，苏珊娜》《我的肯塔基老家》《美丽的梦神》《故乡的亲人》，等等。真的吗？潘兴扬起身，你怎么知道的？当年我在辛辛那提大学读书，一跨过俄亥俄河就是路易斯维尔，我的教授查理博士带我去过，他是史蒂夫·福斯特迷，会用手风琴拉许多福斯特的歌曲，最拿手的就是《美丽的梦神》和《故乡的亲人》，米来哆米来索哆拉哆，索米哆来。我刚哼到这里，潘兴居然接了过去，米来哆米来索哆拉哆，索米哆来来哆。你也喜欢福斯特呀兄弟？那当然，他的歌曲是"五四"启蒙的一部分，最早从日本传到天津，再由天津传遍中国，咱天津是福斯特的"中国故乡"啊！

说这话时潘兴眼里闪着光芒，不知是泪花还是兴奋。他的情绪马上传染给我，我忍不住一把抱住他不肯放手。抱着抱着我觉得眼睛渐渐湿润了，最后竟转为泣不成声。兄弟啊，我，我对不住你！潘兴轻轻抚摸着我的后背，不说了胖子，不说了。不行，我必须说出来，我憋得太难受了，是我跟珍妮佛提过你进监狱的事儿，是哥哥不好。听到这话潘兴并没有意外，他继续安慰我，你不是尽力在开证明吗，可以了。可，可这个杜丁恐怕指望不上呀，到现在他也没接过我电话，每次都让张娜莎敷衍我，东拉西扯，时间在一天天过去，再刨去最后十天邮寄，我们没多少天了！我知道胖子，我知道了。潘兴的表情看去很木讷，仿佛此事与己无关。我不禁犹疑，兄弟，虽然我跟珍妮佛提过这事儿，这会跟萨雷斯的信有关吗，太匪夷所思了，她可是你的小肉体，怎么能出卖跟自己上床的人，图什么呀她，老外女人就是养不熟，文化个性问题，没别的什么。嗯。潘兴不置可否，把目光又返回他手中的地图上。看着他这副样子我实在不落忍，满心歉疚。我向他承诺道，我看过你的申请表，你的学生签证本学期结束前就到期了。不过兄弟你放心，申请延期的事儿我完全搞明白了，关键是敲图章，只要萨雷斯在申请表上盖章，再把表格寄到移民局，移民局收到后将黄色副本寄还你就齐了，好几个同学都这么办的。哥哥我一定要让萨雷斯的图章出现在你的表格上，让你完成这个学期的课并拿到学分，否则我跟你浪迹天涯，伺候你一辈子！潘兴听罢犹疑地问，萨雷斯会盖章吗，他要的证明我没有啊。甭管了兄弟，哥哥再怎么说也是闯过东城分局的人，我还就不信了，你大爷的！

一听这个潘兴急了，胖子你千万别胡来，我已经接受这个结果了，没看到这些地图吗，我正在做回国的准备呢。我哗地抄起地图说，看得出你是想横跨北美，莫非这就是你的告别之旅，再怎么着你也可以转学，干吗要放弃呢？潘兴把铅笔掷在桌上，双手空垂向窗外望去，你说得没错胖子，是可以先转到一所野鸡学校，但谁也无法保证这个问题不被再提出来。这么说，你还是不放心我？不是胖子，你误解了，我觉得这件事已脱离你我的控制，像鸟一样在空中飘荡，只要在美国待一天，它就会像幽灵一样缠着我，逼我做不愿做的事儿。我无法容忍那种烂糟糟的逃亡生活，毫无必要。我潘兴完全可以凭自己能力活得心安理得，活得有尊严，这才是我需要的生活，就这么简单。

我怎么听不明白？

不明白才好呢胖子。

好像令人担忧啊?

也没什么大不了的。

潘兴的话虽然有些费解,嘛叫脱离我俩控制,嘛叫幽灵,"一个幽灵,共产主义的幽灵,在欧洲徘徊",听着像马克思似的。可说来说去他还是要中断学业喽?如果真这样咱可不能含糊,听懂听不懂都得表态,兄弟,既然这么说,哥哥也说到做到,你到哪儿我到哪儿这辈子跟定你了!没想到这话让潘兴脸红了,胖子,我的胖子哥呀,你没必要放弃自己的学业,这完全是我个人的事儿。真的,我一直梦想自驾穿越北美大陆,如果时间允许的话,我此刻祈求的就是离美前能有足够时间,让我把这个学期读完,从容不迫完成多年的夙愿。旅行最忌赶场,绝对变味儿了,要溜溜达达随意行走,包括你说的路易斯维尔,美国制锁业大本营的俄亥俄坎顿市,西弗吉尼亚的林场,新奥尔良的爵士乐酒吧,还有迈阿密、密苏里、中央大铁路的华工营地,让亚当斯沉迷的优胜美——大峡谷、黄石公园,我就想独自一人安静地在天地间漂流,随走随停,轻松尽兴才是我的天堂,才不枉此行。如果你真想帮我胖子,你那辆车怎么样,能扛得住横跨北美吗,把它卖给我吧?

面对潘兴的"宏大"计划我既兴奋又不安,最突出的就是时间,要按他计划的这些内容,剩下的个把月简直天方夜谭,连驾驶时间都不够,还怎么溜溜达达呀。本想跟他讨论细节,比如路程的安排,露宿问题,还有一种能发光的枪,一旦被熊堵在帐篷里可以驱散它们。但他问到我的车更让我情不自禁,聊我的车是我最得意的事儿,像谈到情人一样温暖柔软。这部七五年版的雪佛兰诺亚牌轿车,与福特的"野马"齐名,曾经是底特律的骄傲,两门斜尾,加长轴距,小八缸越野式设计,乍看像只蓄势待发的野兽。别看已跑了十几万,加速到一百迈分分钟的事儿,稳稳当当如履平地。不久前刚做的保养,师傅说它一猛子能扎到旧金山去。杰佛逊港卸货码头有个四十五度斜坡，一般车不敢下去，我这辆诺亚想都不想，杠杠杠下去杠杠杠上来。那些老外船长一遇事儿就喊，快，叫中国胖子把车开来，就得他的车。面对潘兴的提问我格外自信，兄弟呀，我能理解你的心思，不过你再考虑考虑，只要需要，我随时跟你走！至于这部车，你太见外了，我的就是你的，嘛时候需要嘛时候开走。不是我吹大梨，开着它横跨美国你算逮着了，绝对让你像电影《末路狂花》那样驰骋在壮丽的六十六号高速上，带你穿越科罗拉多河，跨过死亡谷，一路杀向拉斯维加斯和洛杉矶，体验在好莱坞星光大道上飙车的快感，弄不好真有导演邀你和这部车入戏呢！说到这儿我俩不禁哈哈大笑，很久未有的畅笑，热泪盈眶。

虽然哈哈大笑，毕竟热泪盈眶，笑出来的泪水同样源于悲伤。步出潘兴宿舍我压抑得不忍回头，生怕确认他眼里诉说别离的目光。我让他跟我回我那儿去，像从前那样龙虾小二，潘兴说改日。我们多久没一起龙虾小二撒酒疯儿了，改个屁日啊。我的压抑更因为潘兴宁可买我的车也不让我与他同行，听得出他是认真的不是客气，难道他仍在怨我，还是太过悲观了，他这人容易悲观。不管怎样，既然卡在时间上，再怎么说也得给他整点儿时间出来，最好的办法无疑是让萨雷斯在申请表上盖章，这不仅能赢得起码一个暑假的从容，还为潘兴留下转学的最终机会。什么都此一时彼一时，等他横跨北美完成夙愿回来万一变主意呢。人在满足之后想法会不一样的，我当然希望他留在美国喽。

虽说刚才我在潘兴面前拍胸脯，心里却并无多大把握。你想啊，人家萨雷斯说清要"无犯罪证明"咱拿不出来，凭什么给咱盖章？给我急得呀，火上房，就差祭出溜门儿撬锁钻窗户的老本行儿了。不过呢，真还有比我更沉不住气的。这天我刚停好车珍妮佛就冲过来，不好了胖子，你知道潘兴要走吗？走，奔哪儿啊？我故意跟她卖关子。好像要横跨美洲大陆，我怀疑他要玩儿人间蒸发故意躲避咱们？听到这句我气不打一处来，这怎能怪潘兴，谁让美国不给他延签证的，明明是你们美国把他逼走的！珍妮佛却不买账，急赤白脸跟我扯脖子，我说找红胡子乔治帮忙他偏不要，较什么劲呐，开个"卡达菲魔箱"就那么不能接受吗，难道比自己的前途还重要吗，我看他是疯了！

前边提过，我最看不上美国女人这副"养不熟"嘴脸，遇事只讲理不讲情。人家潘兴不与"卡达菲魔箱"这帮狗烂儿为伍是做人有底线，中国人讲究"士可杀不可辱"，你哪懂这个呀，合着你跟潘兴小肉体结合嘛都不算了是吗，提起裤子不认账是吗，再怎么着也该感同身受啊，得豁得出去为潘兴排忧解难吧？想到此我愤愤不平道，实话告你吧珍妮佛同志，潘兴的申请表就在我手上，与其找什么红胡子乔治不如直截了当。你什么意思胖子？珍妮佛瞪俩大眼杵着我。这么着，你不会开锁嘛，麻烦你今晚把萨雷斯办公室的门打开，我进去找到印章往表上一盖就完活，简单吧？珍妮佛一听跳起来，跟触电似的，这怎么行胖子，抓到要进监狱的，你不要乱来呀，再说……我这两下子比不了潘兴，万一打不开怎么办，你干吗不叫潘兴自己去呀？我心咔嚓一下，血脉四溅，被珍妮佛这句话彻底激怒了，心说这美国娘儿们太过分了，关键时刻还没两肋插刀倒先把她爷们儿卖了，明明知道潘兴在中国进过一回局子，怎么茬儿，你打算让他在美国二进宫吗，过去有部英国电影叫《她们比男人还凶狠》，我看时还不相信，现在活生生摆在眼前，面对这等女人我全身的性欲都熄灭了。如果说刚才提开锁算是气头儿上的话，此刻我看也甭客气了。珍妮佛呀，没想到你这么说，真让我失望。行，你不是不去吗，我去，不过我记得你说过你有把万能钥匙，怎么来着，好像要猛一下插进去，然后马上转动对吧，嗯嗯，别否认，摸着你的良心，看在跟潘兴睡这些日子的分儿上，请你把万能钥匙借给我，我还这么跟你说珍妮佛，只要你借给我，老子今晚就敢独闯萨雷斯办公室。你不用马上答复我，我等你到天黑，否则别怪我把这件事如实向潘兴禀告，拜拜！说罢我扭身而去，留下满目惊愕的珍妮佛呆呆站在那里，白瞎了一身的丰乳肥臀。

我跟你说，混江湖两条基本原理须记牢，一是无论男女都贱，求他们办事儿不能给他们脸，越好好说越不灵，就得连骂带卷才能把冲动调起来，这招儿对牛人最管用，越牛越管用。像珍妮佛这种自命不凡的，求她肯定没戏，就得寒碜她，把她的优越感打掉，没准儿能回心转意。还有一条就是敢赌。人生是嘛，是一场场赌局的积累，不是性格决定命运，而是赌局决定命运。性格能带来机会，面对机会的抉择才最关键。决定的事儿不能太磨叽，就当失败是换种活法儿，没嘛大不了的。我独自坐在客厅的沙发上运气，呼呼呼吸吸吸，说句膀得力的，心里没底，干脆嘛也不想爱咋咋，让大脑回零一片空白，要么就想美女，王祖贤林青霞，黛咪摩尔嘉露宝洁，揣摩她们各自的罩杯究竟多大，就这么稀里糊涂干坐着，静听时间分秒流逝。眼瞅着天色唰地黑下来，不点灯嘛也看不真了。正在这六神无主之际，只听大门处窸窸窣窣泛起老鼠啃墙根儿般的声响，开灯一瞧是个信封，肯定从大门底下塞进来的。我咣叽飞跳起来打开门，嘛也没有，走廊空荡荡。我深呼吸稳住自己，喊里咔嚓撕开信封，一把钥匙掉在地毯上，噗一声。

乍一看这是把普通的麦迪克门锁钥匙，跟我宿舍大门的门锁，也就是当初潘兴为我打开的门锁是一个牌子。二十世纪八十年代这种门锁风靡全美，曾开创出所谓的"麦迪克现象"，很多保险公司要求客户必须使用麦迪克门锁，否则不卖房险。而仔细再看才发现端倪，它与一般钥匙的不同是，所有齿高齿距全都一样，十分规则。望着这样一把钥匙我不禁疑惑，这难道就是珍妮佛所说的万能钥匙，能管用吗？我二话不说立刻用它试开大门门锁，结果不行，来回晃动抽拉都打不开。这下我紧张了，胳肢窝儿的汗一下冒出来，溪水般哗哗流淌。我极力让自己镇静，大喘气，哎，大喘气。突想起珍妮佛说过，所谓万能钥匙都是利用"撞击原理"，钥匙插进锁眼儿的瞬间必须用力，短促迅猛不能拖拉，然后马上扭动钥匙才行。我擦擦手上的汗，按如上要求再次试开门锁，猛插速转，猛插速转，买嘎得，令我震惊的是，门锁它，开了！开始我不敢相信，可连开几次屡试不爽，只要用对劲儿，时机把握好就没问题，珍妮佛的话看来靠谱儿。我亢奋得两眼冒金星，马上又堕入惶恐中，情绪大起大落。你说要万能钥匙人家给你了，接下来怎么办，窗外月黑风高正是下家伙的好时机，去不去呢？按说此刻还有很多疑问尚待厘清，是不是珍妮佛送的，她为何不露面，是怕担责任还是有其他考虑？而这些我一律顾不上了，被顶着门的抉择窒息得浑身颤抖。这时，电话铃突起，哗啦啦如梦惊魂吓我一跳，怎么，是潘兴！

胖子啊，算来算去还真差十七天。

瞅瞅，哥说什么来着，偏不信。

可珍妮佛非说你有办法，你有什么办法？

明天吧，明天详谈。珍妮佛在你那儿？

她刚才在，现在出去买啤酒了。

还回来吗今天她？

回来啊，你怎么了胖子？

……

放下电话我什么都不想，这种事就怕多想，越想越没戏。我把潘兴的申请表揣在怀里，戴上乳胶手套，再带把手电，直奔教务大楼而去。苏福克大学的教务大楼位于校园中心，二十四小时不上锁，四周还都是通道。萨雷斯办公室在二层最里面一间，挨着防火楼梯入口，窗下是柏树丛，即便跳下来也照样撒丫子就跑。这我都踩过点儿，观察不知多少次了，所以当我进入空无一人的大楼，上去就开萨雷斯的门锁，猛插速转，猛插速转，我想过，如果三遍没打开就迅速撤离，天不助我也。可你猜怎么着？刚一上手，门它砰一下就开了，欧买嘎！这时不能琢磨，必须保持动作节奏的连贯性，一鼓作气哼歌儿赛的把该办的办了。我打开手电，拉开抽屉找图章，找到图章盖图章，盖完图章放图章……怎么听着像《玲珑塔》呀，哥就这么牛，唱着《玲珑塔》就把事儿给办喽。

突然灯亮了，大放光明。我靠，萨雷斯和红胡子乔治站在眼前！

他们俩的表情和体势都处于静止状态，仿佛等候已久，让我顿时醒悟。萨雷斯的语气简单得像背数学公式，丝毫没有情绪色彩：你选择有二，一是给潘兴打电话，让他同意打开"卡达菲魔箱"，这样你手上的表格立刻生效。二是苏福克大学为州立大学，你与潘兴共谋私闯州府要地并伪造法律文书均属联邦重罪，刑期可达二十年以上。你只有一分钟考虑，否则报警。十五秒、三十秒、四十五秒……终于我，拨通了潘兴的电话，兄弟，我是，胖子。萨雷斯一把抢过电话与潘兴直接对讲，他们说了什么我毫无记忆，只呆呆站在那儿一片空白。这时萨雷斯对我说，带上你的表格，回去吧。

7

后来开启"卡达菲魔箱"的过程没人叫我参与，我跟从未遇到潘兴一样，重返最初的孤单状态，做梦似的。这么说也不准确，我偶尔还能见到潘兴的身影，并无交流。无法说清的是，我竟没有任何想对潘兴解释的冲动，连珍妮佛的名字都不愿提及。他俩依然在一起，好像更密切了，几乎形影不离。而且珍妮佛对我也漠然起来，在教室相遇打个招呼就过去。我最深的感受是，历史是可以"从没发生过"

的，历史不在意情感。

直到潘兴来信。

胖子，收到这封信时我已悄然离去，别问我去哪儿也不要找我，即便成为乞丐我也渴望自由自在的生活。我理解你此刻的心情，没搭理你是为了不让你继续被这件事干扰，我爱你胖子，跟你在一起的时光是我人生中最美妙的时刻，哥呀。

"卡达菲魔箱"的设计者肯定虐待狂，非常变态，我再次感到人类自作聪明的恶习不可救药。它居然分里外两层，第一层的密码顺序完全反向设置，常识认为对的它都是错的，而且无序，还把循环节点设在零位，嘛都感觉不到就过辙了，妈的，用咱天津话说就是"太不够奏儿了"。但咱是谁，这点儿小把戏能难倒我，开！它就开了。

打开一瞧才发现里面还有一层，而且没有密码或任何锁式的装置。这下让我有点儿蒙圈，从没见过这种玩意儿。找来找去发现有个不到十毫米的深孔，我估计这就是开启机制。孔太细手指伸不进去，进去也不够长，想不出怎样才能模拟里面的形状。你猜怎么着胖子，给你讲点儿好玩儿的，我跟珍妮佛很少用保险套，那天晚上她突发奇想买了一种带刺的保险套给我，没想到咣一炮下去，三鼓秋两鼓秋，不是抽拉，是转动的感觉让我心中一亮，俗话说"一灯能除千年暗"，我是"一炮能解灯下黑"，一下想明白了！你见过八音钟吗？其构造很像带刺的保险套，原来这道锁不是机械的而是声控的，差一个音符都不行，太诡异了。我终于试出它的旋律是苏联的《祖国进行曲》前四句，索索哆西拉西哆来哆索，索索拉拉拉索啦来，来米发索啦索发索米，哆拉索索发发西哆。苏联人设计个锁都忘不了祖国，变态吧。最后打开"卡达菲魔箱"一看才知，什么核武器密码箱啊，扯，里面就两本精装版阿拉伯文的《列宁选集》上下册，这不逗你玩儿吗？

我已把做好的"钥匙"寄给珍妮佛。我什么都明白胖子，跟你赋予我的美好情感相比这不算什么，也不值得计较，我们不为仇恨活着。

再见了，我的哥。潘兴。

我禁不住冲出门去找珍妮佛，她也正在找我，我俩在走廊里撞个满怀。胖子你知道吗，据说潘兴昨天下午由圣地亚哥出境进入墨西哥，不知去向。是吗？我瞠目结舌。

可是我，我怀孕了。珍妮佛又说。

2018 年 8 月 18 日　纽约随波斋

哗啦胜轶事

1

　　彼得是洋名，可王彼得不算老外，而是居住在纽约哗啦胜地区的正宗华人，北京纯爷们儿，大嗓儿，局气，二两下肚老跟于魁智叫板。我跟你说，不是我恶心他，就他那段《坐宫》，我都替李胜素臊得慌，人家李胜素嗓子什么级别，铁板钉钉金嗓子，要说她是副国级就没谁正国级了，关键是她吐字发音，蝎子屎独一份儿，这个咱懂呀，一般都走鼻腔，押韵辙，前额转一圈再出来。可人家胜素不价，她是从鼻腔到颅腔再转回头，往喉腔里环绕一下，懂什么叫环绕声吗，哎对，然后再发音，甭管多高的调门儿都能保持足够宽度，像水里过一遍似的细腻滑润，这么跟你说吧，兹是她一张口，我这颗小心脏就扑腾扑腾的，你说要让我上，把魁智换下来什么劲头儿？

　　得，这哪是叫板于魁智啊，分明看上李胜素了。

　　此刻的王彼得全无换下于魁智的心情。为何？早起打开店门，只见一张五千美元的环保罚单塞在门缝儿里，他嗡一下就蒙了，上不来气儿，差点儿背过去。王彼得开的是电脑行，修电脑修手机外带批发零售，不敢说富贵，混得过儿。早先他在人大学经济，来美留学时听说学电脑好找工作，于是改行读了个电脑硕士。别看这哥们儿大大咧咧，读书真不含糊，毕业后很快在李曼兄弟公司找到差事，十几年下来一口气做到甲骨文数据库主管的位置，不挺好吗？嘿，也是倒霉催的，李曼兄弟公司当年在华尔街排老三，高盛、摩根斯坦利，接下来就是李曼兄弟，这么大产业，赶二〇〇八年次贷危机说黄就黄了，上下百多年，两万五千口子人，包括他王彼得，一夜间全下岗。国内下岗还能买个断，纽约没这戏，光眼子滚蛋该干吗干吗去，别说工资了，连王彼得攒的十几年退休计划全部归零，根本没地儿说理去。得嘀，这下可把他给撂当间儿了，上不去下不来，坚壁清野的就业环境，关键他这岁数，五十过了六十不到，谁要啊？更有甚者，福无双至祸不单行，连他后来娶的这小媳妇也跑了。这小女子原先在北京他父母家当管家，王彼得回国探亲稀里糊涂把人家肚子搞大了，直到登了记接来纽约，才发现肚子还是青春的肚子，丁点儿孕纹儿都没有，敢情跟他开了个玩笑，有这么开玩笑的吗？可女人认准的事，任谁拦不住，打乡下跑进城再从城里跑出国，跑就是发展，发展是硬道理，人家凭什么非让你王彼得带节奏啊？

　　结果就这么一激，王彼得只得自己雇自己，在纽约的哗啦胜开了家电脑行。仗着热心肠朋友多，手艺又没话讲，几年下来真算不赖，买卖立住了不说，还有闲钱撸串喝啤酒外带泡妞儿，都知道松园餐厅那个大尺码女老板岑阿香就让他拿下了，有事没事老往那儿跑，一盘三黄鸡一盘熏鱼，再来壶八年陈花雕，小半天儿。不过话又说回来，毕竟是小买卖，顶着门儿一张五千美刀的环保罚单对王彼得绝对是个大数，振聋发聩的大数。

凭什么呀？

纽约警察很多种，各开各的罚单。交警开停车罚单，巡警开超速罚单，还有税警法警楼宇警，外加环保警察，简称环警。别小看这路环警，近些年越来越王道，人家也穿警服佩警衔，中尉上尉，开车明察暗访专给违反环保法规的商家或个人开罚单。比如餐馆超市便道上排污，个人倒垃圾不分类，都可能中招。不过那些罚单也就几百上千，高达五千的实属罕见。所以王彼得死活想不通，你大爷的，不会搞错了吧？他赶紧上网查罚单上的代码，每种违规均有代码，查来查去好像说他倾倒危险废弃物，罚款数额如假包换，最高六千美金。"危险废弃物"？老子是修电脑的，又不干化工，哪来的危险废弃物？可接下来定神一想他突然有所悔悟。是这么回事，俩月前他收到过环保局寄来的通知，说新法规即将生效，所有电子产品，特别是废旧电脑，都含污染物，不能像过去那样按一般垃圾倾倒，必须先打电话到环保局某部门预约，再由专门人士和车辆前来回收。今天正好垃圾回收日，昨晚王彼得刚把十几台废电脑像往常一样堆在马路边上。靠，我怎么把这茬儿给忘了，闹半天丫跟这儿等我呢，那五千块也忒巨了吧，哪儿特么找五千块去？

郁闷呀，王彼得满脑子都是蔡明小品里那句台词：窝囊她妈给窝囊开门，窝囊到家了！一种强烈的不甘之情令他坐卧不安，什么也干不下去。要是昨晚上想到那份通知就好了，要是早到一步能跟环警面对面聊聊也好啊，要是不开这悲催的电脑行更好了，要是要是，要是个屁，哪那么多要是，要是爹妈压根儿没生我才特么彻底解决问题呐！想到此王彼得没有继续打开店门像往常一样营业，因为今天毕竟非同寻常。他刚刚举起的胳膊停在空中，再像五十肩患者缓缓落下，一转身，朝岑阿香的松园餐厅走去。

王彼得与岑阿香相隔十几条马路，一条长长的缅街，王在街之头，岑在街之尾，让他俩首尾相望。缅街与缅甸无关，英语原意是"主要的"，缅街就是"主要之街"，早期至此的广东移民根据粤语发音译成缅街，乍看以为到仰光了。这条马路不愧是哗啦胜的主街，南北通透三里多长，寸土寸金不容小觑，商店，超市，饭馆，珠宝行，捏脚按摩，卖假古董的；烤串儿修鞋，开补习班的；传教算命，假装世界和平的；赶上个逢年过节还经常搞街坊节，满大街扭秧歌跳鬼步舞的，"你是我的，小呀小苹果……"，遍地的中文招牌，川流不息的华人身影，广东移民来得最早，南方移民数量较多，整个哗啦胜就像座南方县城，连味道都像，不信你闻，漫天的海底捞麻辣烫。

岑阿香一眼就看出王彼得今天不对劲。阿香是上海松江人，松园餐厅的松字便来源于此。都说她无主，属"失物招领"之辈，宽大丰满四十来岁，熟得透透的，像张舒适迷人的席梦思，看着就想躺一伙。这时节的女人不得了，比小萝莉要命多了，既善解人意又豁得出去，人家懂男人心思，兹是动了情，床上床下全兜得住，让你每根头发都不想离开。不说女人似水吗，指的就是岑阿香这路，只有水才"无缝"，跟女人相处的最高境界便是无缝，像鱼一样游来游去。去年有个韩国老板追阿香，搞得生意都没法做，还动手动脚。王彼得说你甭管了阿香，看哥的。他把韩国佬堵在雅间里，从怀里掏出左轮手枪，说咱玩轮盘赌，看好了，就一发子弹往脑袋上搋，谁死算谁的。话音未落砰地先朝自己脑袋开一枪，幸好是空枪。他把手枪递给韩国佬，该您了，留神走火。韩国佬立马绿了，手抖得咣咣响，连枪都握不稳。王彼得说，您呢，要不想开枪，打这门出去再别回来，阿香不属于你。要么跟我一样，为女人咱拼一把，从此名正言顺。韩国佬磨叽半天，最终扭身而去思密达，再没回来。就这么一下子，王彼得把岑阿香给降住了！自古美女爱英雄，没法子。不过听说后来王彼得酒后吐真言，说那颗子弹是假的，韩国佬要真跟他叫板还不好收场。阿香没怪他，女人都这样，裤子脱了很难再提上，最要面子的是她们，最没出息的也是她们，王彼得为人仗义，英文又不错，上海女人喜欢北京男人，在论的。

<h2 style="text-align:center">2</h2>

岑阿香把王彼得让进雅间。阿哥今早哪能啦，啥人撒侬了？阿香讲松江口音的上海方言，意思是哥哥你今天怎么了，谁惹你了？阿香的口音王彼得全听得懂，一门儿清，不有这么句话吗，要想学得会就跟师傅睡，岑阿香的意思他都明白。唉！王彼得一声长叹欲言又止。岑阿香把滚烫的豆浆，像滚烫的情怀放在他面前，阿哥侬勿要担心，慢慢讲莫事体的。说着她用手轻轻晃了晃王彼得的肩膀。这下王彼得忍不住了，靠，试背了今天，一大早顶着门儿就吃张罚单！哦哟，我以为啥个事体，一张罚单有啥了不起的啦，阿拉经常吃罚单，打到成本里算数，不开罚单政府吃啥对吧啦？可五千，五千块耶姑奶奶！啥，侬勿要瞎讲八讲呀阿哥。谁瞎讲八讲了，五千美刀的巨额罚单，侬晓得吧？情急之下王彼得连上海话都用上了。为啥呢？环警非说我倾倒危险物品，我不就把十几台废电脑摆马路牙子上了吗，没错，是今天开始执行新法规，但五千块也试黑了吧，不拦路抢劫嘛！

听完王彼得这番感叹，岑阿香的确颇感意外。哗啦胜哪个业主没吃过罚单呀，那些老外警察专门欺负华人，开起罚单心黑手狠一点儿余地都没有，可即便如此五千美金的罚单也从没听到过。阿香这人爱琢磨，越想越觉得蹊跷。她对王彼得说，阿哥等一下，让我打个电话再讲。打给谁？阿哥还记得吴搭子吧，上海人，他不是也开电脑行吗，我想问问伊是不是遇到同样事体？喂，吴搭子吗，侬好哇，勿好意思，侬今早吃罚单了吗？啥，侬也吃到了？罚多少钞票？啥个，四百块，不是四千块对吧啦？侬丢出去几台旧电脑啊，欧买嘎，十来台，就罚侬四百块，好的有数了，侬有空过来白相啊，谢谢侬。

阿哥，侬没得罪啥人吧？

得罪人，没有啊？

侬好好想想看阿哥？

岑阿香的提问让王彼得一激灵，感觉被泼了碗凉水，女人的直觉很奇妙，有时就像凉水能把迷糊的男人泼醒。他脱口而出，别是前几天那个找我修电脑的吧，不会呀？接着王彼得往细了一掰扯，说有这么档子事不知相关不相关？

上礼拜有个二十来岁小伙子，抱着手提电脑堵门儿要求修理。王彼得心说，电脑行开了十来年，这么早堵门儿的还真不多见，绝对冤大头，吃定他了。小伙子急赤白脸，你修手提吗？修啊，本店强项呀，怎么不好？它一片漆黑打不开。一片漆黑，你拿它干什么了？昨晚玩游戏来着，玩着玩着突然停了，再也启动不了，这是我爸的电脑，他出差回来非杀了我不可，你帮帮我吧。王彼得一笑说，我可以帮你瞅瞅，不过这种惠普电脑修理费比较贵，不如买新的。没关系没关系，能修好就行，求求你了！得，那就帮你个忙，今天肯定不行了，你爸什么时候回来？三天后。那就没问题，明天早上你来取吧。小伙子喜出望外扭头就跑，单子也不拿。王彼得心说，必是家里有俩糟钱儿惯得没人样，被惯坏的孩子让人鄙视，还不照死了敲他。三百，三百啊！小伙子点头跑远了。

普惠这款手提电脑王彼得不看就知道毛病在哪儿。哪儿？百分百电池接触不良。你想啊，突然黑了，只要不是母板损坏，母板损坏的几率相对很小，还能什么原因，没电还不黑？这款电脑的电池加工有缺陷，王彼得见得多了，只要把电池上端拿东西顶住，别让它松动就齐活，两分钟的事。既然要人家三百大洋，甭管问题大小还是按程序走，力气用到就算对得起他。于是王彼得装好电池，电脑果然启动，再用连线接通硬盘，开始给整机做备份，做备份就是把电脑上全部信息复制到王彼得的备用硬盘上，万一维修中出现损坏还能从备份中找回来。然后重新格式化，重装驱动器及常用软件，老一套。按说下一步该把备份上的个人信息还原到电脑上。就这时，咣，纽约一台正报道市长白思豪宣布的一项决定：我认为，中央公园的观光马车是非人道的，必须禁止，并以电动观光车代之。一听到这儿王彼得蒙了，他边干活边看电视，看到此处忍无可忍，三十年前刚到纽约时他在中央公园的马厩打工，对这些马感情很深，连名字都记得。你什么烂市长啊，马车碍你肝儿疼了，满大街要饭的不管，跟马车较哪门子劲呐？王彼得义愤填膺骂骂咧咧，正好到饭口上了，自然而然，他甩手肖门找岑阿香念叨念叨去。

　　　我想起来了阿哥，那天侬火气好大！
　　　没错，就那天中午。
　　　后来侬还骂人家市长来着。

　　岑阿香说得没错，王彼得破口大骂，你个王八蛋市长，非要取消马车，中央公园的马车打一八五六年就有，属文化遗产，弄不好都能申遗，懂个屁呀，凭什么你说取消就取消呀？看王彼得气成这副德行，岑阿香当时还拿他打趣，哦哟，市长的事体侬也要管，扎啥台行啦？现在正竞选州议员呢，侬去啊，那个候选人还是华裔，叫个啥，麦克陈对吧，侬去打败伊呀。嘿，你还别激我阿香，老子是不去，我要去，就他，满完，别看他麦克陈的照片贴得满大街都是，我一看丫就来气，听说他爹当过汪精卫的次长，这小子肯定也不是什么好鸟。哦哟哟，侬的鸟好，好不啦？说到这儿阿香自己也笑出声。她在桌上摆了三黄鸡和熏鱼，都是王彼得爱吃的，外加一壶温好的黄酒，阿哥呀，侬自己的事体管管好就算数了，吃完饭赶紧回去上班，生意嘛，哪能说关门就关门的对吧？

那天晌午从松园餐厅回来兴许是分了神，王彼得回到店里把小伙子那台手提电脑匆匆整理一下就完活儿了，根本没想起来应把用户个人文件还原回去，偏巧第二天小伙子取货时也没顾上验机，王彼得索性把这件事忘个干净。

直到两天后。

这天王彼得刚泡好一碗方便面，他喜欢吃面，佐以四川泡菜加酱牛肉堪称美味。他夹起面条还未入嘴，眼前便浮现出一张中年男人的面孔。只见他眼眶发红眼神发愣，看着就火不打一处来的劲头，让王彼得顿感疑惑。不管怎么说人家是客，王彼得点点头，来了您？心里还可劲琢磨，谁啊，看着好面熟嘛？对方并未接他的茬儿，目光居高临下，交织着某种审视与怀疑，让王彼得心中不悦，心说你丫谁呀，跑这儿抖份儿来了，少跟我玩儿里格楞。他放下热腾腾的面条，怎么茬儿，您，有事？

认识我吗？
不认识。
你再看看。
再看也不认识。

对方将手中提包打开，取出一部手提电脑摆在王彼得面前，这你认识吧？王彼得定睛一看，心说这不是前几天给那个小伙子修的普惠吗？再看眼前这位仁兄，显然来者不善呀。王彼得平淡地说，我每天过手的电脑忒多，记不清了，您到底什么事吧？里面的文件呢？对方打牙缝呲出一句，随手启动了电脑。等王彼得打开视窗文件夹一看，心里咯噔明白了，你大爷的，怎么忘了把用户的文件复制回去，丢了文件人家能不火吗？按王彼得平日的脾气，说声抱歉，赶紧给人家把缺失的补上，文件都在备用硬盘上存着呢，两分钟的事儿。可想想这家伙的德行，他决定继续装糊涂。电脑挺好啊，没问题！里面文件呢？什么文件，你的还是我的？废话，别装糊涂，知道我谁吗？说着他啪地往桌上拍出一张两尺见方的广告，上面写着"请投麦克陈一票"，还有照片。王彼得这下恍然大悟，原来他就是岑阿香提到的州议员竞选人麦克陈，敢情小伙子是他儿子。想到此王彼得心说，干脆打个圆场算了，别跟他扯淡，这种人都打过鸡血，不好沟通。他刚要开口，只听麦克陈大声嚷起来，我是麦克陈知道吗，我是受法律保护的公共候选人耶，你个土老帽，你要故意弄丢我竞选文件我可以告你耶，我现在就能报警抓你信不信？抓我？一听这个王彼得顿时火大了，说合着帮您修电脑还修出麻烦出来，今儿您还非得报警不可了，我倒看看警察凭哪条抓我，是抓我还是抓您这个无理取闹的？

麦克陈也不示弱，他指着王彼得鼻子说，你不认账对吧，老子不怕你不认账耶，我儿子马上到，咱们当面对质，看你怎么说！话音刚落只见大门微启，一个年轻人诚惶诚恐地蹭进来。没错，正是收他三百块钱的小伙子。王彼得先发制人，哟，你回来了，这台手提不好好的吗，怎么了这是？小伙子没吭声，麦克陈一把将他揪上前，你问他，里面的文件呢？王彼得赶忙让麦克陈松手，得得，我算闹明白了，小伙子，当初你拿来这台手提是不是黑机了？小伙子点点头。就是啊，第二天取走是不是好的？小伙子又点点头。旁边的麦克陈等不及了，我没说不工作耶，我是说里面文件消失了，你得把文件还我耶！

知道什么叫黑机吗？

不清楚耶。

黑机就是你们说的宕机。

酱紫啊，那又怎样？

里面文件清零了。

什么意思？

所有文件都丢了。

    麦克陈的表情顿时僵住，脸色更年期般冉冉发红，又渐渐白回去。他扭头对小伙子吼道，是这样吗？小伙子点点头，看着麦克陈的目光又摇摇头。我说这位先生，是麦克陈先生吧？王彼得此刻已镇静下来。您看，当初您儿子送来时文件已经没了，与我无关，我根本没见过您的文件，不信您可以打听，从我这儿出去的活儿有一个算一个，就没不满意的。您可以问您儿子，原本三天的活儿我连夜赶出来，怕您出差回来骂他，这倒好，做好事还落埋怨了。王彼得心说，谁叫你小子出言不逊在先的，我这个土老帽今天就治治你这身臭毛病！想到此王彼得从容不迫，这么说吧麦克陈先生，哗啦胜修电脑的多了，像我这么有经验的实不多见。知道我干吗的吗？李曼兄弟公司听说过吧，哎对，我原先就是那儿的资深主管，它要不倒闭我怎么也……刚侃到这儿麦克陈一抬手叫停了他，目光从居高临下转为捉摸不定。好啊，怎么称呼你？鄙人王彼得。宕机会将所有文件都清除吗？有这种可能。我再问你一次，你想好再回答我，你说你从未见过这台电脑里的文件是吗？没见过。那你肯不肯写下来，声明你没见过？写下来？王彼得一愣，万没想到对方会提这样的问题，但马上又冷静道，不是，没您这样的，认识都不认识您凭什么给您写呀，我又不是罪犯？那好，我记住了，你好自为之王彼得先生。说完麦克陈拉着儿子转身而去。

3

阿香你说，会跟这件事有关吗？

伊让侬好自为之啥意思啦？

我也不清楚啊。

侬不是很老练吗，怎么耍小孩子脾气啦？

谁让他盛气凌人来着？

是侬忘记归还人家文件在先呀。

王彼得回到店里一直无语，他感到周边世界从未有过的安静。原本单纯只为五千元罚单懊恼，现在加上得罪麦克陈的事，甭管有没有关联，让他更为意气用事而沮丧。你说你，明明人家的文件你不还，还怪人家发火，谁丢文件不急呀，装回去不就完了，非置这口气，有这个必要吗？王彼得情不自禁地往回琢磨，像倒片儿似的一幕幕回放，越想越觉得理亏和不安。黑机必然导致文件自动消失吗？懂行的一听你就在胡扯。用户文件在硬盘上，黑机是母版和启动系统或电源问题，碍硬盘屁事啊！如果文件丢失，再怎么也有操作者的责任，还跟人家吹是李曼兄弟公司资深主管，那就更跑不掉了。阿香说得没错，你说你办的这小儿科的事，一念之差让自己平白无故陷入被动，人家让写字据又不敢写，明摆着心虚呗，你说你这人，把文件还给他能亏你什么呀……

王彼得越想越自惭形秽，脸上阵阵发烫。人的感觉很有意思，永远不走直线，而是颠三倒四来回反复。此刻王彼得的心情正如是，他自责过了头不由突发好奇，不对呀，麦克陈一公众人物，又公职竞选人，怎么今天如此变态，一点儿政客的涵养都没有，连"土老帽"这种侵犯性词汇都脱口而出，太反常了！再者说，电脑文件丢失谁都发

王彼得

生过，就丢的那一小会儿着急沮丧，几天就过去了，至于吗，世上除了良心没什么不能丢的，这年头连良心都能丢，何况电脑文件乎？王彼得边想边接通备份硬盘，想瞅瞅究竟什么东西让这位公职竞选人陷入几乎失控，不，是已经失控的地步。

就这么一瞅，干了。

硬盘里文件繁多，图文兼备，均为英文。这倒难不住王彼得，他毕竟在美国读过硕士，又在李曼兄弟公司混迹多年，这点儿英文不算什么。当他随机打开一个文件夹，眼前浮现的几份图片顿时让他惊呆了，完全超乎想象。一是几张麦克陈和其他男人的裸照，不光裸男，还有裸女数枚相伴左右，关键是他的一双手放得很不是地方，一只在毛上，一只在点上，神态极为恣肆，与竞选广告判若两人。另一张更让王彼得倒吸凉气，那是一份格林巴尔公司的转账单，美金二十万。格林巴尔公司是专业垃圾处理公司，位于哗啦胜边缘的河岸上。它产生的粉尘极大污染着华人社区的生活质量，阻滞房市的发展，是臭名昭著的害群之马，无一公职竞选人不以搬迁格林巴尔为诉求的。可年复一年它不仅没挪窝儿，还居然扩大再生产，向政府投标河对面的滩地，极为嚣张。面对这张转账单王彼得陷入极大困惑，莫非麦克陈也被格林巴尔收买了，他的竞选承诺不过为骗取选票而已？王彼得的心脏极速跳动，血流像奔腾的野马冲得脑浆子生疼。如果真这样就太可怕了，玩几个婊子可以容忍，但借竞选自肥出卖选民利益绝对是爆炸性丑闻，能上《纽约时报》头条的！王彼得心潮翻滚难以平静，像火苗一样，心底迸发出阵阵愤怒。坊间称王彼得这种红旗下长大的一辈人"老愤青"或"天生战斗机"，宋丹丹春晚中不有句顺口溜吗，"下蛋公鸡公鸡中的战斗机哦耶"，公鸡能下蛋，说得正是这拨人。刚才王彼得的自责已烟消云散，他被这张转账单产生的巨大悬念吞噬着，饿狗般在屋里踱来踱去。

毋庸置疑，王彼得的关注离不开手中这张五千元罚单，会跟罚单相关吗？为建立格林巴尔转账单与罚单间的逻辑关系，他尽力在网上搜寻麦克陈的个人信息，看能否找到蛛丝马迹。没想到最后的结果令他瞠目结舌一声惊叹，看来上周对麦克陈的戏弄岂止是一场遭遇战，更是命中一劫，像北京人常说的，摊上事了！资料显示，麦克陈的父辈就与美国政界来往频繁，当年他父亲作为国府中央金库驻纽约首席代表，与马歇尔将军、陈纳德将军来往殊多，这小子闹半天是官二代，他个人经历也从未离开从政为官这条仕途，哥大法学院，和平团亚裔部主任，联邦环境署处长，纽约绿色发展协会副主席，等等！绿色发展协会？太可疑了，这不就是环保机构吗，肯定跟纽约环保局串着呢，一定是他，我说怎么人家罚四百我罚五千，绝对这孙子使得坏，咱怎么把他给得罪了呀？

黄昏中的哗啦胜渐渐暧昧，夕阳拖着缠绵的脚印，在窗外一步三顾，像不忍离去的恋人凝眸远眺。按说此刻最容易感到幸福，特别对王彼得来说，他是性情中人，夕阳是催生揉制打造沉醉美好情感的孵化器，更是性情中人的圣经。

然而今天他实在顾不上了，性情中人不等于缺心眼儿，他们面对现实的能力不比老油条差。赶上如此严峻局面，王彼得不得不一再问自己，究竟有没有破解之道，如果有又是什么？比如最简单的，直接找麦克陈当面道歉，告诉他文件找着了，完璧归赵，行不行行不行呢？来来来沙盘先推演一下，前提是与麦克陈之间没有信任只有戒心，更无第三者出面缓解，硬碰硬愣怹，你是他会怎么办？那还用说，当然是怀疑喽，再怎么道歉也无法相信你的诚意，何况这些文件经过你手，你存没存底，给什么人看过没，为何当时不拿出来现在拿出来，背后有没有指使，是否构成联邦重罪，都是他一定思考的问题。接着必让你出具供词签字画押，就跟投案自首差不多，人家学法律的，先把你彻底缴械毫无还手之力，再酌情治理，更别说撤销五千元罚单了，连门儿都没有。想到此王彼得愈加坐卧不安呼吸急促。靠，大不了鱼死网破，有什么呀？明明贪污受贿的是他麦克陈，是咱攥着他的把柄，怎么倒没底气了，实在不行揭竿而起为民除害，豁出这五千块不要，再搭五千块凑个整儿，在《纽约时报》自费登广告，曝光麦克陈耍流氓受贿的铁证，跟丫死磕！不行不行。王彼得马上否定了这种冲动想法，不到最后时刻不能走这条自杀式绝路。常识十分清楚，决战必须先有铺垫，有个发展过程，仅凭五千元罚单就自我引爆当人肉炸弹，咱的命就值五千块吗？不如以静制动，交上五千罚金再说。不过话说回来，毕竟五千块，叫我如何咽下这口气，如何割地赔款拿出这五千大洋呢？冷静呀冷静，得罪麦克陈就因为不够冷静，不能再犯同样的错误了。王彼得喃喃自语，强迫症般对自己嘟囔着。

突然，他想起汉森律师，对呀！

说到汉森律师还是绕不过岑阿香，那年她吃官司正是汉森律师帮她渡过难关。这件事说来本不该发生，岑阿香非要把餐馆的地下室重新装修开个棋牌室，从后院单开一个侧门进出，既隐蔽又不影响餐馆生意。用她的话说，地下室空着不浪费吗，开个棋牌室抽头好了，每人二十元管一顿盒饭，阿拉帮助老人家打发时间呀，对吧啦？王彼得当即提醒她别自找不痛快，棋牌室往往是聚赌的代名词，你说你不知道没用，如果有人报警你是房东抓的就是你。再说你这个地下室按规定只能做储藏室，不能搞经营，这要被告又是一条违规，两者相加还不判你个一年半载的，小心连绿卡都给你收了，赶你回松江。岑阿香听罢老大不乐意，哦哟，侬懂啥，人家吴搭子不就开了吗，钞票么捞捞，有啥了不起啦？最后王彼得拗不过她，宽大丰满的女人都是想咋咋，压倒一切谁也挡不住。

结果怎么样，踢铁板上了吧。赌棍有几个是善茬儿的，少不了无赖之徒。岑阿香就遇到个叫小发子的搅屎棍子，赢了钱还好说，只要输钱肯定赖账，我说哥儿几个，你们扫听扫听我是嘛人，当年混地面儿，提我小发子名号他们就得跪信吗？我听牌根本不看，到点儿听牌，到点儿听牌！好好到点儿听牌，您先把钱交上行吗？嘛玩儿，找我要钱，上把欠我的呢，讲理吗，欠我钱凭嘛不还？这小子成天就这么胡搅，把岑阿香气得呼哧带喘，那天一下没绷住，连推带搡把他撺了出去。这下崴了，就在当天下午，片儿警巡警楼宇警同时抵达，四五辆警车打着闪灯堵门口，终酿成一场沸沸扬扬上报纸的法律诉讼。

岑阿香顿时尿了，小脸煞白，梨花带雨搂着王彼得不撒手，阿哥对不起侬，阿拉没想到会吃官司的啦，现在哪能办啦，阿哥侬讲哪能办啦？还好王彼得找到汉森律师帮阿香打官司。他跟汉森是在中央公园马厩打工时认识的，汉森律师当时正代理马车公司因一起交通事故，跟甘比诺家族的一位二奶打官司。这位二奶也是暴脾气，尺骨骨裂多大点儿事啊，保险公司也赔偿了，非让法庭把那匹叫禅丝的肇事母马判给她，说要一枪毙了它。好么，这下把王彼得逼急了，禅丝是他最爱，他的命，谁敢碰禅丝一下老子拼了！要说还是汉森律师有招儿，他问王彼得，你拼得过甘比诺家族吗，看过电影《教父》吗，原型就是甘比诺家族，你几斤几两跟人家拼，傻不傻呀？最后经汉森律师运筹帷幄，约多方斡旋才息事宁人，否则禅丝非给弄死不可，王彼得不得上吊啊！因此岑阿香这个案子王彼得特请汉森律师出面打点，人家汉森律师真给面子，喊里咔嚓三下五除二，最后所有刑事诉讼全部撤案，只剩一点儿民事，关闭棋牌室罚款了事，偷着乐吧。王彼得心想，人这种东西真没法讲，都说命运，什么是命运？我看命运既非性格也非本事，而是遇到的人，遇到什么人就是什么命，有错吗？谁想到后来再次证明，王彼得这句话算他言中了。

4

王彼得长舒一口气，他为想到汉森律师感到欣慰。凭以往几次经验，相信他肯定能为眼下鱼崩瓦烂的迷局指条明路，应尽快见个面。他知道汉森律师喜美食，尤以日本和牛为最，有一回喝高了汉森开玩笑说，只要有牛排红酒，女人都可不要。真的？当然，暂时不要。哈哈哈哈，那我也是。王彼得抄起电话就打给岑阿香，汉森律师跟她也熟，还特别喜欢松园餐厅的南国风味，在那里见面合适。

> 阿香你替我约一下汉森。
> 好的阿哥。
> 你那里还有和牛吗？
> 有的有的。
> 再准备几瓶那帕的红酒，好点儿的。
> 有数了，阿哥侬放心。

岑阿香安排饭局没话讲，转天见到汉森律师更是周到有加，极尽地主之谊。侬好吧汉森律师，好长时间没看到侬，今天多喝几杯，这是那话山谷的红酒，侬最欢喜的。是那帕山谷。王彼得想纠正她，话到嘴边又收回去，干脆让阿香先起个头，毕竟好久不见，太直截了当难免尴尬。这时阿香又问汉森，牛排可以吗？太好了，地道的和牛。侬吃出来了呀，我早就说过侬才是真正的美食家，来，敬美食家一杯。汉森律师神采飞扬，这位德裔美国佬眼角的弧线让原本笔直的面颊柔和起来。我敢说这是全世界最美味的牛排！他硬朗的喉音打在丝绒墙布上显得有些遥远，似耳边絮语，再切下一块牛排放进嘴里灌上一口红酒，仿佛牛排是被红酒冲下去的。牛排红酒此乃绝配，像京男沪女绝配一样，红酒的植物酸可以酵化牛肉纤维，将蛋白质均匀释出，吃牛排不喝红酒铁定外行了。

　　尽管如此，汉森律师还是凭职业本能察觉出王彼得心事重重。以往喝酒王彼得是先缓后急越喝越紧，今天却有点儿磨叽。都知道喝酒讲个"通"字，上下一通千杯不醉。像王彼得这号人，红酒一瓶算垫底，心中块垒开始松动，肆无忌惮的活水丝丝全身流窜，那滋味比性欲美妙太多，古往今来写微醺的文字远胜过谈性爱的，正是这个道理。可王彼得因为心中有事，把酒给拦半道儿了，酒下不去自然奔上走，两杯过后就有点儿上头，半拉脑袋砰砰响像有只马猴要蹿出来，搞得寡言少语。彼得你好像有心事，有什么就说吧。就是啊阿哥，汉森律师不是外人，侬就讲来听听嘛。这么一来王彼得开始松弛了，他缓缓把吃五千元罚单，遭遇麦克陈的经历和盘托出，我想知道，依着你汉森律师，这两者间有必然联系吗，五千元罚单会不会是麦克陈的报复行为，该如何打掉呢？

　　　　我觉得你想多了彼得。
　　　　你意思是五千元罚单不是报复？
　　　　按说一个公职人员应该不至于。
　　　　可如果我发现他受贿的证据呢？
　　　　这话不好随便说彼得。
　　　　我没随便说汉森律师。
　　　　看来你并不了解竞选的复杂性。

　　汉森律师放下刀叉，把盘子往前一推，金属碰到陶瓷发出惊悸的嘶鸣，让空气抖动起来。这样吧彼得，虽然不是我的专长，我就把了解的选举规则介绍一下。汉森律师的喉音开始清晰起来，他说，纽约的选举法主要对选举程序做出规定，比如任期的长度，选区的划分，及争议的裁决，而对受贿行为没有专门法规，大都参照公务员法，由纽约市选举局、市选举财务委员会、市利益冲突委员会等机构负责监管。但这不是最重要的，最重要的是选举涉及各方势力的较量，关系到选民及社团的切身利益，非常敏感。对选举中的投诉一般宜粗不宜细，否则就没法选了，宁可忽略部分细节也要让选举前行，绝不能引发政治干预选情的局面，这正是体制的要求。比如选举法对个人捐款额设限，过去投诉较多的就是超额捐款问题，你能一张张清点捐款支票吗？再比如候选人的开销，怎么知道哪笔必要哪笔不必要，就像打架，分得清哪拳对哪拳错吗？法律和执法两码事，不能等同，并非所有违法都会被制裁，这才是基本现实。言罢汉森律师把挥舞的手臂停在空中，再把头慢慢转过来，法官似的盯着酒未喝通的王彼得，又落在岑阿香头上。

除非，你王彼得握有铁证。
那我要，真有铁证呢？

话音未落，王彼得忍不住从怀里掏出几张复印纸，包括那张五千元罚单，啪地拍在桌上，空气被震得咣咣作响。汉森律师一愣，大吃一惊，半信半疑捡起这几张纸，眉头顿时抽成一团，整张面孔都绷住了，木刻一样。彼得，你，打哪儿弄到这些的？算不算铁证吧，你还认为五千元罚单与此无关吗？汉森律师没说话，屋里突然十分宁静。他缓缓将文件放下，停顿了好一会儿才问道，这张，格林巴尔的转账单，也是你从麦克陈电脑里发现的？是的，你就说算不算证据吧，我当时跟他声明没见过这些文件，现在不会为此吃上官司吧？算证据，当然算证据，我也不认为你为此会吃什么官司，因为当时你的确没见过这些文件，实话实说嘛，不过……不过什么？彼得你听我说，罚单虽然值得怀疑，但事情并不像你想得那么简单，你知道麦克陈是谁吗，他可是资深政客人脉广大，仅凭几张照片一张转账单绝对搞不定他，检察官肯定不会因几张来路不明的复印纸就起诉他的。照你这么说，美利坚合众国的地面儿上还没天理了？王彼得激动起来满脸通红，他仰脖将杯中酒一饮而尽。旁边的岑阿香也紧张起来，连忙端起杯说，汉森律师侬就帮帮忙好不啦，来来来，我敬侬一杯，干了干了。

一看这架势汉森律师反倒笑起来，我想你们误解了，我明白你们的意思，一是想打掉罚单，二是要主持公道。哦哟哟，主持啥个公道啦，打掉罚单就阿弥陀佛了，对吧啦阿哥？那可不行阿香，能主持公道干吗不主持，麦克陈应该为受贿付出代价！王彼得生把阿香怼了回去。好家伙，就这下把岑阿香激火了，她不顾在汉森面前的淑女人设，河东狮吼发起飙来，侬个王彼得扎啥台行啦，我跟侬讲阿哥，这几天我右眼皮一些些跳一些些跳，吓么吓得嘞，肯定要出啥事体，侬给我太平一点，求人家汉森律师把罚单打掉算数，勿要再节外生枝了，我岑阿香把丑话放这里厢，侬王彼得关监狱我转天嫁人，看我做不做得出来，没人睬侬这个孤老头子。欧买嘎！岑阿香这通"激情演说"把王彼得吓傻了，哪见过这个啊，从来没有，他呆呆望着阿香那张被散发支离的面孔张口结舌，整场饭局顿时僵住了，汉森律师被晾在一旁。真不能轻易得罪女人，特别是上海女人，伶牙俐齿不依不饶，搞不定她们的。要说还是人家汉森律师有涵养，美国男人对女人的耐心真没法比，他把岑阿香扶回座位，再为她斟满酒说，完全是误会，你俩的问题就是不听我讲，如果听我讲完就不会吵了，能不能让我把话讲完？接着汉森律师把话头重新拉回到刚才的主题，他的目光开始闪烁，不停眨眼。

汉森律师说道，岑小姐的心情我完全理解，但单纯打掉罚单的最大障碍是彼得的确违规在先，他扔旧电脑，应该包括镭射打印机，彼得，是有镭射打印机吧？王彼得无奈地点点头。这就对了，镭射打印机所含污染物远高于电脑，如果我没记错，该项违规的罚款额应在两百至六千之间，五千并非最高限，即使为你辩护也只能以初犯为由，请求降低罚款额，但不会太多，估计很难超过一千块，你们愿意接受吗？王彼得岑阿香相视无言，满脸茫然。其实，汉森律师接着说，这也不失为最省事的办法，息事宁人，要我可能就这么做。那我们手中这些证据呢，白瞎了？王彼得愤愤不平。彼得啊，说句实话，这些证据对你本来就没用，除非你是麦克陈的竞选对手，以此挑战对方，否则意义不大。汉森律师这句话说得非常随意，像打个哈欠，却被岑阿香一下逮个正着。哦哟，汉森律师讲得嘎有道理啦，大律师就是大律师，这些个证据对阿拉没啥用堂，但对麦克陈的竞选对手大有用堂啊，干脆把这些证据卖给伊算数，羊毛出在羊身上，对吧啦？对呀，有道理，阿香你太有才了，你牛。王彼得附和道。不，不不不不。万没想到汉森律师说了一大串"不"，脑袋晃得像拨浪鼓。他喊起来，这样做是违法的，谁都不能销售不属于自己的东西，虽然我跟麦克陈的竞选对手，那个无党派候选人格拉斯很熟悉，他是我高中同学，但我绝不会帮你把这些证据卖给格拉斯的，除非有其他合法途径。

你，跟他同学？
没错是同学。
那不齐活了吗？

原来汉森律师跟目前排行第二的无党派候选人格拉斯是高中同学，他俩当年同在纽约市最棒的重点学校史岱文森高中读书。格拉斯是犹太裔药剂师，早年随父母从苏联移民纽约。电视上看他长着细细的眼睛，不高，很像电影《列宁在十月》里的托派领袖布哈林。据说此人精明好斗不屈不挠，过去数次以共和党候选人参选，均未胜出。这回听说经高人指点，改以无党派候选人参举，没想到旗开得胜一路长红，排名仅随民主党候选人麦克陈之后，有几次民调还超过他。纽约市的选举是按选区划分，有点像中国的街道，哗啦胜便是一个选区，每两年选一次。先由民主党共和党等各路人马选出候选人，再彼此对决胜者为王。麦克陈是民主党候选人，格拉斯是无党派候选人，还有个共和党候选人就不提了，无足轻重，因为哗啦胜这地方是民主党的传统票仓，共和党毫无根基，难怪格拉斯过去选不上。他此次变轨杀回马枪，凸显破釜沉舟就此一搏的决心，他认为自己有独特的优势，因为此次民主党候选人麦克陈是亚裔，也是本市历史上第一位亚裔候选人参选州议员，亚裔跟犹太裔比较毕竟政治基础薄弱，所以格拉斯坚信天赐良机，志在必得。

此刻的酒，已越过三巡。正值仲夏之夜，雅间的空调隔绝了哗啦胜海湾湿热的贸易风，却隔绝不了人们在这个季节的动荡心境。夏天结婚的多，离婚的少，上床的多下床的少。莎士比亚好容易写几部爱情喜剧，最出名便是《仲夏夜之梦》。这时的人想问题容易正面，泰坦尼克号设计师安德鲁斯肯定是夏天开始设计的，所有浪漫主义诗人尽管命运不同，想必都是夏季高产。此刻的王彼得话开始多起来，他一把拖住汉森律师，你汉森给句痛快话，别玩虚的，兄弟有难你管不管，管不管吧？管，彼得你放心，我肯定管！那什么都不说了，全在酒里了，跟你交个实底儿吧，我哪找五千块去呀，有也不给他，所以格拉斯那边你务必想想辙，条条大路通罗马，就没路通向格拉斯吗？我知道了彼得，不过你别再喝了，岑小姐，快别让他喝了。汉森律师把王彼得扶到岑阿香手上。阿哥哟，侬勿好再吃酒了，侬不是讲红酒要品，勿好一杯杯干吗？她欲从王彼得手中取下酒杯，却被他躲开了，阿香你也太太逗了，还"那话儿山谷"，狗鸡巴山谷，哈哈哈哈，是纳，纳帕山谷懂吗？晓得嘞，纳帕纳帕，晓得嘞阿哥。说着阿香又想用苹果醋换下王彼得的杯中酒，不料他刚喝一口就叫起来，这什么玩意儿，别以为我喝不出来，你说什么酒我喝不出来吧？只要纳帕山谷五十块往上，次的我不喝，别看汉森律师大老美，他没我懂酒，汉森律师，汉森律师，咱俩来来来再干一杯玩耍。岑阿香这下不敢再由着王彼得了，阿哥侬勿要吃了，人家汉森律师早走掉了，屋里厢没有汉森律师了呀阿哥。

那晚月亮好大，纱帘像比基尼，挡不住嫦娥的尺度。阿香把王彼得扶到床上，不断用湿毛巾给他擦拭胸口前额，望着他在自己撑满的怀中睡得像个孩子。侬个猪头三哟，面孔要吧，还"那话儿山谷"，侬的那话儿来赛不啦，个赤佬坏！她以为王彼得早已睡死过去，不料这小子突然睁眼抓住阿香的手，吓她一跳。那几张复印纸呢？复印纸，我没看到啊？你没收起来吗？没啊，要命嘞，不会是汉森律师拿走了吧，肯定是伊拿走了。

5

接下来几天王彼得本想给汉森律师打电话确认一下，犹犹豫豫一直没动。他的担心出自本能，这毕竟是人家麦克陈的文件，咱还说压根儿没见过。一旦这东西被汉森律师带入滚滚红尘，再痴痴情深也白搭，脱线的风筝如何把控？没传出去它听咱的，传出去可就不好说了，世间万事都朝相反的方向发展，到时候咱听它的也保不齐。不过有一点十分明确，汉森律师的确把咱的事儿当事儿，够意思，要不他拿复印纸干吗，还不为打通格拉斯吗，不咱自己说条条大路通罗马也通格拉斯，真通上又担心啦，担心什么呢，王彼得一直没想明白。眼前这张五千元罚单的付款期是三十天，也就说三十天内把支票寄出，信封上的邮戳在三十天以内就不违规。说话都小两周了，日子真快，有好事期限就慢，有坏事期限就快，死规矩，头一回约某女孩，说好七点，五点到七点这俩小时最难熬，手表是不是坏了呀，怎么光秒针动时针不动呢？单位轮值打扫公共卫生，昨天刚我，一周一次怎么又我啊，再看日历才明白一周早过去了。眼下每天对王彼得来说都构成压力，一边是罚单的硬压力，一边是"滚滚红尘"的软压力，硬压力显然更霸道，刀架在脖子上，所以王彼得无法与汉森律师果断切割，万一弄出钱呢？要说也真不容易，他整天这么纠结着，幸亏这天岑阿香来电话让他过去帮忙，才猛地把他从云里雾里拉回生动人间。

> 阿哥侬明天过来帮忙好不啦？
> 帮忙，怎么回事啊？
> 接了个大聚会要布置会场。
> 什么节骨眼儿聚会呀？
> 明天国庆节勿晓得呀，侬痴呆啦？

若非岑阿香提醒，王彼得真把国庆节这事给忽略了。撇开心情不讲，国庆与国庆也不尽相同。老家那个国庆毕竟与生俱来，虽远隔重洋，到时到点儿心里必荡起涟漪，就像"风乍起，吹皱一池春水"，是本能反应，没啥可解释的也无法改变。只要时辰一到自然会想起那首《我的祖国》，斗来拉扫斗，米扫斗拉扫，扫拉扫米来米，扫米拉斗来。可人家哗啦胜这边国庆也有自己的歌曲，此刻王彼得行走在彩旗飞舞的缅街街头，国庆节封街游行，开路的铜管乐队、风笛乐队正打他身边走过，那旋律也是十分熟悉的，知道《星条旗永不落》吗，哎对，就这首曲子，米米米米米米米发发，来斗来来来斗西拉西扫，王彼得心说，还真不是跟你吹，当年首都体育馆，号称"首体"，小泽征尔指挥的波士顿交响乐团，最后返场用的就是这首铜管乐，咱坐头一排，连小泽征尔的门牙都看得一清二楚，好么，全场沸腾啊，开锅一样站起来击掌和鸣，是哪年来着？一九七九年三月，没错，还穿大棉袄呢，打那儿以后该旋律再未遗忘。说实在的，比起小泽征尔你们这水平也太烂了，音儿都不准，大三度和弦，这都什么呀这是，说你呢圆号，你瞅我干吗，跑调都跑到姥姥家去了。

甭看王彼得絮絮叨叨，人家周围观众该怎么乐和怎么乐和。放眼望去，白的黑的黄的，还有红的，美国人管印第安人叫红人，他们的皮肤经阳光一照射，会泛起热血般浓郁的暗红色，仿佛是被血流成河的历史染成的。当然，哗啦胜最多的还是华人，论颜色黄色过半。他们手里举着国旗，很有意思，有美国的也有中国的，又不是中国国庆举中国国旗干吗？人家可不这么想，心说一笔写不出俩国庆来，我花搭着过你管着吗，爪哇国国庆我也举中国国旗信吗？王彼得来不来就首都体育馆，人家想的是庙会赶圩。王彼得动不动就小泽征尔，人家聊的却是"闰土"，是"赵太爷"和"吴妈"，王彼得体尝过中美蜜月的美好憧憬，人家却经历了偷渡奔命的生死煎熬，林子大了什么鸟儿都有，虽说皆为华裔，有雨打芭蕉的，有铁马冰河的，有吃咸粽子的，也有吃甜粽子的，不都一样。如果说一样，黑头发黑眼睛是一样的，他们作为少数族裔的政治地位是一样的。

游行队伍呈方队行进，浩浩荡荡没头没尾，整条缅街恍若一条河流，历史符号在世俗生活的海洋中若隐若现。所有方队均以社团划分，比如说，工商协会的方队就由哗啦胜商家及子弟组成，打着各自名号招牌，把游行变成一场品牌秀。还有妇女团体，简直是旗袍嘉年华，花枝招展秀色可餐，现在旗袍的开衩比从前极大扩展了，王彼得心说，小时候赶隆福寺庙会，那时旗袍没敞这么大口子啊，好么，连小裤衩都露出来，到底想干什么呀你？接下来是作家文人方队，真不好意思说这帮人，估计是想露脸又不肯卖力气，都什么呀七拼八凑的花车，也没个风格，稀稀拉拉俩半人儿，还个个儿都像诺贝尔文学奖获得者似的，围观群众的笑语欢声顿时停下来，仿佛中场休息。这都谁呀？作家。作家不好好待家写东西跑这干吗，作家搞什么花车呀，不堪寂寞能是好作家吗？

缅街的道路很长，王彼得走得很慢。来美这么多年，说实话，哗啦胜国庆游行年年有，对他来说却是头一回从头到尾这么投入。平时街面上华人同胞见得多了，满大街的华语方言，外带英文串种儿，北京话、上海话、东北话、天津话，还有福建话、温州话、广东话、四川话、河南河北、山东山西，大陆本土未必找得出这么块巴掌大的地界儿，跟开大会似的把各路代表都凑齐了，好家伙，是真他娘的带劲儿，贼啦贼啦好使，那可是忒儿好了，介尼玛太给力了，米道娇惯好，要得嘛，霸道，歪瑞故的，三克油歪瑞嘛赤啦！可今天情况不同，王彼得从未见过如此之多的华人，自己的骨肉同胞，潮水般聚在一起，哗啦胜华人多不假，没想到会这么多，多到整个国家都像是华人的。这让王彼得不大不小感到震动，甭管是"首体"还是赶圩，无论是"小泽征尔"还是"吴妈"，这里，此地，不已然是我们大家共同的家园吗？王彼得刚想把感慨继续下去，他是个善于感慨的人，属性情中人，但接下来一幕让他不得不暂将"长吁短叹"抛至天外。

大队人马走到这会儿已接近尾声，谁承想压轴儿的竟是选举人方队。今年是大选之年，政客们绝对不愿放弃难得的抛头露脸机会，争相亮相，而走在最前面的恰恰是麦克陈的方队，这让王彼得有些意外，万没想到去阿香处帮个忙竟会与老冤家隔空相遇。麦克陈一改平日的西装革履，打扮得像去打高尔夫球，蓝色T恤衫配白色休闲裤，谁都知道蓝色代表民主党，红色代表共和党，麦克陈的穿戴一目了然表明自己的党派立场。他站在花车上微笑着向观众致意，花车前面有个巨大横幅，上写"第一次"，意指他代表亚裔第一次参加政府公职的竞选，是华人的破冰之旅。只见他带领身边的团队不断高呼着"第一次，要选上，是华人，就帮忙"。王彼得一看就明戏，这是打族裔牌，看准哗啦胜选区的华人选民集中，用"华人支持华人"的诉求感召选民赢得人心，谁不想选个"自己人"代表自己啊，看来真小瞧他麦克陈了。王彼得自然想到他手中的"铁证"和五千元罚单，试图用鄙夷的目光审视花车上的麦克陈。巧的是，此刻花车正从他眼前经过，麦克陈也正好站在王彼得这一侧，与他的直线距离不出五米，而且还四目相视照了个对面！王彼得一愣，刹那间没反应过来该笑还是该怎么着，装看不见肯定不行，都对上眼儿了，太晚了。就在神情未定之际，只听麦克陈直呼其名对他大喊，嘿，王彼得，彼得你好吗？投我一票，投华人自己一票！最后这句渐行渐远，因为花车已通过王彼得的位置朝前驶去。王彼得下意识晃晃脑袋让自己镇静，才发现右手仍悬在空中，分明刚刚是向麦克陈致过意的。

无独有偶，事情至此并没有完结，游行队伍不会因王彼得发蒙就不走了，仍在一拨拨向前涌动。麦克陈的方队过去了，后面还有跟着的呢。谁呀？还能是谁，不搭不配不偏不倚不上不下不左不右，没错，正是格拉斯。格拉斯的方队整得比麦克陈还豪华，前方也有一巨大横幅引路，写着"只有公正，没有党派"。你瞅瞅，能忽悠吧，只有公正没有党派，人家一琢磨对呀，有公正要党派干吗，党派有党派立场，弄不好离公正更远呢。站在花车中央的正是格拉斯，小个子细眼睛，黑夹克鸭舌帽，心说大夏天不热吗你？嘿，人家就要这劲儿，乍看绝对像《列宁在十月》里的布哈林，弄不好是后人也说不定。他也热情向两边观众示好，用英文呼喊着"要公正无党派，要公正无党派"。可惜多数华人听不懂他喊什么，只是平平淡淡地客气客气。与此同时，王彼得一眼发现站在格拉斯身后的竟是汉森律师，顿感困惑，汉森律师没说他是格拉斯团队成员啊？就在这时，只见汉森律师俯在格拉斯耳边说了些什么，接着他俩一同向王彼得挥手打招呼，彼得，王彼得，你要不要上来呀，快上车吧彼得！王彼得举手还礼并没动窝儿。周围观众好奇地盯着他看，心说刚才民主党叫你，现在无党派也叫你，你丫谁呀？

6

当晚松园餐厅的聚会结束得很晚，等一切尘埃落定快半夜了。阿香对王彼得说，阿哥侬忙得饭也没吃好，我给侬做碗阳春面吧。她知道这是王彼得最爱，他每次回国看父母从不直飞北京，非转机上海，就为吃一碗正宗的上海阳春面。另一方面，阳春面在上海苏州虽然普遍，素面十元，加浇头十五。就这么一碗面，纽约甭管多大多牛，走遍全城做不出来，不仅纽约，估计全美国都做不出来。不信去问问中餐馆，菜单上一般没有，有也假的，东施效颦完全不对。原因很简单，阳春面需温水揉面还需馇面，才能又细又筋道，关键必须现做现下，干面或速冻面都出不来那种生熟之间百转回肠的细腻口感，这恰恰在纽约是办不到的，中餐馆千篇一律，干面冻面乌冬面，来这儿吃海鲜可以，吃面没戏。所以阿香这碗阳春面非比寻常，蝎子屎独一份，人家亲手操作，做的是心思。其实好吃食往往看着简单做起来讲究，著名作家陆文夫笔下的美食家朱自冶，毕生追求的不过是一碗头汤面而已，头汤面就是阳春面，这碗面凝结着一部汉人南渡的文化迁徙史，中原与水便是江南，北方面食都是胡人串种的，哪有苏杭这份玉簪花落的精致哟。

> 我看到麦克陈了。
> 侬讲过了。
> 还看到汉森和格拉斯了。
> 侬也讲过了。

夜色无言。穿越纱帘看缅街，有点儿像疲惫的孩子已然入睡。四周静谧而幽暗，只有松园餐厅一角还闪烁着不甘的灯火，恍若绝望中的一丝不弃。王彼得不断对阿香重复着遇到麦克陈、汉森和格拉斯的事。阿香静静听着，望着他吃面的样子，心说面是好面，可侬这副吃相哟。不知怎地她想到与王彼得做爱的情形，男人吃面吃人差不多，急吼吼，吃起来不管不顾的。她情不自禁说，阿哥侬慢慢吃，还有呢。王彼得却顾不上这些，他的心思已被今天的经历撑满，溢形于色。你知道吗阿香，麦克陈看去比上次高了，几天不见长个儿了他。侬瞎讲。这小子够贼的，你瞧他的竞选口号，"第一次"，抓人眼球吧，谁不知道第一次重要啊，女人第一次不就最难忘吗？王彼得看来兴奋过了头，女人第一次都是永恒的秘密，不好碰的。岑阿香抬手做个抽嘴巴动作，侬耳光要吃吧，个赤佬。你给我说说阿香，麦克陈真会和罚单相关吗？侬啥意思？我是说，你没看到他跟我打招呼的样子，特真诚，老朋友一样。那格林巴尔的转账单不会有假吧？阿哥侬搞七捻三犹犹豫豫到底啥意思啦？我没犹豫，那天他要态度好点儿就不会有这事了，华人参选也真不容易。侬讲得也有道理阿哥，单枪匹马跟老外拼怎么拼得过，我不看好伊，让伊去吧。

对了阿香，汉森律师也站在格拉斯花车上，他原来是竞选团队的，上次都没跟咱提？人家老同学，团不团队有啥区别的啦？说的也是，格拉斯还让我上他花车呢，他长得太像布哈林了，我都不好意思。为啥呢？站他旁边我不成列宁同志了。哦哟阿哥，侬面孔要吧，还列宁同志，宾拉丹差不多。阿香你觉得，我进他团队怎样，他选上我还能混个亚裔事务主任当当？听到这话岑阿香眉梢一扬，侬还是给我太平一点，咱把罚单钞票赚回来算数，否则侬当了主任我哪能办，再搞出小三小四来？王彼得没说话，他静静凝望着阿香疲惫的脸庞，不觉用手掠过她被汗水打结的鬓发，抚摸着她的面颊。阿香突然哭起来，泪水洒了一地，阿哥我好怕，天天睡不好觉，我不想让侬跟他们来往了，要不咱自己把罚单付了算数，这些天我流水上还有几千块，侬拿去付账吧阿哥。王彼得亲吻着阿香，把她所有泪水一口口吞进来咽下去，好的阿香，我明天就给汉森打电话，让他别管咱的事了，汉森他也真是，东西拿走就黑不提白不提了。好的呀阿哥，反正侬是王，侬要哪能就哪能好不啦。王彼得顺势把手伸进女人温暖的胸怀，一把掀开覆盖，落在柔韧的零距离上不肯罢休。侬要啊？嗯。侬面条吃好要吃人了对吧？嗯。

没等给汉森打电话，人家电话先到了。

彼得我汉森啊，哦买嘎，我不知该怎么说了，格拉斯一眼就看上了你，说你一看就受过良好教育，堂堂正正一个人。你先别说话彼得，先听我说，有件事你肯定想不到，中国人是不是管彼此喜欢叫"缘分"，你看，我说什么来着，格拉斯跟你就有缘分！你跟我说过你是人民大学经济学毕业的对吧，对对对对，你猜怎么着，猜，你猜，哈哈哈你猜不到的王彼得，格拉斯的父亲，老格拉斯就是你们人民大学的，他上世纪五十年代初从莫斯科大学去人大参加党史系的创建，有本书叫《联共（布）党史简明教程》是吧，老格拉斯就是作者之一，他在人大跟一个叫华胡的教授，是胡华啊，胡华，帮他撰写《中国革命史讲义》，什么，你母亲那时就是党史系的学生，你认识胡华，这太不可思议了，我这就告诉格拉斯，格拉斯，格拉斯，彼得母亲那时就是党史系学生，她肯定认识你老爹的，格拉斯，格拉斯，对不起彼得，格拉斯在电话上没办法，他让我问你好，这下你知道了吧，完全能跟百老汇剧情相媲美，我羡慕死了，看来咱俩当年在马车公司相遇不是偶然的，就为实现今天这份缘分做准备的，造物主真是太奇妙了！

对了，差点儿把正事忘了。彼得你上次的提示非常重要，格林巴尔是哗啦胜发展的毒瘤，必须赶走它，这样才能赢得选战。经过评估，格拉斯团队决定把这件事作为主攻项目进行。我们准备雇用专业监测公司，以格林巴尔为中心建立一个两英里的标准圆采集空气样本。彼得你不是数据师吗，我们需要你，想请你负责这次数据的分析处理。我们要用坚实的数据模型来描述格林巴尔对附近空气污染的程度及分布模式，这很关键，希望你不要推辞，我知道这是你的强项，对对对，你的强项。你要做的是，建立数据系统，对数据进行最后处理并产生简明易懂的数据报告。我们将用这份报告去州府奥尔伯尼游说，向州府和两院报告该事件的严重性和迫切性，争取由政府牵头与格林巴尔谈判，通过税务补偿和土地置换方式将其迁至偏远地带，给哗啦胜选民一个圆满的答复。你觉得怎样彼得，够刺激吧？我知道你想问什么彼得，这正是我要强调的，你所有工作都有工资，我们会从选举经费中拨专款补偿你的贡献，虽然不多，你知道我们都是义务帮忙，没有报酬，但你的情况不同，我了解，我们会争取各种机会让你有更多收入，相信我彼得。

听汉森律师把话说到这份儿上，王彼得心头掠过一丝不悦。前半截儿还行，说挺热闹，什么老格拉斯啊，胡华啊，当年莫斯科大学是派遣了一些专家支援人民大学，他母亲也的确曾是党史系学生，要说缘分还真算缘分，十分意外，但这不是最重要的，最重要的全在后半截儿。王彼得心说，自打那天喝酒汉森拿走那几张复印纸，至今也没听他提过这事。什么叫"我的情况不同"啊，什么叫"争取各种机会为我有更多收入"啊，我吃五千元罚单确实钱紧，可没白找你要吧，说破大天到底谁欠谁呀，合着我王彼得成了叫花子找你要工作是吗？你们要赶走格林巴尔我绝对支持，处理数据也没问题，的确是我强项，可那些麦克陈的证据呢，这可是我搭上大半辈子清誉换来的，到底怎么着给句话呀，没功劳也有苦劳，总该有个说法吧？想到此王彼得有点儿忍不住了。

那些，复印纸呢？
你是说那些证据吧？

没错，是的。

我正要说这个彼得。

接下来听汉森律师掰开碾碎一絮叨，还真不那么简单。是这么回事，随着选情逐渐深入，格拉斯的优势地位日渐凸显。他们最近收到不少"投名状"，主动举报麦克陈或其他竞选人营私舞弊的各种证据，你王彼得的也是其中一份。格拉斯的意思是，要尽量营造高大上形象，把精力集中在解决具体问题上，而非相互指责人身攻击上，驱赶格林巴尔便是一例。不到万不得已最好不用恶性竞争手段，用中国话说就是，别搞踹寡妇门刨绝户坟那套下三滥把戏，很容易歼敌一万自损八千，打不倒对方再把自己伤着，你说是吧？汉森律师刚讲到这儿王彼得砰地打断他，等等等等，我说汉森律师，听你这么一说倒是我不好了，俗话说听话听声儿锣鼓听音儿啊，闹半天我成踹寡妇门刨绝户坟的搅屎棍子了，图什么呀我？王彼得王彼得，能让我把话说完吗，你怎么总不让我把话说完，你们中国人都这么聊天儿的吗，有点儿风度行不行？好好好，你说，你有风度。

所以嘛，你这就没劲了彼得，我吃奶力气都使出来你倒说风凉话，太不公平了。那天我说什么来着，你托我的事我会尽力的，说过没有，你王彼得喝醉了就不认账，该怎么说来着，提起裤子不承认，你就提起裤子不承认。这件事本来就有难度，如上次所说，格拉斯团队很难用选举经费补偿你的线索，因为这样做法律上有风险，怎么办呢，我认为目前"驱赶格林巴尔项目"倒是天赐良机，你想想看，两者相互佐证不搭不配，格拉斯也觉得这样做效果最佳，他愿以竞选团队的名义联系媒体，尤其纽约一台，在哗啦胜图书馆门前召开记者招待会，向外界隆重披露你手中的重要证据，让我把话说完彼得，你怎么又要插我话，众所周知，媒体有的是钱，记者招待会上要安排纽约一台对你进行专访直播，让你出镜头彼得，他们的专访都是有偿的，至少万把块，你的问题不就解决了，你跟格拉斯真是有缘，这可是千载难逢的好机会，祝贺咱们的王彼得马上要成大明星了，你不觉得很带劲吗，放心好了，一旦敲定我会帮你把握谈话尺度，不会让你担责的。

我成大明星？

没错，马上。

虽然汉森律师说得很顺很激情，一切听着合情合理，该考虑的考虑了，该安排的安排了，里子面子样样罩得住，字面上理解绝对喜大普奔，如今这世道，人生价值全看出镜率，出镜率越高知名度越高，知名度高才有商业利益，雇经纪人，泡妞儿，百毒不侵想干吗干吗，所以出镜就是中彩，又娶媳妇又过年。可王彼得还是觉得拧巴，心绪宛如路由器的接线怎么也理不顺，大格局听着就不对，一切全成汉森格拉斯的恩赐了，明明拿我东西作秀我还得感激涕零，老外办事永远这种逻辑，天生救世主，占你便宜还得让你下跪，连《智取威虎山》里的座山雕都不如。胡彪打虎上山，献出许大马棒的秘密联络图，人家座山雕还有句人话：献图有功，劳苦功高，我封你为威虎山老九！这边呢，听半天连句谢谢全没有，甚至都不愿承认拿走了那几张复印纸，凭什么呀？你们高大上，你们不搞下三滥手段，连你爸都是我妈的老师，跟你们混我能有出头之日吗，恐怕起码的自尊都够呛。再者说，让我出镜头不明摆着拿我当枪使吗，以为我傻呀，我成十字军东征前祭祀的牛头了，等于彻底跟麦克陈撕破脸，一辈子世仇。他受没受贿还说不定呢，他跟五千元罚单有没有关联还说不定呢，毕竟人家现在是唯一登高一呼的亚裔候选人，力图撬开老外垄断的传统政治版图，揭发他不等于跟所有亚裔作对，这怎么行！想到此想到阿香，想到那个夜晚与女人和阳春面的约定，王彼得禁不住冒出一句：

谢谢你汉森律师，都结束吧。

什么？你意思是……

我不想再纠缠麦克陈了。

那他给你的罚单怎么办？

我认栽，自己付好了。

彼得，麦克陈对你说了什么吗？

没有，完全没有。

那到底怎么回事王彼得？

7

阿香听罢王彼得的叙说长舒一口气，连笑容都不一样了。有压力的女人微笑就是微笑，一点儿不多一点儿不少。可轻松的女人微笑不是微笑，是绽放，花枝招展，绝对比微笑多多了。此刻阿香就在绽放着，当她微笑的时候，身上每个部分都在跳舞，对对对，是"蓝色多瑙河"，斗米扫扫，斗扫，来发拉拉，拉扫，斗米扫斗，斗米扫斗，王彼得觉得阿香正在他面前足尖旋转翩翩起舞，每次转身裙角都会随风扬起，露出匀称圆润的小腿。这是王彼得，应该也是所有正经男人最赏心悦目的时刻，看着自己女人开心得像个孩子，像只花朵，像一汪泉水，男人的幸福不在外表而在内心，不在表达而在无言，王彼得就这么静静看着，吃着烤麸三黄鸡，喝着八年陈的花雕，一切都还原到初心状态，哗啦胜的夏天分明还是风情万种嘛。刚才出门时王彼得把付罚款的支票放进信封丢进邮筒，去他妈的，随口骂了一句，仿佛是为一场梦吆画上句号。他没要阿香的什么流水钱，怎么能吃软饭花娘儿们的钱？阿香一再坚持让他把几千块流水结余拿走，阿哥求求侬了好不啦，我晓得侬不容易，侬做啥要犟王呢？可王彼得的回答非常简单，一把拦腰抱住，比什么语言都强。他想起一部老电影的台词，"多少来点儿普鲁士战法岂不更好！"

阿香

其实按王彼得本意，他是想趁机拉阿香出去度假，地方都想好了，乘游轮去阿拉斯加看冰川，牛吧？几周的高强度压力突然消失，人像被抽空了一样松软如泥，干什么全没心思，就想跑得远远的，彻底放空，眼不见心不烦，与现实无关，与世界无关，潇洒走那么一回。王彼得心里还有个小九九，甭看结过两次婚，也甭管为什么，反正他从未度过蜜月，这个蜜字让他向往，何不借此良机双宿双飞，拉着阿香模拟一把新婚燕尔的美味？况且阿拉斯加冰川乃世界奇观，关键是由于温室效应北极气温逐年升高，听说再过几年就化光了，看不着了，那多可惜啊，什么都可不看冰川不能不看呀！为啥？阿香不解。你知道冰川是什么吗？勿晓得呀阿哥。冰川是水的来源，所有大江大河都源自冰川融水，这你都不知道啊？把阿香问得目瞪口呆，嘟嘟囔囔说跟我有啥关系的啦？哎哟喂，跟你当然有关系，水是什么，生命的起源，人类起源于水，冰川就是人类的故乡知道吗？哦哟阿哥，阿拉故乡是松江府，怎么又跑到冰川上了？那你说人类什么变的？不是猴子吗？猴子又什么变的？阿拉哪能晓得啦，猴子就是猴子喽。记住了，猴子是鱼变的，是打水里进化出来的懂吗，我的岑阿香同志。听到这儿阿香终于露出不屑的表情，猴子怎么是鱼变的，侬肯定瞎讲，再说我哪有那么多时间度假呀，你可以几天关门不做生意，我不能把餐馆停了，等从阿拉斯加回来客人全跑光了哪能办呢，让我喝西北风呀！

阿香的话虽透出一丝抱怨，但王彼得听来却满心感动。他知道阿香是个闲不下来的女人，你不让她干活比杀她都难过。每天睁开眼就干，不停地，一直到上床睡觉，日日如此年年如此，从未改变。这听着好像有点儿俗气，缺少红袖添香的诗情画意，那些女人喜欢玩小资啊，玩格调啊，玩表达啊，一碰到坚硬的生活全靠不住，走走就散了。男女关系除了心肠好重情义，关键得男的像男的女的像女的。女人再能干也得有母仪天下的情怀，对男人宜粗不宜细，把他当孩子养，让他离不开你。男人呢，顶梁柱撑得起来，多大委屈不抱怨不撒酒疯，让她永远觉得背后有道铜墙铁壁，这才是小日子的魅力。王彼得十分理解阿香的无奈，这让他更舍不得她，渴望为她付出。那这样吧阿香，明天哥带你去新泽西州婷顿镇的奥特莱斯买衣裳，当天往返还不行吗，听说犹太人都去那里购物，他们去的地方肯定最划算，纽约上州乌德伯利那家其实专为亚洲土豪开的，款式旧价钱贵，咱才不去陪绑呢，你就跟我走吧，我认识。好的呀阿哥。阿香眼睛扑棱棱闪着光芒。

没想到旦夕之间，格局变了。

第二天早上王彼得还没起床电话就响起来，咣的一声是阿香。昨晚本来阿香让他住下别走了，反正今天去奥特莱斯，在一起多方便啊，可王彼得还是回来了。他不想养成住在阿香处的习惯，家是窝，窝是谁的家就是谁的，男人成家得把女人娶进门，什么叫娶进门，你得把她弄到你房子里来，不是你到女方房子里去，那叫倒插门懂吗，王彼得最不能容忍的就这个"倒插门情结"。他都盘算好了，就这一年半载，争取在长岛的道格拉斯顿买个房，那里紧贴长岛湾，环境优雅交通便利，地税又相对便宜，正经是居家过日子的好去处。王彼得不紧不慢拿起电话，我说美女，着什么急呀你，咱十点出发都不耽误。电话那边却传来阿香急促的呼吸声，还有背景音乐，好像是纽约一台的广告？阿哥啊，侬快点开电视看看，就纽约一台，阿拉英文不大好，侬看看是不是在讲侬呢？讲我？王彼得没明白阿香的意思，啪地打开电视调到纽约一台。纽约一台是纽约社区新闻台，着重播报本地相关的新闻资讯，比如当下州议员的竞选活动便是重中之重，也是半小时一次整点报道来回循环。王彼得疑惑中熬过冗长的广告时段，当新闻再度开播时，他一下就看到被汉森律师拿走的那几张复印纸的图片，赫然全屏出现在银幕上，是这样说的：

　　本台号外，据有关知情者披露，目前民调大幅领先的州议员候选人麦克陈与格林巴尔公司之间，或许存在着特殊联系，他对选民"建立绿色哗啦胜社区"的承诺有可能难以兑现。据称，这份格林巴尔公司给麦克陈的汇款单复印件，是由一位叫王彼得的华裔电脑工程师提供的，他在为麦克陈维修手提电脑时发现了这些证据。记者联系了麦克陈竞选团队，他们坚决否定该证据的真实性，称"这是耸人听闻的谎言，是竞选对手无耻的抹黑行为，不值一驳也不会得逞"。记者也电话采访了民调居第二位的格拉斯团队，他们对此消息表示深度遗憾。称如果消息属实，将是罕见的选举舞弊行为，建议联邦司法部门给予介入。格拉斯团队正在启动"驱赶格林巴尔"的项目，究竟谁能还哗啦胜选民一片蓝天不久将真相大白，请选民密切关注格拉斯团队明天的新闻发布活动。

　　看到这儿王彼得嗡一下彻底蒙圈，大叫一声"他妈的汉森"，几近晕厥。他感到强烈的被背叛被出卖的绝望，完全没想到竟会这样！这突如其来的洪荒式逆袭噎得他喘不过气来，只觉得浑身血浆四射，通体发烧难以自已。他一下失去了判断，一片空荡荡，仿佛世界或者自己根本不存在了，生命正在归零，气体般人间蒸发。他倒在床上，感觉不到身体的重量，恍如梦幻徐徐坠落。四周无声，只有巨大的耳鸣，像金属切割发出的高频声波令人发疯。中医有喜怒忧思悲恐惊七情，这个排序是有道理的，分轻重缓急，如果说前五种过度则伤身，那后两种过度就折阳寿了。幸好电话并未断线，阿香还在那边等待，她显然意识到事态严重，不断对王彼得发出呼叫，阿哥呀，阿哥，侬到底哪能啦，侬不要吓我好不啦，侬为啥不给汉森律师打电话，问清情况再讲呢。阿哥，阿哥？阿香喊来喊去听不到回答，慌得七荤八素嘀里咣啷，二话不说套上衣服就往王彼得处跑，心说这家伙蹩么蹩得要死，别再出啥子事体，对呀，他不有手枪吗，不怕毙了别人就怕毙了自己哟，个赤佬坏！她一路小跑，臀部扭发扭发如惊风摆柳，两侧云鬓散成一片，还有急促的胸部，上下抖动奔涌起伏，里面的心房仿佛随时可能一跃而出，将赤红展现在世人面前。她先路过王彼得的店，他家距此很近，只见几个年轻人聚在门前，像期待什么人的出现。还有新闻采访车，顶部升起高高的天线停在路边，有个记者模样的女子手持话筒不断向路人询问，这家店主是王彼得吗？你们认识他吗？阿香顾不上这些，她将将头发，把自己装成一位过路大妈迅速通过，直到敲开王彼得的家门。阿哥哟，侬怎么还躺着，好多记者守在侬的店门前，到底哪能桩事体啊，这个汉森律师究竟想怎样吗？

此刻的王彼得正从气厥中冷静下来，阿香的到来更让他意识到自做自当的宿命，出来混总是要还的，既然厄运猝然临之，躲是躲不掉的，谁让当时一念之差擅自扣留不属于自己的文件呢，从那刻起就已铸成大错无法更改。你刚才说什么阿香，有人在我的店前等我？就是啊，很多记者等在那里，他们怎么知道侬的地址？傻丫头，汉森知道全世界就都知道了。伊究竟要怎样呢阿哥？我琢磨吧，可能是这样，他们想迅速扭转选情，于是把宝押在这几份文件上，但如果只是凌空抛出没有出处的话很难说服选民，弄不好还落下诽谤之嫌，所以需要我出面说明文件的来历和真实性，让我当炮灰，这样才功德圆满。真的呀阿哥，伊门槛老精了！他们本想用五千元引诱我，没想到被咱们拒绝了，现在他们想造成既成事实逼我就范，让我没有退路也别无选择。可是阿哥，汉森律师真会那么坏吗，他毕竟跟咱们认识这么多年了。听到这儿王彼得深深叹了口气，是啊，我也这么想，可人都有两张面孔，纽约这潭水深不可测呀！侬还是先给汉森律师打个电话沟通一下，万一伊有啥身不由己呢，也好有个商量？说得没错阿香，我应该先探探汉森的口风，看他到底怎么解释这件事。说着王彼得抬手拨汉森电话，"对不起，您拨打的电话已关机"，关机？又打又关机，再打还关机。王彼得抿住嘴，这样吧阿香，你回餐馆等我，我直接去格拉斯竞选总部找他。那伊要躲着侬呢？应该不会，这个时候，哼！

　　仲夏过后差不多就入伏了，虽是早晨，闷热的贸易风仍让人喘不过气来。王彼得没走大门，他从后院的车库腾挪而出，是为避开他店前那些不速之客。今天他特意戴了顶鸭舌帽，遮住日渐稀疏的薄发，再配一副墨镜，看着有点儿像电视剧里的特工。格拉斯竞选总部位于七八条街外的国王大厦，那是哗啦胜一处地标式建筑，很多律师楼、医生诊所，还有非营利组织，都设在那里，格拉斯办公室据说就在二层。竞选人的办公室是很容易接近的，跟选上州议员后截然不同。前者巴不得有人登门，越多越好，人气旺嘛。等选上可就不那么回事了，州议员的办公室那么容易进吗，扯吧，先登记再安检，有全套规矩，规矩都是保护成功者的。王彼得疾步进入大厦，没等电梯，直接走楼梯上二层更省事，虽说头一次来格拉斯办公室，这座楼还是熟悉的，他的家庭医生就在五层。可没想到是，当他来到二层却颇感意外，这里根本不是办公区，而是大楼的储藏间，莫非格拉斯为显示亲民与节俭，竟把办公室设在改装过的储藏间里，真是匠心独具啊。

　　楼道不很明亮，窄窄长长地伸向前方，快到尽头时突有光线强烈射出，恍若寂静中的一声呼唤。说到呼唤真听到了呼唤，王彼得爬楼梯时就感觉有人在大声交谈，为此他特意把脚步放轻。现在说话声更明显了，每走一步都会增强几分，一波波向他扑来。听着听着王彼得心里咯噔一下愣住了，这不是，这不是汉森律师和格拉斯的声音吗？那声音正从前面的光线处蹿出，随着王彼得的靠近越发清晰起来。

　　你这样做让我怎么跟王彼得交代？
　　跟他有什么好交代的，一个华人。
　　到底你想让他做什么呢？
　　让他参加明天的发布会说明证据来源。

可他说过不想再卷入此事了。

告诉他，只有投靠我才能保护他自己。

我只能试试，无法保证他一定来。

他必须来，我要让华人自己掐起来。

不神经病吗你，为什么呀？

你不懂，在选举上只有华人能摧毁华人。

……

　　王彼得回到阿香餐馆时情绪还很激动，热泪在眼中回旋只差如歌如泣，他一把将阿香搂进胸膛不肯放手。阿香没有挣扎，此时店里已经上客人了，她默默在王彼得怀里，闻着他的汗味儿，听着他深情的心跳，不知不觉淌下了泪水。侬见到汉森了？没有。那见到啥人了？谁也没见到，就想见你，走，哥带你买衣裳去，咱不是说好的吗？

　　那一天哟，他俩玩得好尽兴，王彼得给阿香买了很多衣裳，只要他看着好就必须拿下，这个配你阿香，那个也配你阿香，这颜色多搭你啊，风衣怕什么，现在不穿总有机会穿啊。可阿香呢，静静伴着他随着他，他说好就好，他要买就买，从未说个不字。还有天气，真是太给力了，天蓝得哟，云白得哟，水绿得哟，像喜马拉雅一样纯正。他们没走高速，就为随时停车。阿香说饿了，就停车吃饭，阿香说累了，就躺在草坪上休息。阿哥侬开车欠力吧，侬坐到我前面，我给侬揉背。我不要，我要坐你后面。坐我后面做啥？我要从后面掐你的点。喏喏喏，个下流坯，光天化日侬面孔要吧？阿香，给哥唱个歌吧？好的呀，我会唱苏州评弹侬欢喜吧？非常喜欢，喜欢那个余红仙。哇，不得了，侬还晓得余红仙？"我失骄杨君失柳，杨柳轻飏直上重霄九……"，哦哟阿哥，侬老有腔调的嘛，味道老足了，侬好好给我唱一段吧，啥都可以。"长亭外，古道边，芳草碧连天，晚风拂柳笛声残，夕阳山外山……"这是啥歌啊？《送别》。听着老难过的，我不要侬唱这个，换一首。阿香你听我说，看到远处那片夕阳了吗？看到了，老漂亮的。你记住，所有你喜欢的人，你爱的人，如果想念他们就来看夕阳，你能从夕阳里看到他们。瞎讲，侬骗人。没骗你阿香，你一定能从夕阳里看到他们的。

阿哥，我不让侬去。嗯。我等牢侬。嗯。

8

各位观众，这里是发布会现场，你是王彼得吗？

我是王彼得，您先等等儿，咱这是直播吗？

这里正是纽约一台新闻直播节目。

您把监视器让我瞅瞅，不直播我立马走人。

请问王彼得先生，你是这份文件的提供者吗？

没错，我是这份文件的提供者。

据说你是在麦克陈私人电脑里发现该文件的？

谁说的呀，绝对胡扯，这份文件是我自己PS的。

什么，这份文件是你自己伪造的？为什么？

您非说伪造也行，那天喝高了，寻开心PS了它。

抱歉王彼得先生，你知道提供虚假文件的后果吗？

知道一点儿，不是很准确。

我告诉你，用虚假文件干扰选情是联邦重罪。

联邦重罪，您的意思是？

是的，你会为此进监狱的。

……

2019年7月9日　纽约随波斋

七五八七

七五八七指一九七五年八月七日。这天对我来说有两件重大事件发生：一是河南遭遇特大暴雨，造成汝河、沙颖河、唐白河上游的板桥水库、石漫滩水库、竹沟水库等几十座水库相继垮坝，十几亿立方米的洪水几小时内翻江倒海横扫驻马店漯河地区，把京广铁路冲开个一百多公里长的大口子。我所在的铁道兵十八团修理连连夜赶往抢险前线，上级命令我们铁四师，必须一个月内打通京广线，不得有误。二是，真他妈够二的，提起来就有气，连长他娘的不是个东西，上级明明规定每班派一人留守，我因拉痢疾住了俩礼拜卫生队，前天刚出院，本该留下。嘿，他奶奶的，通讯员毕迎春面红耳赤跑进来说，连长命令，小陈必须参加抢险，所有干部子弟都得参加！他不知道我才出院吗，没听说好汉经不起三泡稀吗？我顶了一句。那也得参加，这是连长命令，小陈必须参加！你大爷的，丫成心要坏老子大事！

1

夜色沉重，闷罐车在京东平原上疾驰，我们是从河北玉田赶往河南驻马店的。除车轮均匀的节奏，四下静谧无声，没有月光，连星星也没有，只有偶尔的灯火掠过眼际，恍若长夜的一声呼唤。车厢两头挂着几盏马灯，微弱的光泽迷雾般低声吟唱着。地上铺着草垫，战士们打开背包半褥半盖，昏昏欲睡。车厢中间有一只铁桶和一个筐箩，铁桶是撒尿的，筐箩是吃饭的，里面放着凉馒头。那时部队的吃与拉相距很近，一只脸盆既可洗脸也可打饭，急了还当尿盆儿，尤其在寒冷冬夜，西北风猛刮，你让他光着眼子跑几百米上厕所，扯淡吧，抄起脸盆就干，哗啦哗啦由疾至缓再咕唧咕唧，习惯了，谁在乎。但此刻车厢中这只铁桶却无人问津，四周都是眼睛，我最怕当人面儿掏家伙，死活尿不出来。我见他们都是一手攥车门一手掐着往外招呼。听说其他连队有掉下去的，掉就掉下去了，火车不会停，使命永远不会怜悯倒霉的士兵。

我在车厢这头，连长在那头，我在车之头君在车之尾，马灯油画般的光泽映着他的身影。他在缝补什么，一只手臂扬起又放下，墙上影子皮影戏般晃来晃去，搞得我有些恍惚，突想起"慈母手中线，游子身上衣"的诗句。我敢说这首诗是孟郊白天写的，他没提光线，此刻先声夺人的就是光线，光线便是一切，慈母深情没有光线怎么传播？看来古人也就那么回事。这时，只见连长抬眼对我啪地一瞥，挑衅般充满戒意。我咣叽警醒了，下意识摸摸藏在背包深处的蜡纸和钢板，看是否安全。

我跟连长积怨已久，严重到我已完全不考虑入党提干问题。从五年前分到修理连伊始，只因送我来的叔叔随口一句"陈军长的孩子"被他听到，丫天天"军长爹军长爹"地挤对我，军长爹有啥子了不起噻，个龟儿子，落到老子手里，要你好看噻！那几年部队的确招了一些干部子弟后门儿兵，又不赖我。就因为那次给十渡公社卸粮的事，两百斤的麻袋，闹着玩儿呢，刚刚卸完，大伙累得狗喘气儿。嘿，丫连长非说发扬连续作战的作风，再帮隔壁二连扛枕木。那年我才十五岁，顶不住啊，于是便回他一句，连长，请翻开《毛主席语录》第八十七页，伟大领袖毛主席说，要善于利用两个战役之间的间隙，休息和整训部队，这是人民解放军打败蒋介石的主要方法之一。是主席讲的？主席说的。主席是你家的噻？主席是人民群众的，你想把战士累垮，你是国民党的连长吗？啥子，你个屌兵，敢骂老子刮民党？老子铁定处分你！后来处分虽然没给，想他也拿不出什么理由，可为了报复我，连长竟调我去炊事班喂猪。全连上下都拿我开涮，哟，小陈当司令了，比你爸官儿大呀？气得我呀，彻底绝望！好啊，你大爷的，既然是屌兵，连队对作风散漫的士兵都这么叫，老子就明火执仗当屌兵，不入党不提干不吹不拍不积极，五不主义，图个逍遥自在。打那以后我得空儿就去团卫生队泡病号，剩下便是读书，我跟玉田县图书馆的小李称兄道弟，没想到一个县图书馆有这么多世界名著，让我如饥似渴。正好，当时我爹挨整尚未平反，真入党还得接受组织调查，岂不暴露真相？就屌兵吧，既安全又自由。

列车均匀地震动。我用余光扫着马灯下的连长，他正睡下。

我知道丫琢磨什么呢，肯定是我背包里这两样东西。就不久前，不知何人举报，说我在偷偷刻蜡版。连长竟带通讯员毕迎春全副武装到炊事班查我，结果翻个溜够，狗屁也没翻着。他问我，你在做啥子？我随手抄起《马克思恩格斯选集》，在读书。哦，听说你在刻啥子板板儿？板板儿？我在做笔记。说着将笔记本举到他面前，就这篇，《法兰西内战》，刚看到马克思评论维克多·雨果呢。啥子维儿斗，是窦尔敦吧？我怔了一下，对对对，是窦尔敦，窦尔敦。连长脸色突然一变，少来这套，你个屌兵，上级正调查一本叫啥子"握手"的黄色小说，就是油印的，不唬你，逮到肯定上军事法庭噻。他盯着我，眼神颇似《列宁在十月》里的警察总监捷尔任斯基。我虽然心情紧张，色厉内荏，但想想反正什么也没查着，不能就这么轻易放他走。于是我一把拦住连长，等等儿，您是都查，还是就查我一个？格老子，你放手嘛，我是执行上级命令嘛。上级让你光查陈九啦？拿出来我瞅瞅，这么说吧连长，今儿呢，要么麻利儿押我上军事法庭，要么给个说法，我陈九犯哪条王法这么查我？最后还是炊事班长老何解的围——老何是安徽绩溪人，胡适的同乡，对我非常同情——他一劝再劝，小陈，放手，这孩子！方才作罢。

屋里一静，我咣啷撂炕沿儿上了。我的心哪，只有连长走后才敢咚咚狂跳，大口喘着粗气。裤裆里的钢板正好卡住命根子，火辣辣勃动，当时哪来得及藏啊，只好一把塞进裤裆。我极力让自己镇静，连长怎么知道的？看来丫是盯上老子了，都怪我自己，太大意，可连长似乎并不清楚我刻什么。他说的那个"握手"我知道，一部爱情小说，明明手抄本非说油印的，少跟我玩儿这套兵不厌诈的把戏！当时这部小说因有反"文革"内容，曾引发轰动一时的"手抄本"事件。其实所谓"伤痕文学"并非"文革"后才开始的，"文革"中已经开始了，"握手"便是一例。但此事的确与我无关，我干的比这带劲儿。中国向何处去，你们想过吗？无产阶级革命江山能否在我们手中接过来传下去？这么多元帅将军被打倒，他们都是资产阶级？我爹十五岁参加湘江战役，跟我五年前当兵同龄，咱当的是和平兵，人家可奔死去了，那时他是电报员，负责摇那台美制手摇发电机。他说过，湘江水都红了，红军尸体上下三层堵住江面，像浮桥一样，我们真是踏着烈士遗体冲出去的喔。听听，你们听听，就这么跟党走到保安，这样的军人能是资产阶级？打死我也不信！

所以当林将将问我敢不敢接时，我毫不犹豫答应了。我是屌兵我怕谁啊，这不比入党提干来劲多了，多有意义啊，为红色江山，为我们的父辈，死不足惜。当然，也为林将将，她让我干什么都行。将将是团卫生队的护士，明亮的眸子熠熠发光，白大衣被胸膛撑满，一动都会绷开。她爹跟我爹一样，都在晋察冀工作过。我们俩一见如故，聊文学谈思想，小声哼哼苏联歌曲，"一条小路曲曲弯弯细又长，一直通向迷雾远方"，共同表达对时局的忧虑，那时干部子弟兴这个，动不动就"举目望河山"，胎里带的。再往后，你懂的，躲到猪圈后面偷偷亲嘴，她胸脯挺得像拨簧一样，朝哪边掰都会砰地弹回原处。那天她突然严肃起来，把我要掰的手一把按住，九，我跟你说件事，你保证不许外传，不能告诉董大明刘必他们，弄不好会出事的。将将说的董大明和刘必也是我们连干部子弟，跟我来往较多。好，我向毛主席保证，绝不外传！我哥他们正准备印一本《诗选》，把几位老帅的诗歌油印成册流传开来，让人们相信他们是坚定的无产阶级革命家。什么？我大吃一惊。虽说局面比前几年宽松一些，老帅们有了稳定生活，但各自情况参差不齐，有些仍比较敏感，比如彭德怀，此刻印他们的诗集无疑充满政治风险。他们还没完全解放呀？我脱口而出。嘘嘘嘘，小声点儿你，所以很难呐，否则要咱干什么？他们急需钢笔字好的人刻蜡版，我推荐了你，你钢笔字真漂亮，九，敢接吗？我常听将将说起她哥，还把她哥的来信与我分享，每次都让我热血沸腾夜不能寐，原来中国还奔涌着这样一群年轻的布尔什维克！他们私下有个"马列主义读书会"，彼此交流心得，探讨中国的发展，能加入他们太神圣了，我相信中国未来就在他们身上。没问题！我说。

那是个暮春周日，当时我已从炊事班返回战斗班，我和林将将偷偷溜回北京，到崇文门外的新侨饭店与她哥碰头。她哥还带来几个人，都是当兵的，有的过去我在什刹海冰场还见过。大家相见恨晚高谈阔论，"味美思""中国红"开了好几瓶，我主要是听。那时北京的西餐三大家，老莫、新侨，还有和平餐厅，几乎充斥着破落干部子弟，谁说我们不是吃黄油长大的，每次我都点黄油面包和酸黄瓜。分手时大家彼此相拥，互致军礼。她哥把一包东西交给我，陈九同志，一定保护好它们，也要保护好自己。放心吧大哥，我坚决不辱使命！

好，好，小陈，走吧，走吧。我怀着轻死易发的昂然漫步北京街头，春风扑面，壮志凌云，晚霞将天际染得一片血红。十几年后我负笈海外，遇到个叫多尼的老美，他是十字军东征时圣安东尼骑士团的后人。那天他无意间说道，东征之前，罗马教廷故意用莫须有罪名削去部分贵族的头衔和特权，然后对他们的子弟说，只有建立战功，父辈的荣誉才得以恢复。于是这些破落子弟顿成亡命徒，十字军东征是靠破落贵族子弟打出来的。我听后无言以对，沉思良久。

列车依然驰行，速度好像更快了，黑夜被车轮切碎，再一片片拼接起来，饶舌般向前延伸。远处的灯火渐渐暗淡，像守更人疲惫的呼唤。我们由东向西行驶，背后的地平线手挥目送般漫出似有若无的灰白，天色竟开始富饶起来。战友们都睡了，连长也发出断续的鼾声。我死死抱着背包，心情颇为复杂。本想利用战友们赴驻马店抢险的当儿，连里剩不下几个人，肯定没人管，尽快把余下三分之一的稿子刻完，早点儿交给将将她哥，我们都期待这本诗集早日问世，发挥影响。可此刻既然国家有难，祖国在危急中，也罢，父辈打下的江山我们责无旁贷，此刻应当挺身而出绝无二话。我把钢板带在身边一是踏实，二是想找机会继续刻写。林将将和卫生队肯定也参加抢险，有机会还能给她看看。不过现在有些后悔，不知将发生什么，就这么胡思乱想我昏昏睡去。

2

车过许昌，斜阳沉重。火车在犹疑中渐渐迟缓，巨大的喷气像困兽的喘息，吞噬了我们的彷徨，直觉告诉我们目的地快到了，再前移一步便是灾区。大家纷纷向外探望，只见火车司机，一个激烈的红脸汉子，从驾驶室伸出大半个身体高喊道，没路了前边，路基都塌陷了，只能停在这儿了解放军同志！天空此刻明亮而燥热，洪灾过后的远方，一片死寂，了无生命迹象。目光所及，空气像巨大的磨砂玻璃，视线被无形的宁静阻挡，无法穿越。我身上忽地燃起神圣的骚动，你大爷的，看来是时候了，前方就是一片深潭或死亡阵地，老子还不信了！我感到了湘江战役，一股强烈的历史环流笼罩了我，原来过去和今天从未分离过，"一切历史都是当代史"，就看你能否遇到，如何面对而已。

灾情如火不容多想，这里没有给感慨太多空间，无论天将降大任于斯人，还是天地悠悠怆然泪下，尚未展开就被压缩在一场劈头盖脸的急行军中。连长走在前边，他现在根本顾不上我，我也早顾不上他了。我们身上除背包和武器弹药，顺便一提，出发前每人发九颗子弹，说如遇发国难财者立可毙之，还有铁锅、木柴、煤炭、蔬粮、小型发电机、工具箱、十字镐和铁锹、帐篷，还有还有，一切都必须靠肩膀扛进去，靠小车推进去。汽车彻底没戏，废铜烂铁般陷在泥里，下了火车就两条腿，上级命令我们一刻不停，尽快到达距一百华里外的指定位置。我们像斯巴达勇士，虎狼奔拥扑向前方，可情况却远超我们的想象。从许昌以南小商桥开始，洪水虽退，但四处都是水洼子，被水浸过的地面一脚一个泥窝，尤其铁路沿线，路基道渣全部冲光，新鲜的湿土粘在脚底甩也甩不掉，每迈一步都非常吃力。战士们的鞋开始掉了，湖北兵汪照凡大喊，我的孩子，我的孩子脱了！湖北话管鞋叫孩子，他孩子陷进泥里，一使劲脚出来鞋没了。汪照凡刚想蹲下找鞋，被连长当即呵止，汪造反——连里都叫他汪造反——赶紧跟上！这是行军的规矩，你一停后面也停，整条队伍节奏必乱，节奏一乱气就散了，会造成巨大消耗。我自己也一样，跨过小商河时还有一只鞋，一脚深一脚浅，你大爷的，干脆把剩下那只也甩掉，好多战士已经光脚了。真是命中注定，让我也领教一把小商河泥巴的厉害。中原大战时我姥爷指挥的南路军，因补给车陷进小商河的泥塘里，被顾祝同围困，无奈于许昌五女店休兵。从小就听我妈唠叨，啊，他小六子不是东西，你姥爷救过他爹的命，不是他突然反水，阎老西儿能连夜撤回山西吗，还不知鹿死谁手呢！

过去一提京广铁路老觉得固若金汤，像长城一样从泥土里长出来的，长城不是从地下长出来的吗，不是吗，再说一遍？可这场洪水将京广线彻底打回原形。团里的郑总工程师是"老铁路"，参加过鹰厦线的修建，正好随我们一同行军，边走边聊。他说这段京广线早先叫卢汉铁路，卢沟桥到汉口，由晚清邮政大臣张之洞主持修建。当年英法两国争抢这个项目，谁都得罪不起，便选了一家比利时公司。没想到这公司小家子气，为省钱不惜偷工减料，所有桥梁的桥基只打到硬土层而非岩层，工程上管这种桥基叫摩擦桩，是靠桥基与硬土的摩擦力维持稳定的。而豫中地处淮河中上游，河汉繁布，京广线这一带的桥梁涵洞十分密集，洪水过后一片狼藉，损失惨重。瞅瞅，你们瞅瞅吧，郑总指着被冲成一团乱麻的铁轨和桥梁，这他娘的可咋整？眼前的景象咔嚓嚓令人震惊，完全超出人类对灾难的理解，约定俗成的概念全部作废，笔直刚强的铁轨竟卷成青衣花旦的水袖，或不会勃起的弹簧，崩溃般瘫痪在泥泞之中。从许昌到驻马店这段轨道是对焊的，没有接缝，铁轨冲不断便卷成长长的麻花。看来无论什么甭管多硬，一长就软，越长越软，玻璃水晶金刚钻儿长了都能卷成圈儿，连历史长了都会往回卷你信吗？再看桥基，下面的硬土层早被洪水洗涤一空，一根根支柱晾衣服似的，坠在空中飘来荡去，令人目瞪口呆。我无法想象水怎么会如此坚硬，这是水吗，别是岩浆吧？当时到底是何种情景，软弱的怎能干过强硬的，居然把钢轨一圈圈卷成烂泥？郑总忧虑地说，你们瞅瞅，几乎所有桥梁都发生了位移，只能重测重建，一个月能把现场清出来就阿弥陀佛了。

说话间，队伍好像停了，骄阳下的我们被停顿打乱了阵脚，饥饿和焦渴伴着火焰般的热浪轰地喧嚣起来。这时传来连长的吼叫，他好像在骂何班长，我对你讲，你再不开饭老子就处分你，人是铁饭是钢嗫！可水不能喝，木柴湿得也烧不着啊连长？何班长听上去一肚子委屈。我只要听到何班长挨骂就受不了，马上奔过去，怎么回事怎么回事？何班长的事我必须管，他待我如兄长，就说那次入团，人家当兵三年党都入了，我他妈连团也入不了，连长死卡着。周六下午组织活动，各团小组围成一圈东拉西扯。咱是白丁儿，脸皮早练出来了，浑不吝，爱咋地咋地，独自坐在炊事班门口吹口琴，下一个节目，朝鲜电影《南江村的妇女》插曲，索哆拉索，发米来米哆，哆西来哆西拉西索。何班长上来一把拉起我，走小陈，找连长去，也太欺负人了！老何要倔起来还真没辙，自打六九年当兵他就干炊事员，从未轮换，这种机会上的牺牲赋予他某种特权，有些事就得由着他。他劈头盖脸问连长，小陈起早贪黑喂这二十五头猪，凭啥连团都入不了，你给说说？连长整个一大红脸，半天不言语，最后只得答应，尽快解决，尽快解决嗫。

等我上前一瞧，坏了，何班长挨骂还真挺委屈。他是炊事班长能不知道大伙都饿疯了，他自己也饿呀！发给每人的干粮早吃完了，水壶也空了，几小时强行军，都等这顿饭呢。那时不比今天，特别我们铁道兵，哪有现代化呀，什么压缩饼干、军用罐头，没这个您呐，当兵五年压根儿没见过这两样东西，我们就生米熟饭吃饱了干活。可此时此地，捡到的木柴全湿透了，淋上汽油都烧不着，巧妇难为无米之炊，有米没柴也不灵啊。关键的关键还不是这个，是水，做饭得有水吧？连长，咱没水呀！老何哭诉着对连长大叫。连长一愣，我们都一愣，什么，满世界都是水，怎么能没水呢？不能喝，这水都是泡死猪死狗的，还有死人，我看见了，咋敢喝呀连长！

我日他娘，你大爷的！大伙倒吸一口凉气，才意识到形势的严峻。当时我们地处高坡，四下望去全是水，凌乱的铁路像死在水里的盘龙，时隐时现伸向前方。何班长说的情况我们何尝不知，一路走来看到太多的各类尸体，每个桥下都有，我们经过时，只听嗡一声，无数蚕豆大小的苍蝇呼啦啦黑雾般破击而起，轰炸机一样，带着嘶鸣掠过耳际。当时不懂基因突变这个词，那些苍蝇可是吃人肉的，肯定突变了，竟敢公然朝我们俯冲威胁我们，把我们也当尸体了，有些还蹭过我的面颊，唰一下麻麻的，恶心得我差点儿把子弹推上膛。这水的确没法喝，里面不定有什么呢。咱得找卫生队要消毒粉，何班长大叫着，撒了消毒粉还得煮开才敢喝！他是让全连都听到，生怕有人喝了这水，那就完蛋了。何班长的担心并不过分，连里的湖北广东兵嗜水如命，水里生水里长，人家是水做的，每天收工甭管多累，都得弄盆水擦呀洗啊，从头到脚，连裤裆都不放过。我笑话他们还不爱听，说你小陈还城里人，城里人都这么脏吗？搞得我无地自容。就说汪造反吧，刚才愣要脱光下河洗澡，说热得实在受不了了，被我一把拽住，成心是吧汪造反，这水不能沾。个罗，湖北话管鸡巴叫罗，这水看着好清凉哦，我又不喝，怕啥子。我忍不住做了个打架姿势镇住他，连里战士一般不跟我抬杠，光脚不怕穿鞋的，咱是彻底的屌兵，处分都不怕。他们在乎的太多，想多了自然没勇气，不战屈人之兵，韬光养晦，都打这儿化出来的。

连长急切地问何班长，有能生吃的吗？有，土豆。好，发土豆，让大家先吃上，都饿坏了，还有几小时的路要赶噻。何班长垂泪，我炊事班七年，没干过这种事，对不起大家呀。最后只得每人发三个生土豆权当开饭。战士们饥渴难当毕竟不爽，董大明发牢骚，不能养饿兵吧？他是连里秀才，琴棋书画样样行，对我很有影响，我的钢笔行草和古文功底都从他那儿偷来的。刘必也担忧道，这生土豆怎么吃，非蹿稀跑肚不可。刘必他爹是铁道兵装备处长，朝鲜战争时他爹发明了"水中桥"，把桥建在水里躲过美机轰炸，保障了长津湖战役的最后胜利。连长真急了，一把揪住我，小陈，给你项任务噻。我一愣，死死攥着背包不放。别紧张噻,你一路表现不错,表现不错。连长你有事说事,我饿着呢。你这个小鬼,吃完饭你轻轻装,跑步去卫生队,一定把消毒粉给我搞来!干吗非我去?卫生队你熟悉噻。等等儿,几个意思啊,你说清楚?格老子,几个意思,就一个意思,一定搞到消毒粉,搞到我嘉奖你噻。嘿,太阳打西边出来了,这可你说的连长。我说的噻!没问题呀,只要他们有,睛好吧您呐。我欲行连长又拽住我,卫生队离团首长近,务必转告上级首长,空投些干粮给我们。他说这话时泪水就在眼里打转,把我手攥得生疼,好像我是首长。是。敬礼!心说你早干吗去了,不是吹,连长不用我绝对是路线错误。咱是谁,当年我养的猪个个有名有姓,都随连长的姓,点名吃食从来不乱,你试试?哼。

连队继续挺进边吃边行。我背着背包,必须的,十万火急往回跑。小商桥下火车时卫生队在我们后面,我隐约看到林将将的侧影,惊鸿一瞥令我欣慰。本想先找她,万没想到的是,等我赶到卫生队人家已经在分消毒粉了!我拼了,"杀进老曹营三进三出",总算如愿以偿,够连里用一阵子的了。丫连长真够阴的,好事没我,打架让我上。管发放的女兵大叫,谁呀这是,抢什么抢!林将将!陈九,你个活土匪!修理连快出人命了,我还指这个拿嘉奖呢!林将将送我出来,说聂叔叔,就是聂国良师长正要求空军尽快空投,马上会改善的,你们再坚持一下。我说我想抱你,她四下望望说就一下。我发现她军装下面空空的,只有乳罩没穿衬衣,她说太热,太……热了……好了,快滚吧你,坏蛋。

3

那天的黄昏很晚才褪去,血色霞光从西边的山脉向我们头顶喷射,将空气旗帜般染得通红通红,仿佛为一次血肉铸成的奇迹吹响号角。人们爱用"拉开帷幕"形容历史事件的开始，帷幕只适于宫闱风云，雕虫篆刻，真正的历史事件帷幕罩不住，那必是气吞山河天人合一的壮举，是肉体生命与精神境界的催化融合。当我踏着最后一抹夕阳赶回连队的时候，璀璨的灯火已沿线绽放，一幢幢湿漉漉的脊梁乌黑发亮，在暮色中闪烁。

原想先跟连长打个招呼。没的说，东西我可给你弄来了，刚才何班长接过去的时候一把搂住我，激动哟，他是性情中人，好人都性情中人。接下来该你连长了，刚才怎么跟我许愿的？可四下寻觅，问谁谁也顾不上搭理我。这时只见一辆小推车迎面冲上来，我连忙一躲，车上的土堆得太高，完全挡住推车人，我操，可不是闹着玩儿的，得上千斤！没等我缓过神，只见连长赤裸的背影一闪而过，后背的肌肉从脊柱向两侧横拉，一条条甲胄般凸暴起来，发出嘎嘎的响声。我轰地一下，突感自己沉浸在奔涌的人流之中，像水一样连续，没有结束也无须开始，生命的极限必须是热血，沸腾的血液，炙热浓烈翻滚泼扬，彻底抹去日夜的差距和生死界限，白天黑夜没有区别，即便死都得变成一块石头填进塌陷的路基里。面对这种情景，要么跳进去，要么赶紧滚远点儿，没有第三种可能。操你大爷的我，我大吼一声飞身卷入，顷刻被融化殆尽，包括那些"没落贵族的使命"。

想想难以置信。这么说吧，让你填河，没器械，不像南海建岛那样使用大型真空铰沙机，就小车扁担一双手，跟当年孟姜女她老公筑长城一德行。刚说连长推一千斤，不少了吧，倒水里什么都不是，跟他妈吐口唾沫似的，动静都没有！小商桥至确山这段铁路惨不忍睹，洪峰正打这儿过，路基呈负高度，像条大河，我们连就在这里，京广线第八百六十一公里处，见过炒锅吗？没错，我们连正是锅底，你大爷的，铺天盖地的水哟，妹妹坐船头哥哥岸上走，到哪儿弄土去呀？八里地，八里之外的王庄大队有座土山，听说发水时这座土山救了不少乡亲，连长这车土就打那儿推来的，我们团四千人马都打那儿取土，只有削平那座山，才能筑起这条路。当年不有个"沙石峪"的先进事迹，青石板上造田，万里千担一亩田，土倒上去还有个影儿。我们倒好，任嘛儿没有，屁都见不着，这对人的意志是极大挑战。董大明望着"河水"发蒙，说这绝对不可能，必须等挖掘机推土机到位再干，这是无用功，是对战斗力的极大浪费。他仗着给连长做过文书，又岁数偏大，非给连长提合理化建议，让部队休整，当年巴顿在北非截击沙漠之狐隆美尔，坦克部队未到绝不出击，以逸待劳。他说话时正赶上汪造反挑担子经过，个罗，闪开沙，你挡到老子了沙？董大明刚想躲，一个趔趄栽进连长怀里。连长说，大明啊，管他八顿九顿，狐狸还是狗，不怕慢就怕站噻，边干边说，边干边说噻。

人们老爱说坚强，怎么算坚强，坚强软弱与阴谋爱情都是人生永恒主题。爱情咱先不表，坚强到底啥样儿？别跟我提《红灯记》的李玉和，别跟我提《红色娘子军》的吴清华洪常青，他们更接近牺牲，一锤子买卖，砰一枪人没了，找不着坚强的坚字。坚强的关键是坚，强是个副词，描述坚的程度，那坚又是什么？坚是一种意志力，是面对绝望时的耐力，不需要道理，根本没道理，就是一种不放弃。你说是麻木愚昧都无所谓，常理认为这事不可能，明明无用功，瞎扯淡，却仍然坚持做下去，傻逼一样做下去，奇迹都是傻逼创造的。比如万里长城，别说当年孟姜女她老公，就我现在站金山岭上，你相信这是人类干的吗？旱地拔葱平底钻窟窿，它肯定地底下长出来的，否则没法解释，从前的奇迹后人都无法解释。唯有坚韧不拔，只要你绷住了别琢磨，跟绝望比耐力比韧性，没什么是不可能的。世上压根儿没有不可能，都不可能人类如何过五关斩六将进化到今天，知识解决日常问题，过关斩将必须靠意志，把不可能变成可能！

王庄大队的土山迅速变矮，第二天早上推土时一看：我操，晨曦

林将将

中的山体愣被我们几千兄弟削去半截儿！令人不禁想到上甘岭，上甘岭是炸的，我们靠蚂蚁啃骨头，昼夜不停地重复，居然将山势铲平。我嚼着半块凉饼，这是昨晚安二飞机空投的，听说信阳全城都在架锅烙饼，扔下来还热乎呢，就是有些掉进死人坑里没法吃，可惜了。

大伙正奋力推车，还差百十米就到路基了，只听刘必对我们后面的人喊道，别推了别推了，废轨清不开，土根本堆不上去！怎么回事？我回了一嗓子。刘必面带愠怒，怎么回事，你问喜庆库吧，丫死把着嘎斯罐不放！刘必这人平时挺温和，很少跟谁置气，当年是他主动站出来做我入团介绍人，让我深为感动。他说的"嘎斯罐"学名叫中压乙炔发生器，是切割报废钢轨的专业手段，我们连一共两台，一台调给其他连队，另一台在六班长喜庆库手里，他是焊工大拿，嘎斯罐的事他说了算。这小子东北兵，据董大明考证，东北的喜姓很可能打契丹、金朝，直至满族一脉相传下来。他干活倒是不惜力，就是老乡观念太重，什么都东北老乡优先。打卷儿的废轨必须一截截割断，再挪开腾出空间，好让土方上去。十班十一班两个班长都东北兵，喜庆库老在他们工地上转悠，我们这边被严重拖了后腿，废轨挪不开土又上不去，大家能不火吗？难怪刘必骂他！

也是他娘的欠，别人都没吭声，我忍不住冲上去找喜庆库理论。嘿嘿嘿，我说六班长，你回头瞧瞧这队都排他妈哪儿去了，都等你的嘎斯罐呢，你得公平吧。好么，就这句话把他惹恼了，回手举着喷火的嘎斯枪对着我，跟火焰喷射器似的，小陈你个瘪犊子有啥了不起，你爸军长咋的了，有本事叫你爸崩了我，老子就这样，想干哪疙瘩干哪疙瘩，用你管！嘿，你大爷的，最烦别人提我爸，忍无可忍，我爸招你惹你了。我二话不说抄起铁锹抡上去，呼地一下。喜庆库一闪，喷火的嘎斯枪在空中划了道弧线，落在我脚下。我捡起嘎斯枪拉着嘎斯罐就朝我们这边走，心说这点儿事难得了谁，看爷的，今儿给你来个蝎了虎子扒窗帘——露一小手。喜庆库急了，这小子不白给，吃饭家伙让人抢了，奇耻大辱，小陈你个瘪犊子，有本事咱俩单挑，你有卵子没，没卵拿茄子滴溜着。他边骂边摆出玩儿命的架势。就在这时，只听背后一声大吼：都给老子住手！我一惊，怎么听着耳熟啊，别是聂国良聂师长吧？聂师长我认识，他和我父亲，还有林将将父亲都熟，我们私下叫他聂叔叔。他儿子聂志军也是我哥们儿，我俩在师医院泡病号时，偷师长手枪上山打鸟，被聂叔叔这顿臭扁，差点儿挨他嘴巴，他声音我太熟了。操，真够点儿背的，师长一大早视察工地偏偏让我撞上，这下崴了，娄子捅大了。

我不好意思转过身，聂叔……师长，是我。我晓得是你，又是你，老是你，把铁锹往战友脑壳上砍，你是白狗子啊，你是阶级敌人呐，你晓得现在是非常时期么，你威胁战士的生命安全老子可以枪毙你！师长说的"非常时期"倒真不假。出发时我们每人配发九颗子弹，这是半自动步枪一个弹夹的填量，还告诉我们几种情况可以开枪：当生命受到敌人威胁时，对盗窃抢险物资、发国难财者，对破坏秩序、抢劫、强奸者，都可实施极端手段。没想到师长把这条用我身上了，我当然不服。我才不是阶级敌人，他先拿喷枪烧我怎么不说了，再说他提我爸干吗，我爸招他惹他了。格老子，你还不服气，来人，把这小子给老子绑了！师长话音一落，四下顿时肃静，只有起伏的呼吸声笼罩着薄雾清晨。两名警卫员犹疑上前，想拉我胳膊。我咣叽傻了，无法判断这突发一幕的真实性，目瞪口呆说不出话。就在他们欲带离我的瞬间，喜庆库哭喊着冲到师长面前，师长师长，这不是小陈的错，是我的错啊师长，要毙毙我吧，是我的错啊师长。他一哭人们都围上来。刘必走到师长跟前，他是铁道兵子弟，跟师长更熟，把嘎斯罐的详情一说，小陈也为进度着急，现在窝工窝得厉害，很普遍，路基起不来什么都白搭呀师长！师长的脸色异常凝重。他环顾四周，示意警卫员把我放开。这时只见连长全副武装跑过来，他值夜班，此刻本该睡觉。他高喊口令，修理连全体，立正——！报告师长，铁四师十八团修理连全体施工战士列队完毕，请指示！稍息。是！稍息！连长同志。到！进度有啥子问题吧？没等连长开口我先喊起来，报告师长，请发给每人一把钢锯，我要戴罪立功，锯不断废轨再毙我不迟！是，我们……连长本想附和，话到嘴边又缩回去。有问题吗？师长追问一句。没有，我们保证锯掉废轨！连长答道。好，要得，工具我来解决，咱们齐心协力锯他娘的，一定把工地尽快清理出来！师长言罢继续朝其他连队走去。他突然回头指着我对连长说，这个小鬼调皮得很，你要严加管教哦。是！看着他俩一唱一和的架势我想想憋气，明明嘉奖，怎么又改枪毙了？你陈九真是窝囊他妈给窝囊开门——窝囊到家了你。

如今流行吉尼斯纪录。老子告诉你，那时铁道兵天天都吉尼斯纪录你信吗？谁见过在百多公里的抢险前线上，上万铁道兵战士手持钢锯锯钢轨？甭查，我敢说吉尼斯没这个纪录，这是前无古人后无来者的"孤本"，铁道兵本身就是孤本，就为创造无数孤本才横空出世的。京广线用的全是重轨，每米重量达七十公斤以上，这么频繁的车流，如此巨大的客货运量，非重轨不可为也。重轨的学名是中锰碳素钢，表面经过特殊淬火，异常坚硬，从没听说过在没有动力工具情况下，用手锯锯钢轨的。

窝囊的事看来还不算完，我的"手锯提议"险些让他们生吞了我！最先发难的当然是连长，个锤子，你凭啥子抢老子话头嚓，你是连长我是连长，还手锯，老子都不敢吹这个牛皮嚓，我看你锯，锯嚓！他指着空投下来的工具质问我，你要锯不断就是欺骗首长扰乱军心，师长要我管教你，老子就是要管教管教你嚓！我心说锯就锯，谁怕谁呀！这事是我不好，当时怕师长失望，情急之下没想太多，有什么大不了的。我只顾闷头干活，可锯下去连个狗鸡巴印儿都没有，一使劲锯就往两边滑，地心引力都他妈哪儿去了。手很快就磨破了，当时连施工手套都匀不到每人一双，我不得不把汗衫脱下来缠手上，否则痛得握不住锯。董大明耷拉个脸，说有些人拿全连命运做赌注，赌自己政治生命，太过分了！说真的，我愣没明白他这话什么意思。汪造反最直截了当，个罗，师长做啥不枪毙你呀，有你在修理连安生不了！我一声不吭，直到汗衫上渗出殷红的血迹，战果依然有限。

汽修班老兵张入社实在看不下去，他是安徽凤阳人，上来扶起我，乖乖，光使蛮力管啥劲？边说边用扁铲在钢轨侧面凿开个豁口，让我沿豁口往下锯，并不断浇水冷却，果然不同凡响，钢轨表面经过淬火，只要突破淬火层就有戏。张入社外号"老爷子"，他那张长脸像竹篱笆一样复杂，平时话不多，可连里玩儿不转的事都得找他。有一回他在玉田县城赶集，一辆卡车忽地驶过。他紧追几步叫停司机，你这车刚大修回来？司机一愣，你咋知道？快别开了，缸里有东西，再开非报废不可。他帮司机打开缸盖一看，果真发现个金属垫片遗留在气缸里，把司机小脸儿吓得煞白。还有一次团放映队的放映机坏了，有个叫音鼓的零件因过度使用表面变得粗糙，放出来的声音根本没法听，必须在车床上打磨恢复其光洁度。可谁也不懂这玩意儿，音鼓表面跟镜头一样敏感脆弱，用何种材料打磨成了难点，纸和棉布都不行。几天后张入社突然说他有法子，只见他掏出一种皮革材料，上面的绒毛细密如绸十分柔韧。一磨，大功告成！团长问是啥，他磨叽半天说是老鼠皮，一种只有两三颗蚕豆大的小老鼠，是他在粮库发现的。多年后我碰巧在纽约遇到个亚利桑那大学的光学博士，提起这事，他说德国人也用鼠皮磨镜头，只是不知什么鼠。

张入社的办法全线开花，扁铲手锯加冷却，极大提高了施工效率。下工时路基的雏形已清晰可见，废轨像变形金刚堆积在路基两侧。看来"雏形"是个纲，纲举目张，最难的就是从无到有，历史显然是雏形创造的，人类进化是雏形感召的结果。不过雏形也是绞肉机，我们被绞得筋疲力尽，连续拼搏了几天几夜，人软得一阵风就能放倒。帐篷搭在路旁，石头上架木板支起蚊帐就是床。水灾过后遍地蚊蝇，不仅苍蝇像轰炸机，灾区的蚊子更是一绝，一蹿一蹿跳着飞，极其邪恶防不胜防。此外还有野狗，它们吃惯了死尸，睡觉不小心把脚伸到蚊帐外都可能被野狗咬到，谁也不敢脱鞋，倒下便睡死了。

不知过了多久，睡梦中好像有人摇晃我喊我名字。小陈，快起来，汪造反呢？该他站岗了。我蒙眬中下意识拍拍旁边的铺位，汪造反就睡我身边，可床铺是空的！我砰地跳起来，这才发现眼前站着通讯员毕迎春。汪造反呢？我稀里糊涂问他。是啊，我这不正问你嘛，刚刚查岗没他人呐！什么？操他大爷的，这下坏了！汪造反一天到晚要洗澡，他说的洗澡是脱光了下河，一直被我拦着未能得逞。每天下工我都督着他，不许往桥墩的方向走，那里积了一汪晶莹的水，美得像春花秋月。从那儿我们也捞起过尸体，是五个穿军装的女兵，其中一个的裙子翻起来遮住脸，下面是条火红的短裤。据说她们是武汉军区一五九医院巡回医疗队，一个没跑掉，都被淹死在这里。我们把两架板车对合，再用耙锯子钉起来当棺木，把她们深埋在京广线第八百六十一公里处的里程牌下，安葬时尸体都烂了，几乎分不出谁是谁。汪造反肯定下河了！会吗？毕迎春有些迟疑，师里有命令，任何人不准擅自下水呀！我冲出帐篷朝桥墩奔去，灯光下看到水边光溜溜趴着个人，汪造反，真的是汪造反，他已经睡着了，满脸通红。我抱起他时他的神志有些恍惚，额头滚烫滚烫。汪造反你是个罗，你就是个罗，谁让你下河的呀，我打死你我！汪造反断断续续对我说，小陈，我一直想，我们小队有个姓朱的，是最好看的女娃，我想，把她介绍给你……

当毕迎春领着连长向汪造反兴师问罪时，汪造反已陷入昏睡。我把他从桥墩背回帐篷，给他吃了两片索密痛发发汗，那是我随身携带的药物之一，还有酵母片、黄连素，都是探亲归队时我妈硬塞给我的。当时并不懂什么叫祈祷，可我的心情就在祈祷，恳求一切管事儿的，老天爷、观世音、活菩萨，你们都说句话吧，让汪造反一觉醒来平安无事。连长非说要处分他，个龟儿子，下河洗澡无组织无纪律，你胆子不小噻。嘘——小声点连长，他刚刚睡着。我极力劝说连长一切等汪造反睡醒再说，可连长不依不饶，还要立即叫醒他。争执之际，只听噗的一声像打喷嚏，我和连长一扭头，只见汪造反白色蚊帐上涌出一片巨大的血色斑点，匀称而美丽，桃花般朵朵绽放着，白色的纱网底色，血红的点彩图案，多像十字绣啊。汪造反！我连忙掀开蚊帐，只见汪造反半坐着，嘴角淌着鲜血，他眼神呆滞，闪着绝望的灰色。汪造反，你说话，你说句话啊，我还等你介绍你们小队姓朱的呢！我大喊起来。只听连长迸裂一声：送卫生队噻噻噻噻噻！

汪造反他，再没回来……

据林将将讲，汪造反染上钩端螺旋体症，他恐怕不止一次下河了。团卫生队没有诊断血清，只得联系离我们最近的武汉军区一五九医院，请他们派直升机抢救病人。想不到的是，"九一三"事件后，所有飞机由军委统一调动，手续十分烦琐，等新乡机场起飞的直升机将汪造反运抵医院时，他瞳孔已经扩大，不眨么眼儿了。当日黄昏，两架安二飞机超低空往返于我们营地之上，我看到飞行员的红色帽徽，还看出安二飞机的双层机翼是帆布做的。飞机铺天盖地喷撒着六六粉消毒剂，满天黄色粉末沙尘暴一样令人窒息，整个大地被地毯似的覆盖起来，我们不得不躲进帐篷用毛巾裹住脸。汪造反那片桃花依然像飞行员的红色帽徽，在眼前闪耀着。

4

八天，仅仅八天，路基像长城一样耸立在豫中平原之上，用你那英雄的体魄，筑成我们民族的屏障，啊黄河！你一泻万丈，浩浩荡荡，向南北两岸伸出千万条铁的臂膀，我们民族的伟大精神，将要在你的哺育下发扬滋长，我们祖国的英雄儿女，将要学习你的榜样！等等，对么这，《黄河大合唱》的歌词儿怎么给续这儿了，习惯动作吧，一耸立平原之上就顺杆儿爬？不是，关键这词儿我熟，别的还真不知往哪儿接。

这段时间滴雨未下，整个豫中像巨大的八卦炉烘炼着我们，每人后背都在白花花脱着皮，新长的肤色乌金一样闪着生命光辉，铜管乐般激昂嘹亮，估计七七四十九天后准成火眼金睛，咱他妈一跟头直奔南天门了就。交通恢复了，机械设备也上来了，我们头回吃上大米饭。我倒无所谓，咱北京纯爷们儿，一碗干勾打卤面齐活，再来几瓣儿大蒜，配上顶花带刺的鲜黄瓜，只听咔嚓一口下去，我跟你说，什么莫斯科餐厅、新侨饭店，全他妈扯淡！就这帮人，哼，骨子里绝对活土匪，别让他们丫赶上，踩上点儿就无法无天，没他们不敢干的！可对连里绝大多数南方兵来说，米饭就是神，吃不吃米饭绝非伙食问题，直接关系到战斗力。你是没瞅见那架势，好么，何班长打天一亮就开始焖饭，直到夕阳西下断肠人在天涯，炊事班大灶没停过，吃不上米饭真跟断肠一样，只有大米饭能把肝肠寸断给缝上。就这帮王道，知道人什么时候最具爆发力吗？一是扯旗造反，二是饿虎扑食，愣把着锅吃，一辈子没吃过似的，还不要菜，白口儿，欢歌笑语响成一片，说打就打，说干就干，练一练手中枪刺刀手榴弹……汽修班，来一个，我们唱完你们唱，扭扭捏捏不像样！红色的帽徽红领章，预备——唱！红色……

　　可大米饭不能白吃，"爆发力"迎来的是铺轨铺渣，是工程的白热化。接轨接轨接轨，通车通车通车，每天挂在嘴上，连说梦话都得这两句。听说时下流行接轨，千万留点儿神，后边跟着可是长驱直入，您准备好啦？郑总管这叫全面开花，全面开花，要快就得全面开花！当初说完不成的是他，现在说"全面开花"也是他。抢险指挥部的意图恰与郑总不谋而合，就是在传统"两头推进"的机械施工同时，再将道渣钢轨运抵沿线每个可及之处，用肩膀将道渣灰枕和钢轨扛上路基，人工铺垫，全面开花，用最短时间恢复京广线通车，换句话说就是发起全线反攻，拼了，要演电影这块儿得加一段吹冲锋号：嘀嘀嗒嘀嘀嘀嘀……团部要求所有人员，包括通讯连和林将将他们卫生队，全部上施工前线。团里总动员时说，有些参加广交会的老外，中央请他们乘飞机到北京参加国庆观礼，可他们非要坐火车，成心地，就想看咱笑话。抢险指挥部已向中央保证，既然这帮孙子要乘火车去北京，没问题，咱就让丫乘火车，我们一定在月内完成铺轨通车任务！连长传达到这儿还大吼一声，同志们有没有信心噻？有，有！

　　听着连长发吼我扑哧笑出来，搞得连长很尴尬，愤怒地瞪着我。哎哟，心说你瞅我干吗，不就笑一声嘛，什么了不起的？也不能全赖我，有你这么说话的吗？还"噻"，同志们有没有信心！不完了嘛，噻个屁啊，一噻气就散了，没听大伙的回答七零八落的？说真的我绝无看不起连长之意，积怨归积怨，也有我自己做得不好的地方。就凭他一车一千多斤，这么大岁数，又是连长，我打心眼儿里佩服。没他身先士卒全连就疯不起来，工程还不定啥样儿呢。你以为连排长那么好当，我爹说，当上连排长就差不多快牺牲了。和平年代看不出来，可谁保证老和平，别摊上事儿，像这次京广线中断，京广线是什么？是过去的京杭大运河，漕运要断了朝廷都得噶儿屁，闹着玩呐。国家遭这么大难你说靠谁，没落贵族？啊呸！这帮人挑事儿行，扛事儿够呛，要不干吗非找我刻蜡版，见天儿吃新侨泡老莫，号称谈论国家大事，连这点儿闲工夫都没有？路基可不是吃西餐吃出来的，是靠双手一车车推出来的。关键是意志和韧性，坚强的坚字，你把他拉出去枪毙他未必害怕，不怕死，是怕熬，他不能像猫有九条命那样顽强地熬下去，野草一样，打碎骨头连着筋，只要有丁点儿筋骨连着就能缓过来，这恐怕他们没有，等不到那会儿早鸡巴变戏了，还得看连长和汪造反这样儿的，野草春风不屈不挠。

可连长看不出咱怎么想的，气得嘴角抽搐起来。正好在讨论分活儿呢，毕迎春为提干，还真有戏，主动提出跟车装车，到四十里外的驻马店货场装道渣。这可是累活儿，你琢磨，四吨解放卡车起码装六吨，石子儿多压分量啊，大口儿平锹，一铲子下去就得四十斤，一干一整天，想提干就得玩儿命！问题是你提干跟我没关系呀。嘿，你大爷的，丫连长大声宣布，毕迎春！到！任你为装车一组组长嚯，副组长董大明嚯，组员陈九。是！我操，合着就我一组员，连"嚯"都省了，他俩都官儿就我一兵，不恶心我吗？绝对阶级报复呀，现世报，为这一笑罚我装车还作践我。人家都相逢一笑泯恩仇，我倒好，相逢一笑变苦力了！不过话又说回来，咱笑的也的确不是时候。奇怪的是，赶过去我早开骂了，孙子，装车可以，报复我咱得说道说道！可这次我没有，心里不仅不气还老想笑，有什么了不起的，去就去，就笑就笑气死你，嘿嘿嘿。董大明的脸却一下拉下来。散会时他路过我身边咬牙切齿地说，小陈，离我远点儿行吗，怎么老跟你吃挂落，你不笑就不会想到你，想不到你也想不到我，这么重的活儿让我去，我都多大岁数了？你多大啦，八十了？我跟他开着玩笑。这个董大明大我整整五岁，老三届的，在连里确属偏大。前边提过，他知识面很广，没他不懂的，听说他爹过去是晋察冀《子弟兵报》记者，有家传。他本人又喜欢神侃，不让说都不行，止不住，我平时老哄着他。你想啊，咱初二当兵，没怎么上过学，想长知识可不就得这学点儿那偷点儿，跟董大明一起我总有收获，他去我太高兴了。老董老董，累了说话啊，弟弟替你顶着。去去去，你别捣乱就祸兮福兮了。等等儿，什么稀？祸兮福所倚，还什么稀，拉稀。别走老董，又什么依来着？

八月豫中，烘烤煎熬，赤地千里。我查过词典，赤地千里本指旱灾之后，"晋国大旱，赤地千里"，形容盐碱硝芒寸草不生的场面。可面对眼前的情景才意识到，韩非子以此形容旱灾，因为他从未见过今天的大水，十几亿立方米的洪水短短数小时轰然而过，乌压压，排山倒海何足道哉？既是赤，赤者裸也，旱灾过后尚有盐碱硝芒，何谓赤乎？只有眼前的景象才是赤裸裸的赤，一丝不挂的赤。这种赤是可怕的，令人不寒而栗，跟赤裸的上体，赤裸的下体完全两回事。漫说盐碱硝芒，连土壤都没了，只剩下石膏化的黏土茫茫无际，踩一脚钢钢响，晴天似石雨天成泥，数亿年积淀的有机物荡然无存，那可是文明的依托哟，莫非要重返石器时代吗？常说水火无情，两者不可比。黄石公园的森林大火根本不必管，那不过是自然界的新陈代谢而已，"落红不是无情物，化作春泥更护花"，燃烧的灰烬会滋养新的成长。而洪水冲过，土壤的腐殖质流失殆尽，黏土板结得无法耕耘，撒下种子也不生长。如果原子弹真能炸回石器时代，洪水甚之。临此浩劫，唯有轩昂别无他途，如果土地养育文明是物质到精神，那么此刻绝地重生则必须从精神到物质，因为物质没了，大地母亲没了，如果不想落草为寇或变回猴子，你就得白手起家，再造一个母亲出来，所谓精神，就是你信不信自己能够做到，如何做到！

数不清的铁道兵"亥"字号卡车，就是当年以开车不要命而闻名的"亥老大，亥老二"们，在如此赤野上展开了奔流。那是撕心裂肺的喧嚣，是向天再借五百年的呐喊，卷起的烟尘直冲霄汉，给豫中大地一记重重的扫堂腿，掀个底朝天。如果定点快拍，你会发现道渣在哒哒哒分秒成长，工地上下，路基两侧，激流般的人影滚滚涌动着。

　　我和董大明坐在装满道渣的卡车槽帮上大口喘着粗气。操他大爷的，这他妈是人干的活儿吗？活该，你自找的，笑笑，笑个屁呀你！董大明仍在怨我。我不跟丫计较，不嫌烦让他说去，我才不往心里去呢。嘿，我说老董同志，同志哥哎，请喝一杯茶呀请喝一杯茶……我连唱带哄逗他说话。刚才你说什么托夫，怎么来着？这几天老董正侃苏联小说家柯切托夫的《你到底要什么》，还有伊凡·沙米亚金的《多雪的冬天》，这两本书据说是首长推荐给高干的，社科院内部发行，一般人看不到。我听林将将提过，没在意，还是自己水平有限，对好东西不够敏感。既然董大明提到，我迫不及待让他讲下去，他也只有这时才最随和，紧绷的表情松弛下来。这个柯切托夫吧，是苏联作协主席，怎么说呢，相当于咱这儿的刘白羽，他从斯大林时代一直写到勃列日涅夫时代，其风格嘛，据说正从现实主义转向批判现实主义。操，我心说咱哪懂这个呀，什么现实主义批判现实主义，不一回事吗？老董老董，你就接着刚才的往下说。刚才哪个？就那个，伏尔加牌轿车很漂亮，还下雪？噢，你说沙米亚金的《多雪的冬天》吧？哎，对对对，冬天冬天。他原文是这么说的："漂亮得像姑娘一样的伏尔加牌轿车静静驶过，留下一缕白纱似的雪雾。"对对，就这个就这个，我就喜欢这种句子，你说人家怎么琢磨的，愣用姑娘形容轿车。董大明歪头看着我，嘿，没看出来呀，你小陈看着挺糙，其实心里很骚啊，情种嘛。得了吧，再骚也跟你老董学的，咱俩师徒关系，有错吗，我骚能骚过师傅？

　　车一多必呈百舸争流状，一个争字，幺蛾子全打这儿出来。我和董大明在卡车槽帮上谈兴正浓，嘿，坐副驾驶的毕迎春脖子伸老长问我们，老董、小陈，你说咱还能再快点儿吗？几个意思你？我记得王庄大队北边有条近路，能省十到十五分钟，一天下来不就多拉一趟，对吧？我心说操你大爷，你想处处争先，为提干升官赚老本儿，让我们哥儿俩当垫背的，你大爷的，多拉一趟谁装啊，还不得我和老董，有那工夫还聊《多雪的冬天》柯切托夫呢。不知道，没听说！我懒得搭理他。毕迎春七三年兵，山东菏泽人，是连里公认的干部苗子。当年他最牛逼的就是修玉田车站的坦克站台，搅拌机不够用，他跳进泥浆池用身体搅拌，结果是速干水泥，他爬上来时变成石头，鼻孔都封住，没憋死他，为这立下三等功，火线入党。他说的那条路我当然知道，从王庄大队取土时走过。就装不知道，气死他，谁让丫告发汪造反下河洗澡呢。可话说回来，离村子越近土层越厚，犄角旮旯洪水冲不透。我听"老爷子"张入社说，他老家是凤阳临淮关的，年年发水，眼下这场水都会经过他家，所以他非常懂水。他说大水过后地下水位偏高，很容易翻浆，翻浆就是地面看着挺硬，突然软下去一块，泥坑一样。放着久经考验的好路不走走邪门歪道，直觉就让我不踏实。许多年后留学美国我在俄亥俄打工，学开集装箱卡车，老司机开门见山头句话就是：有熟路不走生路。看来文化是可以相通的嘛。令我沮丧的是，董大明竟然同意毕迎春的提议，这孙子就会跟我来劲，不明摆着迎合毕迎春嘛。是啊是啊，是有条路，比这条近多了，不行咱走那条吧？没辙，最后二比一，气得我干瞪眼儿，你说"柯切托夫"怎么刹那间就变下三滥了，这算现实主义还是批判现实主义呀？

没想到真让我给蒙上了，这张嘴！

那是我们交班前最后一车。前几趟都还顺利，这条路的确近了不少，经过王庄大队村口那棵老槐树。这树有年头了，五六人围不拢，样子很像我家附近，就是海淀双榆树道口那棵古槐，听说当年皇上去颐和园会在树下打尖。我想起北京，从小长大的地方，那时我常和伙伴站在社会主义学院的楼顶上，争辩着早先从高粱桥至颐和园官道的走向，大柳树、双榆树、海淀、西苑，直奔万寿山，心底不由平添对王庄大队的好感。正值夕阳，晚霞透过老槐树的枝叶，彩球般绚烂闪烁着。我发现司机肯定打盹了，车轮每每偏右，甚至碾过路边的田地。妈的，心说你毕迎春干什么吃的，莫非你俩都睡着了？我起身欲敲驾驶室顶棚，被董大明呵退。小陈你吧，总去拔橛儿的，司机最烦人家敲驾驶楼子，非啐你不可，咱老实待会儿行吗？行行，你牛你牛，那你接着给我讲多雪冬天。话音未落，只听哗啦一声震响，前轮陷住了，紧接着后轮也开始下陷，整个车渐渐向右倾斜，弹簧钢板发出嘎嘎嘶鸣令人惊恐。原来路边的土是软的，下面竟冒出水来！我们急忙跳下车，才发现司机和毕迎春真睡着了，刚明白发生了什么，咋办，咋办呐，毕迎春满脸惶然呆在那里。卸道渣，快卸道渣！我边喊边打开槽帮的锁链，让道渣流下来，司机也跑过来帮我。可毕迎春死拉着我不放，不能卸，不能卸，好容易装一车道渣不能糟践了。可不卸车太重会翻的呀，你负得起责任吗，不想提干了你个王八蛋！"提干"二字让毕迎春一愣。我借机咔嚓打开槽帮，道渣像瀑布样淌在地上。分量减轻，加上石子对地面的压力，整个车身斜在那儿不动了。毕迎春缓过神儿，对我大叫，这可是你打开的槽帮，我不负责任，浪费一车道渣不赖我。我真想抽丫挺的，你放心毕迎春，这车道渣老子一颗不少给你捡回去，你个王八蛋。哎哎，小陈，不要骂人，有话好好说嘛。董大明从旁插上一句。这时司机试图把车倒出来，但动一下陷一分。我们仨拼命推车，陷得太深根本推不动。董大明问，要不要回连里叫人，反正离连队不远了。不行不行，先不要让连里知道，咱先想想办法。毕迎春气急败坏地说。那只有一条路。什么路？请王庄大队的老百姓帮忙。对呀小陈，你赶紧到王庄大队叫人，让他们过来帮咱推车啊。我本想说你自己怎么不去呀？情急之下顾不得跟丫计较，要不是他抖机灵抄近道儿能出这事吗，你大爷的。

从老槐树下步入村子，我的呼吸开始窒息。残垣断壁之中是一块块各式材料搭建的棚户，塑料布、秫秸秆、瓦楞铁，拼凑成油画笔触状的点片，像补了又补的袈裟，或破旧飞花的唐卡，在深厚残阳下格外寂静，充满悲怆的宗教感，不幸往往是沉默的。我试图说明来意，他们不约而同指向前方一处马厩似建筑，找梁大爷，梁大爷有牲口。什么？我不敢相信，历经如此水灾劫难还有牲口？一路行军我们见过多少牲畜尸体啊。可当我面对梁大爷和他的十三匹骠马时，顿时愣住了。这是何等生机勃勃的场面，骠马都是活的，都在挪动，发出轻松的鼻声，颇有"隔窗犹唱"的意味，同满目苍凉的梁大爷形成对照。村民们说，全冲走了，多亏我们取土的那座土坡，还有村口的老树，救下部分村民，有个六岁小妮儿，抱着一只老鹅的脖子冲到安徽宿鸭湖活下来。梁大爷和老伴儿都是饲养员，他俩已逃出来了，想到队里的牲口还系在马棚又返回去。最后水快淹到梁大爷脖子，他死死牵着十三匹骠马回到坡上。老伴儿呢？没了。没了？我蓦然回首寻觅梁大爷的身影，他正跟我摆手，用啥牲口嘞，这点儿事哪用着牲口。他一声呼叫，走，跟俺推车去，走嘞！我仍记得村民们身上的汗味挥散着烈酒般的醇香，他们的劳动号子是这样的：

> 太阳滚滚落西山
>
> 嘿哟嘿哟
>
> 鸟投树林虎归山
>
> 嘿哟嘿哟
>
> 大军车陷王家寨
>
> 嘿哟嘿哟
>
> 军民团结如一人
>
> 嘿哟嘿哟

有个白发盘纂儿的大娘提一篮鸡蛋站在不远处。当我们和村民把卸下的道渣全部装回车，就要出发了，她颤巍巍走上来把鸡蛋举到我面前，娃，娃呀，把鸡蛋带走吧，你们吃苦了娃。旁人说，她儿子刚把她托上大树就被冲走了，只剩她孤身一人，和仅有的这篮鸡蛋。大娘，解放军有纪律，不拿群众一针一线，我不能要您的鸡蛋，谢谢您。不中，你拿走吧娃，大娘活不了几天了，吃不动了。这时毕迎春从驾驶室伸头喊我，小陈，你磨蹭啥呢，走了！大娘，那也不能拿。您看，我们还有任务得走了。谢谢您和乡亲们，谢谢大家，敬礼！大娘满脸泪水摆着手说，你们，早晚会走的。

回到连里正好开饭，米饭熬菜。我吃着吃着想到送鸡蛋的大娘，那篮鸡蛋弄不好够全连一人一个，看着分量不轻，压得她腰都弯了，残阳映着她佝偻的身影。想到这儿不知咋了，泪水轰地涌出来。只听有人喊我，小陈、小陈，连长找你呢！一抬头，连长已站在我的面前。格老子，哭啥子嗳？没有，迷眼了，迷眼了。给你个任务嗳。给我任务？卫生队分到我们连五个女兵，包括那个那个，林将将嗳。林将将！你吼啥子嗳？你去帮她们安顿安顿，工地上的事也协助她们一哈。干吗又叫我去，不去！个龟儿子，不去算屎，老子叫董大明去嗳。哎哎连长连长，我去还不行吗？哼，个龟儿子，去嗳嗳。

5

是这么回事，团里不是要求所有机关后勤人员上第一线吗，分到我们连的就是卫生队这五个女兵，偏巧有林将将。我这颗心呐，咚咚咚跳到嗓子眼儿，恨不得一把攥住她绷簧一样的奶子。小时吃我妈妈吃到三岁上托儿所，后来再没碰过女人，可不就知道奶子嘛！你说有恋母情结也没辙，就这命。现在她竟然跑我们连来了，面对面，只能看不能摸，不要命吗？来了也好，这丫头死犟干活儿不要命，我还能帮帮她。最让我不安的还是刻蜡版，那是用领章帽徽保证过的，行过军礼的，对此我毫不犹豫，坚决不辱使命。但自打参加抢险的确还没碰过，累成这副德行，汪造反命都搭上了，总有个轻重缓急吧？那林将将问我怎么说，累得没顾上？啊呸，非啐你不可！别不信，真不是我说，一见面她顶着门儿就问，怎样了？我明知她什么意思故意装傻，什么怎样了？废话，刻得怎样了？差不多了。差不多是多少？三分之一吧。什么，上次就三分之一，合着一点儿没动，这点儿事拖到现在，干脆别干了！你看工地这么忙，周围又那么多双眼睛，连长天天盯我，不没辙吗？说话时她背对着我，我乘机掐了一把她的圆屁股。干什么你，臭流氓！林将将居然嚷起来，搞得其他女兵远远瞪着我，调戏妇女似的吓我一跳。你说这军妞儿，我跟你说，都这副德行，好起来掏心掏肺琼浆烈酒，把你醉成烂泥。一秒钟，就他妈一秒钟，立马翻脸不认人，还不管不顾，跟踩地雷一样。好好，我保证尽快刻完，刻完也送不出去呀，连邮件都不通！有办法，卫生队有去北京的机会，我会争取。林将将寸土不让。

道渣已全部上了路基。路基深红色，道渣银白色，配上金色斜阳，远远看去像彩色电影的片头，赏心悦目心怀激荡。不信你眯着眼想象一下，深红、银白、金黄，哎，对对对，瞧见了吧，天底下还有如此美丽的景色吗？你觉得这是道亮丽风景线，我们的感觉可比这浓稠，有点儿像火山喷发，岂止风景，更是一群精壮汉子的热血在瞬间爆炸绽放，那是名副其实的气吞山河改天换地，生命绝对是可以牛大逼的。

虽说工程进入冲刺阶段，比刚开始从无到有毕竟还是规范很多，倒班制，有休息时间。越到最后技术含量越高，郑总天天戴个草帽在路基上跟几个战士用经纬仪定位，桥梁走向、道渣的位置和坡度，以及铁轨的位置和角度，都要标明，有时甚至停工也得等郑总的结果。毕其功于一役，确实到毕其功于一役的时刻了，任何决战都是豪赌，光靠摸石头是不够的，打起仗再发现重大失误，一定会付出倾国倾城的代价。当年我们团打圣水峪隧道时，三千多米长，六个掌子面儿。

打到最后接不上头儿，大家都纳闷儿，该通了呀？再一核实，我操，偏离三米。工程师立马傻了，愣了一下，扭身儿就从五十米高的桥上跳下去，咣的一声，深山峡谷带着回音，咣咣昂昂昂昂。给他穿衣服时我摸他头，柿子一样软软的。现在又到较劲的时刻，施工难度也极大增加。堆土堆渣一人就行，推车挑担都好控制。灰枕呢、钢轨呢，一根灰枕五百斤，起码俩人吧，你得配合着，沿着路基的斜坡往上走。一条钢轨两吨重，得二十人扛，你也得沿着斜坡配合着往上抬。为减低坡度，我们修出人字之字形甬道，很窄，那没办法，就这都很危险，特别是过路基顶端的坎儿时，一部分人在上面，一部分在下面，上面的得弯腰，下面的得举胳膊，别小看这两下子，这岂止是动作变换，更是力量的重新分配，重心的瞬间移动，我操，跟你说不清楚我，经历过的不说就明白，没经历过的说也白说，历史不都这样被遗忘的嘛。

你就说连长给我派得这活儿，你倒明确点儿啊，让我协助女兵，我算什么？班长还组长，有这么不明不白的吗，不让我为难吗？其他几个女兵还好说，就这林将将，根本不听我的，我一句她十句等着我呢，干吗，你谁呀，我干吗听你的呀？顶得我一愣一愣的干没辙。是啊，人家干吗听我的呀，问题是，她们几个丫头片子哪会干活啊，还不够捣乱的呢。我本来让她们就归置归置铺轨的配件，垫片啊、螺丝啊、固定弹簧啊，这些散碎零件较轻，她们可以一点点儿往路基上抬。嘿，偏不价，林将将非要上大活，跟男兵抬灰枕扛铁轨去，这不要命嘛。连长发现了反过来还骂我，个龟儿子，要你小陈做啥子嚷，连个女娃儿都管不到，以后怎么娶婆娘嚷？嗨，连长，话不能这么说，你也不给我弄个官儿，人家凭什么听我的？连长一笑，格老子，做梦都想当官儿嚷，老子就不给你官儿当，看你有啥子办法嚷。气得我哟，只得跟林将将摊牌。我把她拉到路边，将将你到底想怎么着，这是工地，这是工作，咱别把个人情绪带到工作中行吗？我当然知道是工作，凭什么你们男兵能干我们女兵不行，是你不讲理还是我不讲理？我压低嗓音说，我会尽快完成我保证过的事，你这样对我是不信任知道吗？哼，你没完成我就不信。我掐你屁股我。你敢。

我正焦头烂额，董大明还来插一杠子。其实丫早觊觎这帮女兵了，尤其对林将将情有独钟。他特嫉妒我协助女兵这事，老拿话凿锛儿我，什么艳福不浅，眠花宿柳啊，还什么"自古忠臣出逆子，唯有宝黛入神州"啊。谁逆子？我看你丫就像逆子，这副酸样儿对得起你爹经历的抗日烽火吗？学学人家刘必，自打我协助女兵人家从不靠前，他是工地监督员，专门监督大伙喝绿豆汤，以防中暑。这天儿热呀，既像蒸笼又像烤箱，把人热得心烦意乱，恨不得一头撞死。原本刘必给我们送绿豆汤，现在他让何班长送，何班长老家的孩子都快上学了，待我像长辈一般。人家老何都看不惯董大明，一见他就问，大明啊，又找女兵聊天儿呐？故意拿话点他。可董大明装他妈大丫挺的，成天跟这帮女兵胡侃，我问问，开车的最高境界是什么？女兵们大眼儿瞪小眼儿说不知道。告你吧，亲眼所见，这师傅开到一半发现发动机都烧红了，再开就炸了，怎么办？停车吧。错。这时停车引擎就凝住了，肯定报废。那怎么办呀？几个女兵还真着急。人家不慌不忙，一点点儿调整速度，愣把烧红的引擎又凉下来，这叫真本事！后来我专为这个请教过"老爷子"张入社，发动机能烧红又凉下来吗？他一听没喷出来，乖乖，烧红了轴瓦还不抱死，扯淡！你说董大明扯淡吧，林将将还偏要听，大明大明，你上次说的罗亭最后死了吗？你大爷的，都"大明大明"的了，不成心气我吗？董大明春风得意，《罗亭》吧，是屠格涅夫代表作之一，反映了当时俄国没落贵族子弟要改变现状又缺乏行动的内心挣扎，虽然他不敢接受娜塔莉亚的爱情，却死得十分悲壮。怎么死的？最后他参加了法国大革命，战死在巴黎巷战中，死时手里还紧握一面红旗。哇，女兵们不禁唏嘘，眼里几乎冒出泪水。罗亭的形象和"没落贵族"几个字就像钟声在我心头回荡，嗡嗡作响。

即便如此也不能再这样下去了。我想起俩词儿，都打董大明那儿学的，一是釜底抽薪，二是赔了夫人又折兵，我发现丫把这两条全用我身上了。你说团里这是什么狗屁规定啊，非把女兵派我们连来，绝对瞎指挥，女兵不能上火线，这是惨痛教训，力量没增强先瓦解了，起到敌人起不到的作用。什么兵法来着，三十六计，现在三十七计了，"女兵靠后"得算一计。我知道林将将这是冲我来的，如果继续在刻蜡版上无所作为，这仇还真跟我结上了，傻丫头。那天晚上站岗时，我终于打开久违的蜡纸钢板，它们完美无缺藏在我背包深处，让我激情荡漾。是啊，我可以利用站岗刻呀。说干就干，很多诗我都能背下来，根本不必照抄。我试着刻了几行，"日落西，集会议兵机。交通晨出无消息，屈指归来已误期。立即就迁居。"嘿，可以啊，咱的钢笔行草绝对拿得出手。这也是托董大明的福，他爹写一手好行草，给他的信便是我的字帖。他爹的信像做报告，可公开传阅。不像我妈的，唠唠叨叨，恨不得拉屎撒尿都提到，不好意思。直到有一天董大明突然发现我的字，惊讶得脏话都骂出来，我操，这不跟我赛字儿呢吗！让我好生得意。

月光如水洒在我身上，工地正发出熠熠的闪光，黑夜中谁的清脆呼唤，星火般跳荡着飘向远方。这是难得的寂静夜晚，开工以来还从未有过。我们都知道会战在即，会战的会字就是大家会面，就是人海战术。昨天连长还说万事俱备，只等郑总的测量结果。所有灰枕和部分钢轨都上了路基，就差最后这些了，只消一声令下必是全线出击，接轨通车指日可待！都说大战前夜是绝静的，听说淮海战役决战前夜就静得吓人，连咳嗽都不行。现在看来，一定心情紧张，人算不如天算，总有看走眼的时候，虽说歼敌一万自损三千大胜也，损谁啊，损他妈谁不是爹娘养的，不是女人的男人呐？当然此刻跟打仗不好比，等等儿，我怎么觉得这气氛挺悲壮的，挺像打仗呀，你打听打听去，铁道兵会战次次如此。也好，你们哥儿几个先悲壮着，我就不陪了，我得抓紧时间多刻点儿，否则林将将非跑董大明怀里不可，那就褶子了。正赶上晚饭时喜庆库跟我抬杠，我说他吃不下二十个包子，他说如果吃下我得替他站岗，他岗排我下面。我答应了。谁想他一口气吃了二十四个，摞起来腰这么高，脸不变色心不跳，让我干没辙。也罢，两班岗我还能多刻点儿，没问题！给喜庆库乐得哟，陈儿啊，真替哥站岗呀，这可咋整，以后有啥事吱声啊。

深夜很静。为安全起见，我特意离营地远些。黑暗中且停且走，想不好哪里才是心安之处。不知不觉竟到桥下，这不是汪造反临死的地方吗？我心骤然收紧，不可名状的压迫感将我裹挟。那汪清波依旧通澈，一轮明月像地狱之眼，自水深处凝视着我，仿佛在问一个我永远不懂的问题，令人困惑。水或许是吸音的，四周更显静谧，只有我刻蜡版的声音咝咝作响，像一条生命破茧而出时的挣扎。还算顺利，这些诗歌都是《诗选》的主要部分，朗朗上口深情感人。"靠人民，支援永不忘。他是重生亲父母，我是斗争好儿郎。革命强中强。"说得多好啊，革命不正是这样一路走来嘛。我顿感愤懑，你大爷的，这种文字也要靠"地下活动"才能传播，什么道理，什么世道嘛，革命革命，革来革去革到革命者头上了，到底革命还是反革命呀？我这儿正愤愤不平，只听沙一下，千寂万静中一丝异响，像鞋底踮压泥土的声音，似有若无掠过心头。我本能地收起东西猛一转身，只觉不远处有个人影，像我自己的影子一样跟随我，与我相向而动。我浑身毛孔唰一下竖立，连屌毛都惊得迸胀起来，完了，肯定被跟踪了，谁呀这是？我赶紧把东西揣进怀里，这才发现背后是水前方是人，世界如此之小，我注定无路可逃。我缓缓挪动脚步，想借桥墩掩护从侧面跑出去，冲进宿命般的黑暗。太晚了，那个影子当即发出果决的声响：你给老子站牢嚯，个龟儿子，再动老子开枪嚯！接着传来拉枪机的震动，哗啦一下。连长？是连长，真是连长啊，你大爷的，到底还是栽他手上了，我俩之间这场猫捉老鼠的游戏看来是要收场了！我警觉观察四周，并没发现毕迎春之类的其他人，从连长携带手枪来看，肯定是查岗查到这里，丫怎么都查这儿来了你说，命啊。

　　是我，连长。我站岗呐。
　　老子晓得是你，站岗站到这里哈？
　　想汪造反了，过来看看。
　　老子想你哈，也过来看看噻。
　　你怎么知道我在这儿连长？
　　看到你来这里肯定没啥子好事，把板板儿交出来！
　　板板儿，什么板板儿？
　　"握手"，那个"握手"的板板儿噻。

　　连长说话时一直用枪指着我。我明知他枪里有六发子弹，心底反倒坦然下来。这并非因为我也有枪，扎扎实实一支上膛的五九式冲锋枪，而是连长在我心里的感觉已今非昔比，完全不能同日而语了。我敬重他，比敬重还多，他骂我我都不还嘴了，打听打听，全连谁还有这个待遇？可他非说我在刻那本"握手"的言情小说让我无法忍受，这对我是极大的轻蔑，你也太小瞧兄弟了，就是上军事法庭也得让他明白我干的是啥。连长，你看到我刻板板儿了？个龟儿子，老子亲眼看到你在刻板板儿噻，抓你现行噻。我说连长，你先把枪放下行吗，我胆小你不知道吗？哼，你个龟儿子胆小，世上还有胆大的么？你不放我就不给你板板儿，有本事你一枪毙了我算了！我扭头不理他。要得，老子总算抓到你个龟儿子噻，哼，你跟老子一次次搞捉迷藏，还啥子窦尔敦、马列选集，全是扯淡，自作聪明自以为是，你晓得老子是啥人，我当兵时你还尿床噻，老子这次绝对饶不了你，你快把板板儿老实交出来噻！连长边说边把手枪放回枪套里。

夜风乍起。或许因桥洞聚风，水面忽地泛起波纹，月亮顷刻变得一摊稀碎，什么都不是了，哼，看来地狱也就那么回事。我望着连长酣畅的面孔，十分理解他的心情。折腾他这么久，总算峰回路转功德圆满，不容易啊。我此刻的心境颇为复杂，不是恐惧也没有怨恨，像是心甘情愿，不光是对使命的恪守，没这么崇高，也像帮连长一个忙，帮他了却这桩心事，终获解脱，好像被抓的不是我，而是另有其人。望着连长，我从怀里掏出钢板和尚未刻完的蜡纸，缓缓举到眼前，胸中突感无名的悲怆。像临行前的易水道别，我情不自禁念诵起这些诗行："断头今日意如何？创业艰难百战多。此去泉台招旧部，旌旗十万斩阎罗。"个龟儿子，快交出板板儿噻。"投身革命即为家，血雨腥风应有涯。取义成仁今日事，人间遍种自由花。"个锤子，还取义成仁，哪个要你命了，你感觉太好噻。"天将晓，队员醒来早。露侵衣被夏犹寒，树间唧唧鸣知了。满身沾野草。天将午，饥肠响如鼓。粮食封锁已三月，囊中存米清可数。野菜和水煮。"个龟儿子，你还晓得啥子"游击词"噻？"休玩笑，耳语声放低……"你说什么，连长你说什么？管老子讲啥子，交出板板儿噻！不对，你肯定说游击词了？个锤子，你以为老子不晓得这是"游记词"噻？是《赣南游击词》？对头，正是《赣南游击词》噻！连长，你怎么知道的呀？老子凭啥子不晓得噻，我当兵那年，五九年，《铁道兵报》全文转载过噻，我还抄到本本儿上，陈老总的噻。对呀，是陈老总的呀！我眼泪一下涌出来，想冲上去拥抱连长。搞啥子，你要搞啥子噻，我警告你，自绝于党和人民是没的出路的噻。说着连长又要掏枪。去你的，不理你了，你自己看吧，什么"握手"啊，你太小看我了，这就是当年你抄到本本儿上的，你抄不犯法，凭什么我抄就犯法，我犯哪门子法了，你说，上级文件让你查革命诗抄了？说着说着我哭起来，心里无限委屈。顺手把蜡纸钢板往连长怀里一塞，他顿时呆了。

连长

月光下我俩并肩而坐。他翻看着我刻的蜡版，我在无声饮泣。这些，都是老帅们的诗噻。是，是老帅们的诗。你做啥子要刻这个板板儿噻，明显要传播噻？他们都革命一辈子了，不是资产阶级，这些诗就是最好的证明，我就想保存下来，谁喜欢给谁看，错哪儿了我？你老实讲，参加啥子组织没的？组织？我参加什么组织，团你都不让入，我还能参加什么组织，我想入党你让吗，你让我马上申请。个龟儿子，党是随便入的噻，只要努力总会有机会噻。我有机会，你别骗人了连长，说实话，年底我就复员，不跟你混了，不穿这身绿皮了。乱讲，军装怎么是绿皮噻。连长说着把东西塞还我，沉默片刻说，这些东西你先收好噻，绝对不许再刻了，马上就大会战，抢险结束后我再找你算账噻！连长话音未落，只见几个人朝这边奔来，领头的便是毕迎春。连长、连长，连长你在这儿呐，小陈他要干啥，他要干啥？你大爷的，好像我要谋害连长，没让他毙了就万幸。连长拍拍屁股站起来，我跟小陈谈谈心噻，没的啥子，睡觉，明天会战都给老子拼上去噻。毕迎春看看我看看连长，满目疑惑。前方工地上正传来零星的声响，像长夜的梦呓，无法解读。

6

第二天黎明，满天彩霞。这天，命中注定我将永远不忘。

我后来浪迹天涯到过许多国家，美洲、欧洲，甚至非洲。有一点让我惊讶，就是再未见过中原大地这样满天彩霞的黎明。别处的黎明并非不美，只是显得单薄，蓝天白云清澈如水，阳光明媚百鸟初鸣，美呀享受啊，你会有无数奇妙感受，诗情画意的此刻，如梦初醒的昨夜，都关乎个人，属某种生活情趣。即便撒哈拉沙漠也不过是亘古之沧桑，岁月之凝固，终归缺少辉煌，没有辉煌何谈伟大呢。中原的黎明不是这样，这里的黎明永远不会静悄悄，阳光也好云霞也罢，都是呼啦啦的，像潮水一样奔腾着咆哮着。所有云彩此刻在太阳升起的地方集结，像士兵一样只等朝阳一声呼唤，于破晓时分，当第一缕阳光似巨人挥舞的手臂喷薄而出，被染成五彩纷纭的云朵便哗的一下，甩开华丽的角度，似帝王的大氅洒满天际。那是货真价实的满天彩霞啊，是神话和梦想、预言与奇迹的故乡。中原的黎明永远带着金属般的神圣色泽，像兵马俑一样挥戈而出，纵横天下。

　　会战那个清晨，我们正是踏着这样的彩霞，天兵天将一样拥上工地。根据抢险指挥部指示，我们排出三个梯次，一上两歇轮番接力，这是强体力劳动，以此确保施工安全和连续性。其余人员包括董大明，由"老头子"张入社带领上路基铺轨，把大家扛上去的钢轨按郑总指定位置连接起来。我们脸上洋溢着呼之欲出的自信与豪迈，连笑声都比以往高半个调门儿。喜庆库大叫，哎呀妈呀，这路咋就通了呐，你说这是人干的吗？刘必忍不住开他玩笑，我早看你不像人了。那我像哈？像狗熊，你们看看这背，还有这副肩膀，像不像狗熊？像，太像了，哈哈哈哈。何班长带着炊事班把食物送到工地，快来呀，刚出锅的疙瘩汤，还有烙饼馒头，干硬活就得吃硬饭，不吃饱哪有力气啊？何班长呀，你这疙瘩汤太香了，跟俺娘做的一个味儿。好吃多吃点儿，鲜不鲜一把盐，真不是跟你吹，咱的疙瘩汤没人能比。可连长看着有点儿怪，平时干活都戴柳条帽，安全嘛，今天却戴一顶有帽徽的军帽，与下面领章交相辉映，搞得跟电影明星似的。当时正流行电影《侦察兵》，王心刚的主演。董大明过来拍马屁，连长，可惜没带相机，要不非给你来张王心刚式的特写，我那台蔡司还是东德的呢。好好，要得，要得，大家加把劲儿噻，注意安全噻。连长微笑着喊道。一切都紧锣密鼓热火朝天，下面的钢轨一根根在减少。

　　午饭过后，就在返回工地的路上，林将将一把截住我。她军装碧绿衬衣雪白，配上红通通的脸庞，真像一枚小太阳。自打来我们连，几个女兵老穿得十分正规，生怕被谁误解似的，想必还是生分。我刚要开口，林将将一句话就把我撅出二里地。小陈，你凭什么不让我上工地，你说，凭什么？嘿，不知好歹，我心说。原本我让她们整理附件，把那些加固弹簧、螺丝帽抬上去，配合张入社的铺轨进度。不都说好了嘛，怎么了这是？我悄声告诉她，蜡版进展顺利，不必担心。去去去，谁跟你说这个，你就说让不让上吧？林将将大声嚷起来，搞得我一脸尴尬。我知道她的意思，想跟我们一块儿扛钢轨，那不是女人的活儿，再说我他妈连组长都不算，也没这权力呀。连长看着我摇头，你个龟儿子，连个女娃儿也管不到，哪个敢指望你干大事嘛？我听出来了，连长话中有话，肯定与《诗选》相关。接着他转向林将将，将将啊，你决心是好的嘛，等一哈，看机会再讲嘛。还等？再等都扛完了，现在就没几根了，您别应付我了连长。我知道连长是缓兵之计，就为糊弄小女孩儿呢。可他不了解林将将，死倔。还说我搞不定女娃，我看你连长如何搞定。面对林将将的执拗，连长换了个口气，将将啊，扛钢轨的确太危险了嘛，万一出事无法向首长交代嘛。交代？我跟大家是平等的，交什么代！林将将仍不罢休。连长坚持让她等，她却非要马上上，饨来饨去饨不出结果。突然，只见林将将一愣神儿，转身跑回帐篷。大家以为她服从命令了，问题解决了，继续往工地走。不一会儿，只听一个女性的巨大喊声从背后传来：连长，我向你请战，让我上吧！一回头，我们呆住了。

只见林将将衣着有变，军装里衬衣没了，光板儿了，衬衣则举在她的手上，洁白颜色上有三个血色大字：上前线。她右手食指滴滴答答淌着鲜血，满脸泪水。我操，你怎么写血书啊将将？我哇一声大叫，情不自禁跑上去想抱住她，却被她一把甩开。我对连长喊道，就让她上吧连长，求求你了。连长沉默了，半天无言，久久凝望着林将将。喜庆库过来说，连长，我看这小丫头坨儿行，够劲儿，就让她跟我一杠，我拖她一把。喜庆库说的拖一把，就是把重心偏向自己这边，减轻林将将的负重。这不是闹着玩儿的，当重量到达极限，每增加一斤，甚至一两都是考验，这是巨大的付出和承诺。连长低下头，随后又忽地抬起来说，要得，我上嘞。我也上。刘必说。我也上。我说。

歌曲《我的祖国》第一句这么唱：一条大河波浪宽，风吹稻花香两岸。一条大河可以把稻花划为两岸，一条京广铁路同样能把中原大地分成两边，不光如此，它还能像一只宏大的日晷，一条挺拔的中轴线，把天地人和分成上午下午，太阳在东是上午，太阳在西是下午。此刻太阳正犹疑地迈过京广线，很像无奈，把日头落向西边的天涯。连长坚持上头杠，谁劝也不听，头杠是舵手，喊号子的，他必须敏锐掌控整体状态，随时决定是停是走是急是缓，一分神就容易消力，闹着玩儿呐，连长毕竟三十多岁了。刘必压末杠，末杠被动，看上去跟着走，但必须死撑，把步子咬住，很不容易。喜庆库林将将中杠，我们其他人都是散杠，夹在结构之间。连长，林将将，还有刘必等在钢轨左侧，喜庆库和我们在右侧。杠子杠绳按比例均匀分配，这都是扛鼎的死规矩。喜庆库刚要把杠绳往自己方向滑动，林将将还不乐意，非逞强，干吗呀你，我不要你照顾我。喜庆库忍无可忍，劈头盖脸臭骂她，打住吧你个小娘儿们，不想干滚，都鸡巴照顾你，还整出毛病了，有本事让你爹崩了我，不想干远点儿煽着！说也奇怪，要我骂她非炸锅不可，见血你信吗？可对喜庆库林将将愣没脾气，一声不吭就这么听着。周围没人吱声，也没人制止喜庆库，我觉得大伙肯定解气，干脆把林将将嫁喜庆库算了，谁弄得了她。

午后斜阳映着我们的梯队，像古埃及的象形文字一线排开，侧面的红色路基便是金字塔的岩壁，幕布一样在空气中颤抖着。连长的号子格外高亢，他是四川人，来自嘉陵江畔一个古老村落。他在喊，我们每个人都跟着和：

一根竹篙，嘿哟嘿哟

尖又尖呐，嘿哟嘿哟

兄弟协力，嘿哟嘿哟

撑上天呐，嘿哟嘿哟

握紧篙竿，嘿哟嘿哟

心莫慌呐，嘿哟嘿哟

兄弟齐心，嘿哟嘿哟

大于天呐，嘿哟嘿哟

凝重的吼声整齐划一像同一人喊出来的，震得脚下的土地嗡嗡作响。一切都比想象好很多，我们行进在巨大的人字形甬道上，祭祀一样，洋溢着土风舞似的节奏。起杠前连长一再嘱咐林将将，不行就叫出来，不好硬撑噻。可现在再看这小娘子，不是吹，小腰儿挺得倍儿直，胸膛挺得倍儿高，还跟着喊号子，嘿哟嘿哟，雄浑中伴着一丝女声，叮叮晶晶充满活力。我从后面看到喜庆库摇头感慨的样子，分明在赞赏，他肯定嘀咕，刚才真不该骂人家，这小娘儿们够劲儿，不白给！这样一来队伍的气氛就不同了。俗话说男女搭配干活不累，为什么？所有男性都想当保护神，极大调动起荷尔蒙的潜力，你琢磨呀，这要变狮子就得咬起来信吗，非头破血流不可。只见队伍欢快得几近轻狂，屁颠屁颠儿，表演似的一路向前直奔顶端而上，连个磕奔儿都不打。

突变，就在这时发生了！

从路基侧面向顶端过度是个坎儿。前面的人上去了，后面的还在下边，而钢轨的位置开始从相对水平变为上下倾斜，要求每人的动作必须调整。关键就这个调整，不光是力量的承载，更是动作的协调。

连长头杠上去了，钢轨徐徐上扬，中杠喜庆库是主力，他配合连长向大家喊着口令，小起小起，嘿哟嘿哟，中起中起，嘿哟嘿哟，大起大起，嘿哟嘿哟。虽说大起，但不是越高越好，你必须照顾前后左右，保持位置的平衡。就在喜庆库大起口令发出的瞬间，只见林将将挺胸昂首一个托举，也许缺乏经验，要么动作变形，不管因为什么，由于发力过猛，只听砰一声，她军装上衣的扣子同时绷脱了，我从后面看到几个黑点，流萤般从她胸前喷射天空，她的军装哗一下大开，虽然看不到正面，但不难想象会是怎样。紧接着，林将将一个本能的自我保护动作，双臂护胸向一侧跑开，天呐，她手中的钢轨竟完全脱掉了！林将将的意外脱手，让喜庆库马上吃不住力，整个队伍像多米诺骨牌顿时大乱，钢轨似受惊的怪兽，从空中由右向左砸了下去。喜庆库冲上前想托一把钢轨，毕竟独木难支，只停留了短短一瞬，钢轨继续飞速滑落。一切都在瞬间发生着，左边的刘必和其他战士由于位置较低，仍有部分负重尚未摆脱，根本无法躲闪，如果钢轨落地后果不堪设想，不是死不死，而是死几个的问题。人群发出惊叫，眼看一场重大事故就要发生。就在这千钧一发之际，不可思议的是，钢轨在快要落地的片刻却咣地停住了。人们惊魂未定不知怎么回事，斜阳逆光里，只见一个近似方形的物体，岩石一样在路基顶部支住了钢轨，给下面留下一条长长的缝隙，足够让战士们安全撤离。物体在逆光下抽象成浓烈的黑色，钢轨是一撇，岩石是一捺，像草书的人字凝固在路基上。

　　连连长长长长……

　　就在喜庆库托住钢轨的瞬间，连长将自己身体蜷成一个方形，垫在了正在降落的钢轨下面。我坚信那是本能，是他多年来带领铁道兵一个连队形成的意志与直觉，无论平日怎样，对他来说，带兵永远意味着保护同伴和自我牺牲，除此绝无战胜可言。钢轨本来砸不到连长，他已经上路基了。连长这个动作显然是刻意的，支点如此准确，偏一点儿都可能滑脱，身体结构也几近完美，他用脊柱做主梁，双臂双膝是辅助梁，形体内几乎没有空当儿，没有力量游移的空间，不管多重的物体，别说两吨重钢轨，就是天塌下来也压不垮连长的脊梁，铁道兵的脊梁。都说天塌下来大个儿顶着，铁道兵无疑是中国的大个儿！我们把连长扶下来时，他的身体已无法打开，口鼻耳朵，连眼睛都在淌血，血的颜色浑红而厚重，与他的领章帽徽交相辉映，深邃隽永。他用目光掠过我们的脸，嘴唇抖动着好像要说什么。连长，连长，你不说抢险结束要跟我算账吗，你得说话算话呀！连长微笑着，只听一声，……噻，就咽气了。那个"噻"好轻，像灵魂在飞翔。

不到三十天，我们打通了铁路，实现了恢复京广线双向通车的诺言。当广州开往北京的第一趟客车于某个午夜通过我们营地时，抢险指挥部要求将所有照明打开，要大放光彩。我们大家领章帽徽地拥上路基两侧，目送列车从我们心上，从我们肩头驶过。列车开得很慢，车窗洞开，乘客们把头伸出窗外向我们挥手致意，将各种礼品朝我们抛来，让我想起王庄大队白发苍苍的大娘和她手中的一篮鸡蛋。我举着一件白衬衣，雪白的棉布上用鲜血写着几个大字：连长，汪造反。他们盯着这几个字大声问我，嘿，当兵的，连长是谁啊，汪造反是谁，你在找他们吗？你咋把他们弄丢了呀？

7

只剩题外话，还说吗？

我按时刻完蜡版，并亲手交到林将将大哥手里。那天他们在莫斯科餐厅吃饭，说为我压惊洗尘。我正好要参加兵部召开的京广线抢险表彰大会，大家就此别过。至今我都没看到过那本《诗选》的真迹，肯定印出来了，有人见过，但我没有。年底我复员了。后来又考学上学，出国留学，浪迹天涯四海为家，直到最后落户纽约，一晃几十年。原想漂泊可以重塑人生，恰恰相反，已被铸就的灵魂是无法改变的。铸是浇铸，在金属加工上，唯有铸件最难变形。而远离只会将记忆扩大，越远扩得越大，直到铺天盖地滚滚而来，在我身边载歌载舞直到生命终结。有人抱怨孤独，呵呵，肯定因为青春太过自我，有过一次壮丽终身不会孤独，有过一次奉献永远不会庸俗。这是命，就看谁能赶上。

有这么件事，六七年前的深秋，我接到中国驻纽约总领馆张大使的请柬，邀我参加一个欢迎国内京剧代表团的酒会。我因为和杨春霞言兴朋等名角儿在纽约同过台，误打误撞被当成京剧名票，沾京剧老叫我。从代表团名单中我发现一个熟悉的名字，正是这次的团长，将门之后，当年我们一起在什刹海冰场滑冰，打架拍婆子，在老莫新侨撒酒疯，大声喧哗，那次跟林将将大哥在新侨饭店碰头也有他，我们频频举杯，互致军礼，最后相拥而别。我的心一下踌躇起来，往事如梦不愿被惊醒，还去吗？可张大使又来电话，我只得如期赴会。步入会场远远看到他在与人交谈，一副彬彬有礼温文尔雅的样子，与当年风格完全不同，判若两人。我正要躲入角落，张大使一把叫住我，将我拉到他的面前，我给你介绍介绍，这是陈九先生，我们当地的作家，也是京剧名票，给杨春霞配过戏，不开玩笑哦。我俩四目相望，恍若隔世。他习惯性向我伸出手，突然停住，等等儿，陈九？你不是陈九吗？没错，他是陈九啊。张大使疑惑道。

我操，小陈儿，你丫跑他妈哪儿去了？我们到处找你，多少年呐！他大叫起来，把张大使和周围的人吓了一跳。我连忙说，我一直在纽约，二十多年了。什么？你丫流窜海外了，你跑这鬼鸡巴地方干吗来呀，赶紧跟我回去吧，对了，林将将呢？林将将，我怎么知道？

我一惊。不对呀，你不是带人家私奔了吗？都说你学范蠡带西施隐居去了，将将可是大美人，多少人惦记她呀，你丫下手也忒快了……

我没说话。就像有些事无法忘记，有些人冥冥之中也是很难分开的。

2015年11月11日美国老兵节　纽约随波斋

常德道大胖

天津人都知道五大道，过去的租界地，由六条平行马路组成，马场道，睦南道，大理道，常德道，重庆道，成都道。天津街道多以城市命名，叫五大道因为五比六响亮，单数都比双数响亮。这里洋房居多，我家就住常德道一所洋房里，外表看着还行，里面则陈旧破败，地板吱吱响，还闹耗子，小耗子不点儿大，跑得快极了。那年街道上让逮耗子，统一行动，中午十二点各家各户同时跺楼板，好么，地震赛的，耗子吓得到处乱窜。邻院的洪娘，就是洪信他妈，一个孤老太太，耗子钻进她后脖领子，她一惊，弹了弦子。弹弦子就是半身不遂，一只手弯着跟弹单弦儿赛的，本来挺利索一个人，头发总用篦子篦过，这倒好，人分两半，像南北朝鲜东西德国，谁也不听谁使唤。

可不，说的正是上世纪七十年代初的事。

望着洪娘走路的架势，一撇一捺的，心里真不落忍。没病时好好的，她一人带着洪信，洪信大我一岁，那年十七，成天在外边疯，洪娘就靠给人家做针线养活儿子，她会缝衣裳，连裁带剪踩缝纫机，都行。现在坐下病，就这样还得撑着上街买菜。我每见她一撇一捺的样子心就发沉，不敢抬头。你说洪信这倒霉孩子太胡臭了，他娘都这样了，凭嘛还让她出来买东西？

那天马路上撞见洪信，实在没忍住我问他，洪信，洪娘都那样了，你就不心疼吗，凭嘛你不搭把手还让她干？洪信侧过脸不看我，没吭声走了过去。身边的二蔷直拽我袄袖，胖子、胖子，找倒霉是吗，洪信是玩儿闹，惹他干吗？这个二蔷住我家楼上，大我三岁，只因小时候我爸问她，二蔷，长大给胖子做媳妇咋样？她想都不想就说，好！嘎嘣脆答应了。她家孩子多，父母是五一手表厂的工人，初中毕业原本去呼伦贝尔草原插队，因高血压还是嘛问题留城待业了。就为儿时的一句承诺，这些年二蔷一路管着我，烦死人了，我才不乐意跟她走一块儿呢。她都大姑娘样了，白里透红的脸庞花朵般绽放，令人不忍直视，还前挺后撅要嘛有嘛，黑黑的辫子茶杯口那么粗，放射着性别魔力。我跟她走算嘛，算她弟弟还算她儿子。少管我！说着我掰开她的手。

玩儿闹怎么了，天津人管流氓叫玩儿闹，有本事你洪信掌我嘴巴子。我俩一起长大，不过这些年很少过话。他仗着出身工人，天不怕地不怕，成天拉帮结伙打群架，听说他是教堂黄燕儿手下的打手，心黑手狠叫打谁打谁。洪信中等个儿，浑身腱子肉，满脸青春疙瘩，如果用拓蓝纸在他脸上拓，肯定无数点儿。他脚蹬一双白球鞋，藏蓝的制服裤子，腰里别着一把钢丝锁，好么，没人敢惹。自打教堂黄燕儿前不久被判了刑，洪信也蔫儿了。听说洪娘在房梁上挂了条麻绳，说洪信你再胡来我死给你看，叫你眼睛出汗，信吗？我跟洪信不一路。我们老爷子"文革"一开始就打倒了。红卫兵问他，你从事白区工作多年，都被过捕，凭嘛就你没有？老爷子本来就窝火，破口大骂，我去你奶奶，都被捕还有你们这帮兔崽子吗？完喽，就这一句，给打得呀，牙也打没了，从台上打到台下。虽说后来红卫兵风潮过去了，但我们老爷子仍未解放，继续被关押调查。鉴于这种情况我处处低调，更不跟洪信这路人混，要不是看不过去洪娘的处境才懒得理他。

洪信没理我，一低头走了过去。开始我心里没底，他这么王道，会服我的软儿？过些日子没见他怎样，又觉得自己挺牛，天津话叫拔创，就是自我膨胀。这种心态很要命，后来一系列结果都与此相关。人生莫测，有时一念之差能改变人的命运。洪信当时要给我一嘴巴，我就不会最终跟他搅成一伙儿萧规曹随了。喂，我是萧，他是曹哦。

那天中午二蔷喊我，胖子，反帝里快来菜了，跟姐挨个儿去。反帝里是个小菜市的名字，每天中午来菜。那年月跟今天不能比，每天只上一次菜，而且来嘛算嘛，黄瓜豆角，茄子西红柿，过时不候，不提前挨个儿根本买不上，每人买多少也限量，要不二蔷叫我干吗，她自己能干的从不叫我，就连抬煤这种重活，那时我们都烧煤球，送煤的送到院子里，得自己用簸箕往楼上抬。我抬煤时，只要二蔷撞上一定抢着干，往往还喧宾夺主，把我赶一边儿去。我特烦她，你说咱一条汉子，别人看见算嘛呢，可望着她被汗水沾住的前刘海儿，嘛话也说不出来。

送菜的马车正在卸货，买菜的队已很长了。还好，我们排在中间靠前，应该能买上。烈日骄阳，人们脸上闪着汗水，目光充满期待。这时，我见洪娘一撇一捺往这儿挪，她身着一件男式汗衫，两挂真空奶子悬在腰间，摇来晃去，那只好手上挎个草篮，显然也想买菜。我不禁向队尾望去，天这么热，队又这么长，她肯定买不上。我忍不住对洪娘喊，洪娘、洪娘，您就站我头了吧，咱俩算一个，我跟您匀着买。说着我把她扶进队里。老太太尚未站稳，只听身后一声吆喝，哟呵，这儿还带夹个儿的，她能夹凭嘛我不能！说着一个比我高小半头的小子插在洪娘前面。他不是别人，正是反帝里的混混儿二发子，这小子仗着他妈是街道妇女主任，没少祸害街坊四邻。他跟洪信不同，洪信躲开家门口儿，跑外边闹，属正规玩儿闹。二发子是杂牌军，辈素不吝欺软怕硬，非常粗俗下流。比如他见小孩儿吃冰棍儿，过去就威胁人家，给我来一口，不给今晚砸你家玻璃信吗？对这路人我深恶痛绝，恨不得掣他嘴巴。但考虑到他有家庭背景，没理他。

我没理他，可人家洪娘受不了。为嘛？这二发子站没站样来回晃悠。本来都挨挺近，他一晃悠撞到洪娘，要不是我扶着，老太太差点儿倒下。洪娘用不大利索的口齿埋怨他，二发子，欺负老太太，你这叫缺德知道吗？嘛玩儿，说谁缺德，你个老东西，再说一遍，你敢再说一遍？二发子怒视洪娘，双手挥舞着，好像马上就动手。洪娘也是倔脾气，话赶话退不下来。我就说你二发子，说别人对得起你吗，你够奏儿吗，大伙儿评评，二发子欺负老太太，缺德不缺德？洪娘话音没落，只听啪的一声，二发子一个大嘴巴掣上来，洪娘的鼻子和嘴角顿时喷出鲜血。只见老人一个后仰，咣啷倒在马路牙子上。人群顿时哗然，大家围成一圈，七嘴八舌都说二发子不是。二蔷满脸通红，一边搂着洪娘一边痛斥二发子，你个畜牲，洪娘要出点儿嘛事大伙跟你没完！二发子是天生的泼皮，一双小三角眼闪着冥顽不化的俗劣，他坏笑着对二蔷说，哟呵，这不是胖子的小媳妇儿嘛，胖子，也不管管你媳妇儿，有这么跟爷说话的吗？说着他把鼻子伸到二蔷眼皮底下，盯着她看。

一开始我就憋着火，流泪的二蔷和流血的洪娘，特别是二发子后来那个猥亵动作，算把这团火点着了。嘛都有个度，过了度只能强行归零，让游戏法则重新来过。我心说你二发子算个屁，连洪信都不敢把我咋样，老子今天豁出去了！我毫无预警抄起块板儿砖，干净利落朝二发子面门死命砸去。只听哇一声，他的脸完全被红色覆盖，两只黑眼珠儿在绛红的血浆里闪动，没明白发生了嘛事。刹那间，我第二块板儿砖又拍上去，我横下心，打就打服他，事情就这样，他来找茬儿，我们把他打服了他就舒服了，打服一点儿舒服一点儿，彻底打服彻底舒服。这时二发子才明白事情严重，没等第二块板儿砖贴上面门，他健步灵腰，哇啦哇啦跑走了，边跑边喊，妈妈、妈妈，小胖子把我头打破了，来人呐，杀人啦……

我欲追，被众人拦下。其中有懂行的说，胖子，赶紧扶老太太走几步，别让她躺着，本来就弹弦子，一蜗曲再站不起来咋办。我扶起洪娘，行吗洪娘，起来走几步试试，哎，慢点儿，慢点儿。洪娘呻吟着，泪水和血迹布满她的面颊。她的眼睛渐渐张开，若有所寻朝四处张望。就在这时，大伙听到咚咚的响声由远而近，震得地面直晃。人们尚未弄清怎么回事，只听一声撕心裂肺的吼声，妈妈、妈妈！洪信？没错，正是洪信，他一串奔跑凭空出现了。他扑上来想抱住他娘，被洪娘一口啐回去，啊呸，你个倒霉孩子，给我跪下，你给胖子跪下！洪信迷惑着看看他娘又看看我，咕咚跪在我面前。洪娘一口口喘着粗气说，你个忤逆的玩意儿，今儿要不是胖子替我出这口恶气，老娘我早死一百回了，从今往后，跟胖子学好，要不我就死给你看信吗？说罢洪娘呼天喊地号啕大哭起来。

我仍未从二发子的满脸血迹中清醒过来，从没干过这种事，我自己也被吓傻了。看着洪信跪在眼前，用充满泪水的目光望着我，让我更加惶恐困惑。情急之中我也跪下来，在反帝里的小菜摊儿前，众目睽睽的常德道上，我们两个尚未成年的半大小子就这么面对面跪在一起。洪娘的哭声此起彼落，二蔷的抽泣似有若无在空中飘荡。洪信一抹眼泪，用强劲的手臂攘住我肩膀说，胖子，今后你是我哥。那可不行，你比我大一岁呢。听我说胖子，从今往后你就是我哥，我跟定你了！

　　跟定，嘛叫跟定？

　　第二天一早我刚起床，洪信已在我家门前等候。见我出来他问，胖子，吃早点了吗？我说我连茅房还没上，我得先上茅房。那时虽说楼里有茅房，但一座楼那么多人住，早上茅房根本匀不过来，我已习惯到马路的公厕方便。洪信跟在我的身后，我撒尿时他也站在旁边做样子。他说，胖子，二发子不能这么便宜他，他一定会找你寻仇的。那依着你呢？依着我就得揍他，必须打服他，你甭管了胖子，我得让二发子彻底服你才行。我摇摇头，以为不妥，不是不想教训他，是担心他妈在街道上管事，要串通派出所整我怎么办。我们老爷子还在里面关着，再把我也弄进去不真成"上阵父子兵"了，再说我爸要知道我在外面闯祸怎么想，心里不定多难过呢。我越想越不踏实，觉得还是息事宁人为好。所以打那儿后我有意回避洪信，怕他惹事。碰上了也不冷不热，明知他等的是我，还故意问，你在这儿干吗呢？气得他干着急。其实我躲的不光是洪信，更是二发子，都说眼不见心不烦，只要见不到我人，过段时间就忘了，我特需要他们忘记我。

　　事情坏就坏在这儿。我虽然尽量躲着二发子，但毕竟街坊，免不了撞上。那天我从邮局出来，常德道邮局是个老邮局，是天津市的地标式建筑，我从邮局台阶往下走，远远看二发子正朝这边走来，他走路晃肩膀，很容易识别。我立刻转身朝反方向走，可还是被他发现了。他一眼看出我在躲他，便嚷道，小胖子，你逼亏盯我点儿，盯我小数点儿，我非废了你不可！我不理他，越走越快，直到很远才停下来。后来跟二发子聊起来才知道，如果当时我迎面而过，他也不敢把我怎样。我那一板儿砖吓得他半死，认为我打架不要命，都没敢告诉他妈。我的担心完全是心虚所致，心虚将风险放大，心虚本身就是风险。

从此二发子越发嚣张，变着法儿堵我，坏人发现你怕他会变得更坏。那天我去比邻的重庆道买肉，肉铺不大，一间门脸儿，位于幸福里和世界里之间，大兴邨正对过。师傅姓董，都叫他董师傅。董师傅，来两毛钱肥瘦。那时买肉就买几毛钱的，切成很细的丝，炒一大锅白菜。董师傅没吭声，头都没抬。我又喊一遍，来两毛钱肥瘦。董师傅还不吭声。正纳闷儿，只见二发子突然从门后闪出，凶神般出现在我面前。他手持一把凿冰用的冰镩子，满脸杀气对着我狞笑。我刚要转身，被他一把拽住脖领子，甚为狼狈。

> 哪儿跑，今儿非废了你不可。
> 你放开我，放开！
> 放开，放开也行，让二蔷亲我一下。
> 够奏儿吗你，臭不要脸。
> 还敢骂我……

二发子抬手一个大耳帖子掼上我的脸，啪一声，像甩马鞭子，打得我直冒金星忍无可忍。没等他第二记落下，我冲上去一口咬住他脖子，又酸又咸的血沫子藕粉一样黏稠，立刻从我的牙齿流到二发子脸上身上。他开始还忍着，不断用拳头击我的头部。我死活不撒嘴，越咬越深，感到血像龙头里的水一样往外涌。混乱中依稀听见董师傅在叫喊，出人命啦二位小爷，躲开家门口儿行吗？

正僵持不下，只见洪信刮风般冲进来，原来他一直没离开我。他狂抽二发子耳光，噼里啪啦，响起踢踏舞似的节奏。我松开嘴，浑身发软倒在一旁。再看二发子，他闭着眼像充气娃娃无声无息，任凭洪信挥洒。看来挨打都闭眼，就像接吻做爱一样。洪信将二发子一把推到我面前，怒斥说，看看这是谁？胖子。二发子呻吟着说。洪信上去又一个嘴巴，啪！胖子，胖子也是你叫的？听真了，这是大胖，常德道大胖，叫大胖！二发子赶紧补上一句，大胖。再叫！大胖，爷爷，你是我爷爷行吗，我错了行吗？二发子咕咚跪在我面前，抱着我哭起来。洪信说，大胖，大耳帖子掣逼亏的，还等嘛。洪信一只手攥紧我的肩膀，像那次叫我哥一样。我怔了一下，突然转身抡圆了给二发子一个大嘴巴，咣地将他打翻在地。

2

这一嘴巴与那一板儿砖性质不同。板儿砖属偶发事件，又被二发子的报复抵消了。而这一巴掌是对报复的反制，从精神上压倒了他。任何胜利仅仅是物质的就没嘛意思，无法持久。必须在精神上、心理上、意志上战胜对方，才能获取长治久安的胜利果实。

二发子原本当地一霸，是常德道小孩儿的行为准则。把准则打掉，常德道从此逆天，皇上轮流坐，今番到我家，太厉害了，我都被自己感动得五体投地，更坚信我和洪信是一体两面，永不分离，只要我俩在，天下就算坐定了。那时我身高才一米五几，算矬的。可就这一耳帖子，觉得自己长高一截儿，反正比二发子高，他见我得点头哈腰，大胖，干吗去？大胖，吃了吗？于是这些年因家境导致的压抑哗啦全冒出来，跟爆水管赛的，捂不住。我也学洪信，弄双白球鞋，还把我爸西装里的垫肩撕下来，垫在我制服褂子里。我对二蕾说，你帮我缝上。她望着我递上的垫肩，哎呀胖子，你这是干吗，为嘛把陈大爷西装给扯了？你别管，帮我缝上，你缝不缝，不缝我自个儿缝了。二蕾低头接过去，缝着缝着掉下眼泪。

我不管，管那套干吗，洪信说我是常德道大胖，有名有号，必须有样儿，嘛叫样儿，就得穿得狂一点儿，得有大胖的范儿。我与洪信同进出，一大早出门，到天黑才回来。那时我爸被调查组关在马场道上的河北大学交代问题，每月四十块生活费外加十块烟钱都交我手上。原来全让二蕾管着，自常德道大胖以来，我扣了十块钱，作为我和洪信的队费。没钱怎么在外面混，不得到康乐餐厅吃雪球儿，到起士林吃炸猪排嘛，反正花完再找二蕾要。二蕾有点儿烦，非常烦，总不让我出门，有你这样的吗？我出门管你的嘛，不杀人不放火怕嘛的。二蕾追着喊，胖子，胖子你回来，你知道街坊四邻都说你嘛？陈大爷回来我怎么跟他交代啊？

就这岁数的半大小子，我跟你讲，真是飘忽不定没深没浅。我心里就想着怎样拔创，让人家知道我常德道大胖的名号，用金庸的话说，就是确立江湖地位。洪信总说，胖子有我呢，兄弟一定给你顶住。洪信可不是光说不练的主儿，实际上他话很少，做的比说的多。那天我俩从小白楼音乐厅影院出来，看的是阿尔巴尼亚电影《宁死不屈》。年轻人看电影很容易投入，电影散了，心情还在戏里，觉得自己是游击队员，时刻准备和德国鬼子拼命，边往外走边哼哼影片里的插曲：赶快上山吧勇士们，我们在春天加入游击队，敌人的末日就要来临，我们的祖国即将获得自由解放。消灭法西斯，自由属于人民！

都到门口了，马上就出来了，迎面和一个与我身材相当的小子撞个满怀，咣啷将他撞翻在地。我不是故意的，当时我正回头找洪信，他上茅房去了，根本没看见这小子。我习惯地刚要说对不起，没想到这孙子是个青皮，起来就骂，亲娘老子嘛脏话都骂，还要动手。那一刻我真有点儿发怵，毕竟咱没经过这个，心里没底，他一拳上来，我一躲，又一拳又一躲，就不知该主动还击打回去。两拳落空这小子急了，扑上来就抱我。说时迟那时快，只见洪信从我身后忽地蹿出，像只豹子，上去一顿组合拳，打得他连反应都没有，直接撂地下了，满脸血，给音乐厅大理石地面溅一地。他爬起来还喊，你逼亏别走，等我叫人去，有本事在这儿等我。

我瞥洪信一眼，意思是赶紧跑，别等人家来了再把咱俩揍一顿。可他毫无表情，雕像般纹丝不动。我真有点儿怕，怕惹事多于怕流血。咱赶紧走吧，不值当跟他一般见识。洪信还是异常淡定，蜡像赛的，说你甭管了，我看谁敢碰常德道大胖一根毫毛。犹疑之际，只见一伙人五六个，领头的是个尖脑瓜的小子，把我俩围在当中。尖脑瓜上来就喊，谁呀，谁呀，谁打我的人了，我看谁这么大胆打我马三儿的人？马三儿，好么，大名鼎鼎，我早听说过他，当年芷江路和平和马三儿约架，就在干部俱乐部剧场门口，和平比他高小半头，愣被他打得喊爷，保证永远退出干部俱乐部一带的地盘儿。为嘛我知道这事，和平是二发子同班同学，都是岳阳道中学的，二发子喜欢跟人白话这些鸡零狗碎儿，显他能耐大，知道的事儿多。

当面对马三儿本尊时，我有些意外，没想到他是尖脑壳，而且略显瘦弱。那时咱不懂，江湖上越瘦弱的人越蔫坏损：宋江瘦弱吧，把水泊梁山卖了；蔡锷瘦弱吧，把袁世凯卖了，无一例外。面对马三儿的问题，洪信的回答简单而有力，五个字：常德道大胖！嘛玩儿？常德道大胖，谁啊，你？洪信一转身，恭恭敬敬往我身上一指，你给我看真了，这就是常德道大胖。那你是谁？马三儿急于弄清洪信的来路。我这时不能含糊，心说都常德道大胖了，得有点儿样儿。我说，他就是洪信！洪信，教堂黄燕儿的洪信？我刚想说没错，可洪信自己先开了口，我现在是常德道大胖的洪信，别跟我扯啰啰纲，要动手一句话，咱别磨叽行吗？说着洪信从腰上解下钢丝锁，向前半步把我挡在身后。

挨打那小子一边喊着，三哥，还等嘛，打逼亏的，一边急赤白脸往上撞，被马三儿一把按住。他对我说，你是常德道大胖？没错。咱好像哪儿见过？我不记得见过你，不过我听说过你。对呀，听说过就好，以后有嘛事，只要在马场道这地面上，找哥哥准没错。他这么一说我有点儿发愣，觉得他居高临下占我便宜，又不知怎么接茬儿。洪信立马补上一句，音乐厅这地界儿我们老来，跟你的人说别在这儿惹大胖，对谁都不好知道吗？大胖，咱走！洪信拉着我的胳膊扬长而去。

嘿，有点儿意思啊。

从音乐厅到常德道，十三路汽车三站地，五分钱车票。可我们不乘车，就走路，走路的曝光率远远高于坐车，我俩飘着就行，脚都不必沾地，打完胜仗的心情可不就这样。二发子算嘛，无根之水，小混混儿而已。现在连马三儿，正宗的帮派大哥都镇住了，满脸血愣没敢还手，连我自己都惊讶得兴奋起来。我俩颠颠儿往回溜达，洪信还是不大吭声，警惕四周，我则有些飘飘然。我转身对洪信说，行，听你的，常德道大胖就常德道大胖，就这么定了，不过有几条你得听我的，否则我拔腿就走。你说哥。一是不沾女人，二是不偷东西，三是不祸害街坊四邻，你觉得怎样？我都听哥的，都听哥的。洪信眯着眼只顾憨笑。当时我十六岁，不谙世事，按说没资格当这个老大，老大应该曾经沧海难为水，我缺的就这个，要不是洪信给我撑腰，铁定搭不起台。比如我给他定的这几条军规，后来证明太小儿科了，嘛用也不管。帮派这东西，古往今来古今中外，性质早定死了，不是正经玩意儿！形势比人强，舆论更比人强，你就是想好也白搭，你管不了自己，对了，都想好，要你帮派干吗？

再者说，一个篱笆三个桩，不能老我和洪信俩人吧？人多肯定麻烦，都打常德道大胖的名号，管得了吗？就说二发子，挨打后不仅没跟我继续争斗，还热情洋溢加入我们，逢人便说他是常德道大胖的人，赖上了，你有嘛辙。刚开始我不搭理他，装看不见，架不住他嬉皮笑脸，一会儿拿点儿这个，一会儿拿点儿那个给你上贡。我当然不要，谁知嘛道儿来的，偷的呢？你不要吧，他给洪信。那天中午正赶上反帝里菜摊儿卸西瓜，嚯，一水儿天津三白，这种瓜是白皮白瓤白子，汁多味甘，藏至冬季仍皮瓤不泻，乃瓜中极品。天儿热，谁不想吃西瓜呀，我正琢磨排队买，二发子发话了，他指着我，对卖菜的方师傅说，方大爷，这可是常德道大胖，就看你开面儿不开面儿？方大爷五十多岁，嘛局面没见过，顺手拾个瓜递上来，大胖，赶紧拿走，躲开家门口儿听见吗？我面红耳赤当然不要，这怎么行，这还得了！没想到我的推辞倒把方大爷撂当间儿了，搞得他十分尴尬。说时迟那时快，洪信赶紧接过西瓜一拖我祆袖，我们几个匆匆离去。你说，洪信面子我得给吧？

如果只吃个西瓜也罢，二发子这厮天生劣种，太过分了。

那天晚上天儿太热，根本没法睡，我们几个无所事事，骑着自行车在马路上瞎逛。路过桂林路重庆道交口处时，见两个跟我差不多大的女孩儿，也在马路边纳凉，她们身着白衬衫，在柔和的路灯下，曲线玲珑魔幻般闪烁。我承认我瞥了她们几眼——好几眼行了吧，可我仍保持前行姿态，没发话吧？得，二发子察觉了。这小子立马冲俩小闺女儿嬉皮笑脸打情骂俏，哟呵，这不丽丽吗？你是丽丽吧，我认识你。小姑娘一脸茫然，说多前儿的事，我根本不认识你？二发子不管那套，停下车朝女孩儿走去，边走边调戏人家，丽丽，咱不带这样的，上把跟哥亲嘴的事嘛也不提了是吗？你可太狠了。说着要拽人胳膊，吓得小闺女儿起身往胡同里跑。这条胡同叫生牲里，早先是书法家叶公绰的产业，也是天津市地标建筑，俩女孩儿大概住在里面，拼命往胡同里末路狂奔，几条辫子在夜幕中惊得四下飞舞。

跑就跑了，本来是你耍流氓，嘿，二发子还逮理了，死追，边追边对我和洪信喊，大胖、哥哥，这个有戏，没戏算我的，还等嘛，赶紧着。他这么一嚷，周围人都看出我们是一路，侧目以视，搞得我和洪信不好意思站在原处，只得跟二发子往生牲里跑，其画面是，俩花季前边逃，仨流氓后面追，这不成高衙内了吗？直追到人家家门口儿，出来个中年男人问，你们找谁？二发子说找丽丽。这没丽丽，你们走错门儿了！我们这才快快下楼。我这一肚子火，刚出胡同口一把攥住二发子脖领子要掣他，你逼亏再调戏妇女我打死你信吗？二发子嬉皮笑脸，哥哥，这不都为你吗，我看出你喜欢她了，有错吗？洪信在一旁打着圆场，二发子，再有下回不用大胖，我就掣你信吗？算了哥哥，都自家兄弟，至于吗？

好事不出门坏事传千里。这么一来没多久，一提常德道大胖，街坊四邻前后几条马路，都叫孩子躲着我。我楼下童家，男的是南开大学英语教师，据说还是著名翻译家李霁野的高徒，那天他儿子小辉向我示好，大胖，吃了吗？被童老师立刻叫停，他说话很文雅，小辉，快回家，别给大胖添麻烦听见了吗？嘿，嘛意思，骂街不带脏字是吗，嘛叫别给我添麻烦，归齐还为我想，我不怕麻烦行吗，这不恶心人嘛，真是说不出道不出。我觉得窝囊，非常窝囊，与我一贯的自我期许满拧，我陷入极度纠结之中，甚至想就此打住，逃离常德道大胖现状。于是我开始躲着洪信和二发子他们，天天闷在家里跟二蔷在一起。

二蔷原本就怕我到外面惹事，见我在她身边转悠，喜出望外，变着法儿给我做好吃的，要把我留住。胖子，想吃馅儿吗，姐给你包饺子？天津人管包饺子包包子叫吃馅儿，因为都得包馅儿。二蔷做馅儿一绝，甭管嘛菜，连火柿子，就是西红柿，都能入馅儿，更别说豆角、茄子、芹菜，嘛都能做，嘛都好吃。我那时跟二蕾学了不少做馅儿的本事，直到今天我包的饺子还是家人的最爱。二蕾揉面时袖子撸老高，胀满的手臂上有细细的汗毛，还有青春痘似的小点点，让我老想摸，坐卧不安。她又黑又粗的辫子不时晃动，辫梢掠过我的额头，直抵心房。

那晚我俩到楼顶上乘凉。这是我一个小秘密，通向楼顶晾台须经一间无人居住堆满杂物的房间，它被一把"永固"牌大锁锁住，从无人去。不久前我悄悄用废钢筋把锁撬了，再对上，看着仍像锁住，轻轻一拉就开。我对二蕾说，走，我带你去个好地方，你肯定没去过。我俩打着手电，迈过杂乱无章的堆物，来到宽阔的楼顶平台。仲夏夜的风吹着我滚烫的面庞，头顶星空清澈如洗，远处海光寺天主堂的拱顶在黑暗中隐隐浮动，万籁寂静，只有我和二蕾的心跳怦怦作响。

我们并坐在一块苇席上，胳膊接触之处已经抵平，我感到二蕾的体温正透过那个平面传到我身上。我们没说话，就静静坐着忘却时光，直到夜风转凉，我不由朝二蕾的身体拱了一下。她张开手臂抱住我肩头，胖儿，冷了是吗？嗯。来，姐搂着你。我把头扎进二蕾的胸膛，被她铺天盖地的乳房托起来，仿佛整个身体都在上面驰骋，那是我的家园，是我灵魂歇息的地方。我那时嘛也不懂，只知道要女人的乳房，其他一概不知。我在二蕾的胸口上停泊，沉醉得像块丝绸，拾不起来。二蕾抚摸着我的头发，轻轻对我说话，胖儿，赶明儿跟姐读书吧，姐教你数理化。我不，现在谁还学那玩意儿。咱不能只看现在，你是男人，男人长大要养家，得有真本事才行啊，别看现在没人读书，肯定不能老这样对吗？我装睡，闭眼不回答。二蕾这些话，伴着她深情的心跳，注入我年轻的记忆，再没忘记。

3

现在想来，尽管女人说她们为男人而生，可男人未必全为女人而活。落脚点可以是女人，兴奋点必在争斗之上。二蔷的胸膛让我流连，但别摊上事，别摊上饿火的事，否则拍屁股走人，甭说二蔷，八蔷也拦不住。

那天晚上洪信和二发子在楼下喊我，大胖，哥哥，有事儿，有急事儿！我好些日子没搭理他们，听到喊声勾起我对他们的想念，便走出门外。夜幕下，他俩看上去有些尴尬，好像他们是坏人，那种表情就是坏人遇到好人的表情。二发子先张口，大胖，不是我俩给你添堵，是有人非要找你，我们拦不住。找我，谁呀？杨乐乐。杨乐乐，柳小娅的对象？对呀，他爸不是你爸老战友吗，你知道柳小娅出事了吗？她让马三儿给办了，这逼亏的，敢跑咱地面儿上玩女人，这是在你大胖头上拉屁屁呀。嘛玩儿，多前儿的事？就刚刚，马三儿太不够奏儿了！

柳小娅可是常德道有名的美人儿，当年五大道无人不知无人不晓。她和大理道的魏念念、民园大楼的缪月，还有幸福里的何西西，并称四大美女。魏念念以肥美著称，宽大丰满非常性感。缪月是闷骚型，小家碧玉，盈盈一笑俩小酒窝。何西西是清水丽人，瓜子儿脸，前刘海儿一抹齐，骗腿儿上自行车的动作绝对经典。但要说活泼可爱多才多艺，还是柳小娅。小娅大我两岁，小时候也来过我家，那时她就能歌善舞，大人一说，小娅，表一个，她立刻跳起蒙古舞，毫无扭捏。可二蔷不待见她，看她跳舞二蔷就说，管嘛用，考试老不及格，管嘛用。

长大后我与小娅从无接触。她父亲是军人不常在家,她跟着母亲过。夜静之时常听到小娅的歌声在月光下飘荡。"毛主席窗前一盏灯,春夏秋冬夜常明,伟大的领袖窗前坐,铺开祖国锦绣前程,锦绣前程。"这是著名男高音贾世骏的原唱歌曲,激昂豪迈。小娅唱得不同,她把青春的期盼女儿的柔情融进歌声,让人感到她心有千千结。比如一盏灯的灯,贾世骏直着出来,就是灯。小娅唱的不是灯,是等嗯,先低后高,当间儿有个起伏。还有锦绣前程的程,是吃嗯,也有个起伏。音乐这东西很奇妙,就这个起伏,意思完全不同,你觉出她在倾吐着渴望着。于是高山流水,她与大家的距离就拉近了,成为常德道公认的女神。

我说怎么这几天没听她唱歌,闹半天让人给办了。当时我并不懂"办了"的定义,这是行话,就是欺负了糟蹋了,但动哪部分算糟蹋,不甚了了。记得几年前放学与小娅同路,那时我是孩子,常拿女生找乐。见她走我前头就说,"轱辘轱辘馒头,我儿在我前头。"她不悦,脚步慢下来。我又说,"轱辘轱辘馒头,我儿在我后头。"她很生气,疾赶几步追上我。我便改口说,"轱辘轱辘冰搅凌,我儿跟我一平。"气得她嗷嗷叫。可走着走着她突然一蹲,一股鲜血从她裤脚滴滴答答洒在马路上。我大惊,真是吓死人不偿命,怎么流这么些血?没等问,小娅已仓皇逃窜。我感觉所谓"办了"肯定跟这血有关,流这么些血不要人命吗?

但大家也知道柳小娅与杨乐乐相好,他俩青梅竹马,一直形影不离。杨乐乐高个儿,一张忧郁的脸,住在睦南道一个独院里,他爸原是华北局的高官,跟我爸很熟,也早靠边站了。杨乐乐比我大不少,除父辈的联系我俩来往有限。一听他找我,我好奇道,他怎么落你俩手里了?二发子闪烁着说,你不搭理我们,我俩就天天在你门口站岗,他来找你被我截住了,常德道大胖是随便见的吗,不得让卫兵通报一声，对吗哥哥？他人呢？外面候着呢。听罢我紧赶几步迈出大门，只见一个消瘦的身影站在月光下，没错，正是杨乐乐。他头上缠着绷带，忧郁的面孔更显得忧郁，瞳孔闪耀着无尽的悲伤。我们免去寒暄，彼此紧紧握手，想到我们的父辈都正被整肃，心底不禁掠过同病相怜的感动。

　　乐乐哥，出嘛事了？
　　小娅，小娅让人给欺负了。
　　谁这么大胆儿？
　　马三儿。
　　这逼亏的，我饶不了他！

　　原来不久前一个晚上，小娅和杨乐乐去干部俱乐部看电影回来，走到佟楼被一帮戴红箍儿的小子堵在半道，非说他俩行为不检，耍流氓，要抓到军民联防办公室问话。去就去，反正身正不怕影子斜，他们便跟着这些人走。快到西康路墙子河桥时，那里较暗，没路灯，这帮小子突然将小娅与乐乐强行分开，硬把小娅往桥下拽。乐乐当然不干，挣扎着要救小娅，就听一个声音问，三哥，怎么办？还没等杨乐乐明白过来，只觉一板儿砖搋在他脑袋上，昏了过去。醒来时见小娅衣衫凌乱坐他身边哭泣，问她嘛话都不说，就哭，直到现在还是哭。乐乐找过民园派出所负责人老李，老李说事发地属马场派出所，该找他们才对，愣没管。

　　我听罢火冒三丈，敢动我常德道的女神，想造反呀你！没等我说话，洪信早按捺不住发了飙，大胖，这事得管，这事咱不管谁还看得起咱，往后咱还拿嘛混地面儿！他不断压自己的手指，嘎嘣嘎嘣响，连成一串钢琴般的节奏，黑暗中我仍能感到他脸涨得通红。我对乐乐说，你先回去，我一定给你个说法，绝饶不了马三儿这畜生。我想起上次跟马三儿的冲突，他的尖脑壳在我眼前晃动，恨不得马上找他算账。这时二发子一句话让火爆的气氛冷却了些，我说二位哥哥，马三儿可有二十来口子人，上把跟芷江路和平打架我亲眼得见，就咱几个可差点儿事儿，要想削他得好好合计合计。合计嘛合计嘛，洪信这股邪火愣下不去，你们都甭管，我自己就灭了逼亏的信吗？我信，你厉害，不听老人言吃亏在眼前……二发子话没说完，洪信一把攥住他脖领子要掯他，被我拦住，洪信，快松手，你怎么这么犟啊。

接下来几天我们天天合计如何教训马三儿，意见并不统一。洪信还是强硬路线，非要约马三儿到海口路公园单挑，那里是几个街道的交界处，三不管，比较安全。该公园还因有著名相声艺人常宝堃——俗名小蘑菇——的墓地而颇有声名，汉白玉墓碑上有小蘑菇的照片，每次到那我都看半天。我喜欢看墓地，喜欢琢磨世界以前是嘛样的，我们打哪儿走到今天？二发子另有一套，他不知从哪儿打听到马三儿有个妹妹，说既然马三儿把小娅办了，咱就把他妹妹办了，不就把兑了？天津话管打平叫把兑，兑发第三声。他还越说越起劲，眼里闪着猥亵的神采，这事交我了，赶明儿截住那小娘儿们，办了逼亏的，把她小肚子揣起来。我们说来说去仍无定论。最近听说咱不敢出兵钓鱼岛我又想起这事，没实力嘛也不行。

但世事难料，都说英雄是逼出来的，"流氓"何尝不是。

不久后一个下午，我和洪信正在院里搬煤，把送来的煤球抬到楼上。自打与洪信结盟，我再不让二蔷干这又脏又累的活，满脸满身的煤灰，黑不溜秋，一个姑娘家家让我不忍。这时，二发子急赤白脸跑进来，他大口喘着粗气，马三儿，马三儿他……马三儿怎么啦？你把话说真喽。我抢白他一句。我见马三儿，奔重庆道肉铺了。嘛玩儿？我一惊。几个人？就俩仨人儿，今天卖排骨，兴许他们是买排骨去了。我一股热血涌上脑浆，顶得喘不上气，心说他才办了柳小娅，又到我地盘上耍单儿，显然没把我放眼里呀！洪信哇一声大叫，咣叽扔掉手中簸箕，煤球被他泼了一地，拔腿就跑，边跑边解下腰间的钢丝锁，一看就要玩命。我拼命拽住他，干吗去？我废了逼亏的，我……先别急，咱合计合计再说。合计嘛，不明摆着吗，他根本没把你大胖当回事，上把在音乐厅就该废了他，刚祸祸柳小娅，就敢大摇大摆到咱地盘上拔创，拿咱当嘛了，不削他咱还混嘛，我把话撂这，你不打我打，大胖你给句话吧！我原本担心马三儿手下二十来票人，如果寻衅闹事堵咱家门口儿，不更栽面吗？可现在顾不上了，如果我还要常德道大胖的脸面就必须豁出去，这是马三儿逼的！我对二发子说，这么着，一会儿打完马三儿，你赶紧让你妈找民园派出所老李，咱先告他，就说马三儿要血洗常德道，让派出所早做准备，如果马三儿敢挑事就报警。听你的哥哥，我们老娘跟老李倍儿熟，没问题。二发子眨着眼说。

不能再等了！洪信手执钢丝锁，我提一条铜头儿皮带，二发子握一只铁丝耙子，还把附近几个常跟我们起腻的小子都叫上，大青、童小辉、半拉耳朵，凑他十来口子，都抄家伙，火筷子、扁担，逮嘛算嘛，黑压压一片把肉铺团团围住。肉铺里的人纷纷逃散，卖肉的董师傅边跑边喊，胖子，躲开家门口儿，躲开家门口儿听见吗？我站在当间儿，对里面喊道，马三儿，你臭狗食欺负柳小娅，这笔账今儿咱好好算算，有本事你滚出来，躲屋里算嘛能耐！哥哥，跟他磨叽嘛，说着洪信要往里冲。这时大门突然打开，马三儿的尖脑壳出现在我们面前。他两眼通红，跟我对骂起来，你算嘛大胖，瞧你那奏性，就是个屁，老子就玩儿你常德道美女了，气死你逼亏的！边骂他们边用肉铺里的冰块、菜刀、案板，任何东西朝我们砸来，一管凿冰用的冰镩子飞向我眉心，我清晰看到那个尖凸部由小到大带着拔凉拔凉的邪气冲过来。我顿时吓傻了，心说此命

洪信

休矣，竟忘记躲闪，直挺挺站在原地没动，只听嗖的一声，这家伙擦着我右脸颊飞驰而过，剎在身后的树干上。哥哥你有种！洪信一声大叫，不顾一切往屋里冲。我彻底被马三儿激怒了，大喊道，洪信小心，盯住马三儿别放，绝不能让逼亏跑了！

趁着乱劲儿，马三儿几个拼命向外突围。我让二发子追击他人，我和洪信铆死马三儿不放，直到把他逼进幸福里世界里之间一条死胡同里。洪信二话不说上去就打，用钢丝锁狂抽，打得马三儿捂着头满地打滚，脸上、头上、脖子上，到处都是血。最后他终于崩溃了，哭泣着央求我说，大胖，爷爷，我没动柳小娅，你误会我了，我绝对没动她。等等儿，让他说清楚，继续！马三儿接着说，那天是劫了杨乐乐和柳小娅，可到最后时刻他犹豫了，柳小娅拼命抵抗，他怕出事，就把她给放了，根本没把她怎么地。没怎么地？你说清楚，动她嘛地方了？洪信上去又一顿嘴巴，抽得马三儿的尖脑壳来回晃悠。我，我摸她咯咯了，别的嘛没动。天津话里咯咯是乳房，摸咯咯就是摸奶。我们上去又一顿狂揍，直到他不动了，没声儿了。我怕出人命，给洪信使个眼色。洪信提溜起马三儿的脑袋，鲜血从他嘴角一直连到地面上。能听见吗？听见。马三儿勉强点点头。你服吗？服。心服口服？嘛都服。服谁？常德道大胖。你不说算个屁吗？我错了，我错了行吗？好，你给我听真了，往后干部俱乐是大胖的地盘，你少去知道吗？知道。常德道重庆道这边你也少来知道吗？知道。听说你有个妹妹长挺俊，有吗？有。记住喽，再想挑事，早晚把你妹妹办了信吗？我信。还不赶紧滚，别在这儿惹大胖生气，滚！

正这时，二蕾不知打哪儿冒出来，她肯定听邻居讲我跟别人打架，连追带赶跟到这里。真够寸的，居然找到这儿，你姑娘家家掺和这事干吗，早不来晚不来偏这时候来，多栽我面！二蕾却不管那套，满脸泪水冲我喊，胖子、胖子，你怎么跟人打仗啊，伤着没有？天津人有一怪，说孩子打架，男人叫打架，女人称打仗。爸爸问儿子，打架了？没有。没有这眼睛怎么回事？妈妈则这么说，哎呀，跟谁打仗了这是，你眼睛怎么都这样了？二蔷这几句问听着就像妈，让我没辙没辙的，打完胜仗的豪气被她抵消一半。我说你少管，赶紧回去。我不走，要走一块儿走！二蔷死活攥着我手腕子不放。好好好，跟你走还不行，放手啊你！就在我扭身跟二蔷回家之际，看到马三儿跟跄的身影在远处徘徊，他死盯着我，像只受伤的孤狼，对我这个"猎物"既无法靠近又不肯放弃。我心里一阵发紧。

4

打这儿起街面上有个传说，说常德道大胖如何神勇，马三儿一把板斧朝他面门搂来，冰镩子改板斧了，眼瞅就到跟前儿，马上砍脑浆子上了，只见大胖暗中运了口气，疾！愣让板斧偏离十五度，毛儿都没挨着。听说他爸当年打鬼子，一路长短拳，几十个鬼子不得近身，人家有家传秘方，懂得嘛。偏巧的是，这一年来我个儿头猛蹿，原来一米五几一下变一米六几，明显高一大截儿，浑身毛发也浓密了许多，络腮胡子都冒了出来，衣裳小了裤子短了，肩膀都压过二蔷的了，把她乐得合不上嘴，天天哼歌，"毛主席窗前一盏灯……"闹半天她也会唱。可你说她乐呵吧，当我再约她去楼顶上坐坐，她说嘛不去，我不，我就不，小嘴噘得像个小女孩儿，干没辙，能急死谁。

"马三儿之役"后的局面变化不小，一是街面上平静很多，堪称"西线无战事"，任何大战过后都有难得的祥和。二是我更忙了，很多事没等出门就找到家里来。比如反帝里菜摊儿的方大爷，这天托二发子捎来两个精美无比的三白西瓜。为嘛精美无比？无论从形状，表皮的平滑，到色泽的匀称均无懈可击，假的一样。都中秋了还有西瓜？二发子解释道，这可是方大爷的存货，选六七成熟的西瓜放进米缸里，留到中秋节吃。据说中秋节除了吃螃蟹品月饼，外带吃西瓜，这是一套全活儿，有讲究。方大爷的意思是，求我给维持维持地面儿，有几个小子买菜总不挨个儿，瞎搅和。谁呀，谁这么大胆儿？嗨，不就是小辉和半拉耳朵他们，自己人，管他干吗？嘿，这帮倒霉孩子，跟他们说，差不多行了，再惹出麻烦非掌他嘴巴子不可！说到这儿我突然意识到嘛，对了，去跟方大爷说，他的事我保证办好，但有件事他得费心，打今儿起每天得给洪娘留菜，不能让老太太再去挨个儿。洪信听罢赶紧插一句，别忘了，哥哥的菜也得留出来。

说话就中秋，街道两旁的国槐开始泛黄，零零洒洒随风飘落，细碎得像人们的心事。二蕾说中秋节我爸能回趟家多好，可月亮老么圆了仍无音信。我都习惯这些了，偶尔会独自到路灯下走走，跟自己说说话。我家背后是重庆道的大兴邨，月亮就挂在大兴邨楼顶上，又大又亮铺得满天都是，连月中的影子都清晰可见，让我有顺着楼顶爬上去的冲动。掌灯后街上很静，灯光从每扇窗户映出来，显得跟往常很不同。平日的灯光很拘谨，被窗框圈住。而此刻的灯光雾一般漫过边界，像一团团气体恣情雀跃。晚风中依稀飘过丝丝唱声。天津人好唱歌唱戏，海河水养育出多少歌手，比如柳小娅。差点儿忘了，柳小娅事后全家搬走了，连杨乐乐都不知她的去向。除她之外还有个邵家和，他曾是北京戏曲学校的学生，师从马连良，阴错阳差也成了待业青年。以前他教我唱过戏，那时我小，顶腻歪"湖广腔中州韵"，不好好学，那出"劝千岁"归齐没唱全。邵家和的"朔风吹"唱得到位，这段高拨子讲究行腔平稳，抒情伸展，到最后高潮"在革命的熔炉中百炼成钢"，须缓急有秩恰到点儿上，让人有酣畅精致环环入扣的快感。这不，就这段儿，邵家和的吟唱正在月亮下流淌，像月光下的河水，为我清冷的心绪涂上温情。

这几天我让他们都回家，别老跟我这儿糗着。那时中秋节不放假，可对热爱生活的天津人来说一点儿都不含糊，家家户户，好么，熬鱼、吃馅儿、蒸螃蟹，姜末儿切得小米儿赛的，多大功夫！俗话说借钱买海货不算不会过，正是河鲜海鲜上市的季节，最不济皮皮虾总吃得起吧，一毛钱一堆冒尖儿，没嘛肉，就嗞个味儿，再闷上两口直沽高粱，我是不会喝，可看他们吃得那副倒霉样儿也觉得美。还有各路送的这些乱七八糟，西瓜、火腿肠、点心匣子，别都堆我这儿，赶紧拿走你们，该干吗干吗去。我只给二蕾留了一份南味稻香村的软皮月饼，是童老师送的，他是南方人，说不让你爸回家太不像话了，这盒月饼你留着吃胖子。还特意嘱咐我，可别送人，挺贵的，跟其他月饼不一样。

赶中秋节这天二蕾非让我上她家吃饭，洪信也要留下陪我。要按往常我也就从了，可这次没有。心说老子死都死过还怕孤独？说嘛不去，我就家鼓子，不挺好吗？其实他们不了解，越这时候我越没心思应酬别人，你得陪人家说话吧，你得怎么呵的吧，累不累呀，不去。二蕾送来捞面，连蒜瓣儿都剥好了，还把童老师的月饼取出一块切开，自己一半，把另一半放个小碟儿摆在我面前。我一个人，多轻松呀。吃完月饼我开始套炉子，天气说话转凉，家里炉子的炉膛都快烧塌了，必须赶紧套。这活儿我在行，小时候在姥姥家跟老舅干过。用黄土、砸碎的轧块儿，还有炉渣，三三见九，再加点儿石灰和成泥。关键是走泥，得把泥醒匀了，全靠手上功夫，一摸就知道有没有。套炉子得一层层来，不能大块泥往上糊，一烧非掉下来不可。炉膛大了费煤，小了又不够暖和，学问大去了。正当我忙得不可开交，弄得满身薄泥，突然有人敲门，当当当。我纳闷，大半夜谁呀这是？

进来的是杨乐乐，他怀里抱个草篮子，就是天津女人买菜购物最常用的那种敞口草篮，里面有个报纸包的东西，比鞋盒儿大。他上来就问，胖子，你爸回来了吗？没有。我爸也没回来。听到这句我的诧异烟消云散，虽说他很少找我，但此刻觉得他就该跟我在一起。我问，这是嘛玩意儿？他诡秘一笑打开报纸，原来是个手摇留声机。当年我家也有一台，抄家抄走了。几年前芷江路青年会大楼拍卖查抄物资，我亲眼瞧见我家留声机被人一块钱买了去。这一夜我和杨乐乐吃啊喝啊，他居然打开我爸藏的西凤酒，我也没拦他，他又从身上掏出一包"礼花"牌香烟，让我颇感新奇。我头一回喝这么些酒，浑身发烫。杨乐乐也高了，话痨，说当年在天津搞地下工作我爸到惠中饭店跟他爸接头，暗号对错了，吓得他爸就跑，我爸便追，边追边喊，我把暗号忘了，把暗号忘了。笑得我俩直不起腰。那是我头一回听《山楂树》《喀秋莎》等苏联歌曲，没觉得多好听，但好奇心让我过耳不忘。杨乐乐向我解释着这些歌曲的历史背景，第二次世界大战，战后的社会主义建设高潮，红色江山永不变色，从没想过这些大道理跟我有嘛关系，此刻却一点儿都不反感，甚至渐渐开始着迷。我觉得杨乐乐了不起，他说的这些人生哲理为嘛我从没想过？接着他话锋一转说，咱们这一代吧，杨乐乐特意用手在我俩之间指了指，咱们这一代最大的问题就是不要做八旗子弟。

嘛子弟？

八旗子弟。

嘛叫八旗子弟？

就是纨绔子弟。

嘛叫纨绔子弟？

我简直自惭形秽，嘛也不懂，怎么会这样？他解释说，八旗子弟就是只知吃喝玩乐不想国家命运的人。那怎么会，咱绝不会是八旗子弟。杨乐乐听罢未置可否地摇摇头，胖子，千万不能掉以轻心啊，最近阿姨就警告过我们，说你们不要成为八旗子弟，如果日本鬼子再打进来，你们能顶住吗？阿姨，哪个阿姨，她凭嘛这么说？我们当然能顶住，日本鬼子敢来非把它打回去不可，打到东京去。那美国鬼子打进来呢？打到白宫去！杨乐乐哈哈大笑，胖子你真哏儿，你说的这些怎么跟诗里一样呀？说着他从兜儿里掏出一沓信纸，铺开一看是首长诗，题目是《献给第三次世界大战的英雄》。杨乐乐情不自禁背诵起来："摘下发白的军帽，献上圣洁的花圈，我轻轻地，轻轻地走到你的墓前……"他非常投入，眼睛里闪着泪花，搞得我也心潮澎湃，激动得热泪盈眶，没想到诗里真有一句打到白宫的话。从这儿起杨乐乐常来我家，给我送来《罗亭》《悲惨世界》《人与年》，还有很多手抄的首长讲话、诗词，等等，他简直成我图书馆了，比那还多。

没想到过节后二发子的一句话掀起了狂澜。哥哥，我怎么觉得不大老对劲的呀？怎么不对劲？我问他。方方面面送了这些东西，怎么没见芷江路和平的呀？是吗，没他的吗？洪信听罢脸一下拉下来，我看这逼亏活腻了，咱刚为他报了马三儿一箭之仇，哥哥为此悬点儿把命搭上，他太应该表示表示了！洪信说得不错。削马三儿虽说因为柳小娅，但客观上也帮芷江路和平灭了一个天敌，当年争干部俱乐部地盘儿，他被马三儿打得满地找牙，照理说是应该意思意思。不过此刻我的心思没在这儿，杨乐乐的书是一本换一本，看完这本才能借下本，必须抓紧。于是我跟洪信打起马虎眼，支支吾吾。可洪信偏又是个轴人，眼里不揉沙子，较起真儿来。哥哥，哥哥，你看的是嘛书，咱正经事儿还议吗？二发子也猫腰瞥了一眼我手中的书说，安……娜卡，卡嘛，哥哥，这书要不是杨乐乐的我请客，咱吃烧鸡喝啤酒？安娜·卡列尼娜，没错，是他借我的，怎么了？说嘛来着，我说嘛来着，你搭理他干吗哥哥，吃白食的，他连媳妇都护不住，咱别让他给糊弄了。哎，别这么说人家，杨乐乐懂得特多。懂多管嘛用，我看他是老头儿穿老婆儿鞋，愣提，有本事让他把芷江路和平收了，他有吗？洪信愤愤不平起来。

我没在意芷江路和平还有个原因，从位置看，我们在成都道这边，芷江路在成都道那边，正如杜甫的《出塞》所说，"杀人亦有限，列国自有疆"，它属于黄家花园地面儿，跟五大道不一码事。再说芷江路和平是马三儿手下败将，我灭了马三儿当然在他之上。天下刚太平，不就没送东西嘛，多大点儿事呀。嗨，话不能这么说哥哥。洪信站起来。这不是东西的事儿，咱要的是理儿，理儿上他说不过去。马三儿是他嘛人，仇人；哥哥是他嘛人，恩人。有错吗？一点儿不错，绝对正确！二发子大声应和着。咱中国人讲究知恩图报，对吗？对！可芷江路和平报嘛了，嘛也没报！二发子抢过话头，他是挨骂打呼噜——装糊涂。不对，他要装糊涂倒好了，就怕他逼亏憋着坏，有反心，对这路人，洪信一挥手，对这路人就得镇压，不打他不明白娘娘庙门朝哪儿开，对吗哥哥？

正说着，杨乐乐夹着本书推门进来。真是说曹操曹操到，他这人一点儿不经念叨，搞得我十分尴尬，生怕他听到我们刚才的谈话。我知道他来送书的，上次说好看完这本《安娜·卡列尼娜》换《红与黑》，他手中必是《红与黑》。我听他讲过这个故事，波旁王朝的复辟，贵族啊、神甫啊、贝尚松啊，这些我都记不住，就记住主人公于连的勃勃野心，怎样勾引瑞那夫人，如何拿下玛特儿小姐。杨乐乐说这些时我心里老有二蕾的影子，甚至柳小娅的。当说到于连第一次攥瑞那夫人手时，我突然意识到还从未攥过二蕾手呢，奶奶的，你说柳小娅裤子里的血到底为嘛？流这么些血为嘛她不疼呢？还有俄国王子给于连的五十三封情书样本，我急于知道具体内容。杨乐乐说书里没写太多，有多少算多少，那么凑一封也好，还没看到我就在想寄给谁，二蕾不用寄，柳小娅没法儿寄，你说寄给谁，大理道魏念念还是幸福里何西西？我连忙把杨乐乐让进来，快坐快坐，乐乐哥。

谁承想杨乐乐屁股还没坐稳二发子就开始发难。我说乐乐哥，我们大哥叫你乐乐哥，我跟着叫行吗？行行。我说乐乐哥，不是我说你，哥哥替你报仇悬点儿把命搭上，你就拿几本破书糊弄他，咱动点儿真格的行吗？什么意思？嘛意思，嘛意思还用我说？芷江路和平知道吗？听说过。行，还听说过，他现在跟哥哥叫板，不服气不上贡，挨骂打呼噜——装糊涂，你来得正好，我们正议这事，准备派你去收芷江路和平，乐意吗？我，怎么收啊？随便你，看我哥哥怎么收马三儿了吗，打呀，打逼亏的呀，你白长这么大个子。我，我不喜欢打架。嘛玩儿？不喜欢，合着我们就喜欢打架，你命值钱，我们命不值钱，你让马三儿欺负，怎么就知道找我哥哥替你报仇呢，你比他大，有让弟弟为哥哥玩命的吗，你这人够奏吗？二发子！我实在看不下去了。二发子说得没错。洪信冷冰冰也冒出一句。

好么，合着这哥儿俩一唱一和，炒菜颠勺赛的愣把杨乐乐给烩了，弄得他坐不是站不是，鼻子不是鼻子脸不是脸，尴尬得五官完全变形。他勉强站起来，说胖子我把书放这了，你那本看完就还给我。我把书刚递到半道儿，杨乐乐伸手还没够着，二发子挡住了他。乐乐哥，不必了，这些个书你还是都拿走，我们哥哥不看这些黄色小说，我们哥哥是谁，爷们儿，临危不惧，要玩女人直接上，不像你，靠看黄色小说跑马解决。说着二发子接过我的书，交到杨乐乐手上。

你给我闭嘴！我真火大了，你二发子敢做老子的主，反了你了。说着我把杨乐乐递上的书接过来，真是《红与黑》，怒斥二发子，你必须给乐乐哥道歉，听见没，今天你不道歉就给我滚，别再回来。杨乐乐见我急了，忙说没事没事。他越谦卑我越火大，心说二发子你个小混混儿，自甘堕落还不让老子读书学习，我岂能容你！二发子大吃一惊，完全没想到我竟让他给杨乐乐道歉，栽他面儿。他眼里闪着泪花，有些语无伦次。哥哥，你让我给这个吃白食的道歉，我鞍前马后跟你，你勒死我，说着他从地上捡起一根绳子，勒死我不完了吗。少来这套，你道不道歉？我逼问他。二发子顿了一下，然后无奈地点点头，既然哥哥这么说，看来我想留也留不住。行，我走，此地不养爷自有养爷处，我不信我没地儿去，倒是哥哥你，马三儿那管冰锛子你愣不躲，不是凡人，我做不到，可你别让这逼亏的糊弄了，他就是一个祸害。说着举起手指向杨乐乐的鼻尖。哥哥，今后二发子有嘛得罪之处，还请哥哥原谅。言罢他一转身，正欲离去，却被洪信死死拽住。二发子，你就道个歉怕嘛的。不道，我丢不起这个人。哥哥，不能让二发子走！洪信喊道。别拦他，让他滚蛋！我毫不客气。哥哥你这是干吗？洪信深深一叹，我从没听过他如此动情的口吻。哥哥呀，你不能光听这个臭知识分子的呀，这块地盘儿他没动过一指头，都是咱用命换来的啊。我不以为然地反驳道，照你这意思，没二发子我还不混了？别说是他，就是……嘛意思哥哥，连我你也不在乎是吗？我没那么说，这是你自己说的。哥哥你要这么说那我俩一块儿走，给逼亏杨乐乐腾地儿，行吗？我心里咯噔一下，没想到洪信也要走，可碍着杨乐乐的面子又退不下来。随便你洪信，顶多常德道大胖我不干了，有嘛，老子不玩了，吓唬谁呀。哥哥你傻呀，洪信满目忧虑一声长啸，你以为常德道大胖想不干就不干，那由不得你！你没退路，必须扛到底，否则死都不知怎么死的。说完洪信一跺脚，转身而去。接着二发子走了。没想到杨乐乐迟疑片刻也离开了。还好，《红与黑》他没带走，还放在桌上。

我发现，常德道的天空如此寂静，黑洞赛的。

5

打这儿以后的世界完全是凝固的，像块巨大的琥珀。我强撑一口气，很少出门，唯有不断读书，以此忘掉常德道大胖这段经历，忘掉真实的生活。

可以说，那是我读书最多的时光之一。杨乐乐继续像提供大烟一样向我提供书籍，说只要我想读，他会把所有的书一本本借给我。他还劝我把眼界放远，放到世界革命的高度，别太在意这帮人。哪帮人？洪信二发子他们呗，你根本不属于他们。不属于？我本来就是他们中一员，因为你才离开的，难道世界革命就不需要群众啦？这不属于那不属于，嘛都不属于谁肯替你卖命呀！我对杨乐乐是越来越不耐烦了，自洪信二发子走后总觉得心情不舒畅。这个杨乐乐老爱搞孤家寡人，搞小团体，而不是五湖四海如火如荼。他说他崇拜嘛俄国十二月党人，读起雷列耶夫和普希金的诗歌热泪盈眶，还总爱哼一首叫《三套车》的俄国歌，"冰雪遮盖着伏尔加河，冰河上跑着三套车……"说这首歌就是描绘十二月党人被流放西伯利亚的情景。搞得我云里雾里摸不着头脑。尤其谈到十二月党人的流放，他们年轻美貌的妻子义无反顾踏上西伯利亚的雪原，去追寻丈夫的身影，与他们共享流放的非人生活时，杨乐乐恸哭失声，哇哇哭，真把我搞糊涂了，弄不清被沙皇流放的到底是十二月党人还是他杨乐乐。我就纳闷儿了，好好的共产党你不学，你爸我爸不都是榜样吗，偏推崇资产阶级民主主义者，你究竟算革命还是反革命？当然我没问，咱没他知道的事儿多，我一句他十句等着我，偏不给他臭显摆的机会。

这天二蓓给我送来午饭，烙饼熬小杂鱼儿，就是猫鱼儿。嘛叫猫鱼儿？卖鱼卖到最后剩下的鱼渣子，两毛钱全撮走。一般这是买回去喂猫的，但那时生活不容易，买回来仔细择择，烧一锅照样好吃。二蓓最近话越来越少，看我的眼神老带着担忧。我跟洪信他们混吧，她嫌我不着家。我在家闷头读书，她又担忧。我故意回避她的目光，不跟她对眼儿，只默默吃饭。二蓓说，胖儿，我今天碰见洪信了。我继续吃饭不吭声。他问你怎么样。你说嘛？我说你不出门光看书。他呢？他说不出门也好，不出门也好，没事儿就好。我有嘛事，他这是妨我呢，少搭理他。胖儿，这些书可都是禁书，让人知道不得了，为嘛不跟姐读点儿数理化呢？你少管我，要抓抓我不抓你，你担嘛心呀。胖儿，姐宁可抓的是姐不是你！说着她转身欲走。二蔷这句话针刺般触动了我，我猛然想起十二月党人的妻子，连忙叫住她。二蔷，姐。我很少叫她姐，一般都叫二蔷。二蔷立刻停住脚步，脸色泛红望着我。姐，如果，我是说如果，如果我被抓，被送到很远很远地方劳改，你会跟我去吗？你怎么了胖儿？别问我，就说去不去吧？去，你到哪儿姐跟到哪儿，永远不离开你。听到这话我的泪水忍不住涌出来。二蔷走上来，我一把搂住她，死死抱着不放。

现在看来，宿命是前世今生积淀下来的一种逻辑关系，像一根长绳子，舞动一头，另一头终归会跟着摆动，如何摆动则取决于绳子的质量和分量。不久后事态的发展让我终于明白了洪信那句"由不得我"的深意，只是太晚了。

那天我正在读李霁野翻译的《简·爱》，童老师带着童小辉咣地闯进来。他连门都没敲，这有违他一贯的做派。只见他面色铁青，两只眼吊上头顶，进门后本想发作，却发现我手中的书，大叫起来，看来李霁野真是他老师，他对这本书格外敏感。哟哟哟，你竟然看这种黄色小说的啦，搞得好吧？童老师是南方人，每当激动上火与人争辩时，南方腔就忍不住冒出来，本性的力量是无穷的。我随手把书压在一本《马列选集》之下，目光投向他身边的童小辉。童老师依然亢奋，我们小辉被打了你知道吧？他自行车也被抢了你知道吧？他是因为你才被打的耶，你得出面替他撑腰晓得吧？童小辉这个人不错，真没想到，自洪信他们出走后，我手下好几个弟兄都被二发子带着投了芷江路和平，他俩毕竟是同学。二发子早在笼络人心，都怪我平日太大意。可童小辉却说嘛不跟他走，无论风云变幻始终腻在我身边，还时不时找我要书看。为嘛童老师说我看黄色小说我不怕，很多书他儿子也看，他不会不知道。这次的事根源就在这儿，二发子忌恨童小辉，今天上午当小辉骑车经过芷江路永红里时，被二发子一伙截住。他们让他离开我，跟芷江路和平干，小辉未置可否，结果被一顿臭揍，眼也青了，鼻子也流血了，自行车还被扣了，那时一辆自行车可不得了，至少半年薪水，还得凭票才能买到。这显然冲我来的，小辉是代我受过。二发子还对小辉说，没他和洪信，大胖就是个光杆儿司令，放着大好江山不坐非捧知识分子臭脚，不打镲吗，知识分子能成事儿吗，他这叫屁眼儿拔罐子——嘬死！你告他，现在是芷江路和平的天下，有本事让他自个儿来拿车子，我量他也没这胆儿！这是嘛车，永久牌儿，好车呀，我替大胖给芷江路和平进贡了。

没见洪信？
没见。
真没见？
真没见。

听罢我热血涌上印堂，心底里对二发子的一贯蔑视让我无法容忍他的狂妄嚣张，操他奶奶的，我让你逼亏看看老子有没有这个胆儿，一个只配给我提鞋的狗烂儿居然也敢跟我叫板，我打不死你！没等童老师再张口，我斩钉截铁地说，放心吧你，小辉的车我去取！说着起身便要出门，被童老师一把拦住。等等胖子，你一个人去？啊，怎么啦？他们人很多耶，小辉肯定不能跟你去，你要想好，你爸爸还没回来，出人命不要赖我的啦。我一愣，我爸是我的软肋，最讨厌别人提我爸，真是哪壶不开提哪壶。也好，让我琢磨琢磨，不过小辉的车我一定给你要回来，要不回来你把我车推走好了。

第二天中午我直奔芷江路永红里，那儿是芷江路和平的老巢。我对你芷江路和平有恩无仇，你没理由扣我兄弟的自行车。我先好好说，冤家宜解不宜结，你要非听二发子挑唆，恩将仇报与我为敌，那我也不客气，因为我有理你没理。论身板儿咱现在不输谁，掐住一个往死里打，打到死，就不信他不怕。堂堂我常德道大胖如果被这帮混混儿吓住了，我不如一头撞死！不过幸亏童老师昨天拦我，让我得暇把事情想透，也做了适当准备。我在腰上扎了根板儿带，就是天津"脚行"，即装卸工常用的那种加宽皮腰带。再把洪信送我的铁指套带在身上，一副八只，上有锯齿儿，套在除大拇哥外每个指头上，一拳下去让逼亏见血，豁它几个口子。还有一把三角刮刀，也是洪信送的，别在腰里，这是最后手段，不能随便用。反正见机行事，还我自行车咱没事，非要动胳膊根儿，爷就陪你玩儿一把。上次削马三儿把爷的脾气惯出来了，血性是打出来的，不是手段问题，是习惯问题。童小辉瞒着他爹非要跟我去。我对他说，你就躲楼下等我，如果有人砸玻璃，像克里姆林宫卫队长马特维耶夫那样高喊着瓦西里往楼下跳，你赶紧奔公安医院叫救护车，千万别露面听见没？那二蔷怎么办，要不要跟她打个招呼？嘿你个山药蛋，二蔷知道咱还能去吗？多大点儿事儿啊，不就要个自行车吗，又不打日本，怕嘛的。

当我推开永红里一扇二楼的房门时，一股烟雾扑面而来。屋里有四个人正在玩儿"大跃进"，一种类似北京人称作"三先"的纸牌游戏。那个年代是属于扑克牌的，打麻将被禁止，所以都玩儿扑克牌。我一眼认出跟我面对面的正是芷江路和平，以前见过他，白净脸儿，寸头儿，眼大无神。他左手边正是二发子，这小子还抽上烟了，本事见长。见到我他俩一个对视，二发子说，说嘛来着，大胖他一定得来。芷江路和平诡秘一笑，翘翘屁股说，大胖啊，快坐快坐，咱一块儿玩儿牌，赶紧着，给大胖腾地儿。说着他对旁边的人使个眼色，那人转身而去。

我明知这小子叫人去了，可他俩一口一个大胖叫着，我也不便发作。来牌就来牌，谁怕谁呀，当年我和唱戏的邵家和师徒档，打遍常德道无敌手。天津人打牌跟别地儿不同，除牌风牌技之外还有一套术语，不懂术语你就是棒槌，没人带你玩儿。比如你出一张三，不能说"我出三"，没这个您呐，你得说"智取华"。"智取华"嘛意思？当年有部电影叫《智取华山》，天津话里"三""山"不分，智取华就为带出这个三来，三就不说了，以牌代字，所以叫"智取华"。同样逻辑还有"小河有"，天津话里"水""随"不分，如果你垫一张小牌，这叫随牌，应该说"小河有"，为的是把这个"随"字带出来。再比如你出三张十，怎么说？你得说："河北的，有吗？"为嘛这么说？天津市河北区有个三条石大街，由三条青石板铺路，过去是老天津卫衙门所在地。说"河北的"就为带出三条石，也就是三张十的意思。这类规矩太多，说不完。

一局还没打完，就听门外地板吱吱作响。有人？这是要跟爷摊牌呀！我左手攥牌右手拿烟，装着起身找烟灰缸，让自己贴近芷江路和平，再利用转身，将左肩垫在他右肩之后，为的是能用左手勒他脖梗子。我问他：

自行车该还我了吧？
嘛自行车？
二发子，小辉的车呢？

二发子一听暴跳起来，大胖，咱明人不做暗事，车子我扣了，算你给我大哥的见面礼，今后有嘛事大哥罩着你，你要想乜翅儿，这里外都是和平的人，我们可等你多时了！我望着他狰狞的面孔，真想劈他一拳！我当着他的面从兜儿里掏出铁指套，一个个戴在指头上。这东西你认识吧？我问二发子。你，你少来这套，大哥还等嘛，咱现在就灭了他！芷江路和平刚要挪窝被我一把按住，你不能动，知道我为嘛站这儿？你要动别怪我无法保证你的安全。我突然想起莎士比亚喜剧《温莎的风流娘儿们》中的卡厄斯医生，他恶作剧要掐碎牧师的睾丸，如果芷江路和平敢反抗，我一定掐碎他的睾丸。我对和平说，赶紧叫人把自行车放在大门口儿，咱哥儿俩无冤无仇，二发子能背叛我就能背叛你，咱俩不值当为他翻脸。

二发子一把拽开门，五六个半大小子手拿家伙冲进来，把原本不大的房间挤得满满的。芷江路和平的身体明显松下来，放松的身体最大特点是肩膀滑润了。他用世故的口吻说，不是我说你大胖，现在你嘛都不是，你说我凭嘛服你？老子替你报马三儿之仇，不够吗？笑话，我用你替我报仇啦？我掂量你有些日子了，我凭嘛为一个光杆儿司令得罪马三儿？实话告你，二发子早给我俩讲和了，马三儿现在跟我一抹子，扣你自行车就是马三儿的主意！嘛玩儿？芷江路和平这番话让我大吃一惊，原来他釜底抽薪竟跟马三儿合流了，二发子不光挑唆和平，还让我成了他俩的共同敌人，太严峻了！迟疑之间，二发子也喧嚣起来，大胖，得罪马三儿活该你倒霉，这事儿可别怪我，退一万步，即便没马三儿，就你这副少爷羔子样儿也甭想罩地面，今儿我二发子就让你开开眼！说着他一撸芷江路和平的袄袖，大哥，亮出来给他瞧瞧，让他学学嘛叫江湖！只见一个乒乓球大小的坑状疤痕出现在芷江路和平左臂上。瞧见吗大胖，知道为嘛吗，当年争地盘儿较劲，我大哥让他们点烟，人家愣夹来个烧红的煤球。我大哥一伸胳膊，说不急，放这吧，人家就把煤球放他胳膊上了。一直等煤球都凉了，我们大哥该干吗干吗，脸不变色心不跳，仔细瞧瞧，服吗你，说句膀得力的，你要也弄个煤球放胳膊上，王八蛋他不还你自行车，对吗大哥？芷江路和平点头说，没错，大胖你要也有这两下子，别说自行车，我把俩蛋子儿卸下来让你当泡儿踩。没想到他也提到睾丸，这么巧。

此话当真？

千真万确。

不带悔棋？

儿子悔棋。

马三儿的卷入使局势风云突变，如果此刻二发子真把马三儿叫来后果将不堪设想。开瓢流血是小意思，备不住命都搭进去，而且自行车更拿不回来。我必须速战速决，把冲突化解在我与芷江路和平之间，这恐怕是唯一的办法。我一咬牙对和平说，有嘛，不就煤球吗，对我来说算个屁，这么着，叫你的人滚蛋，把自行车给我摆楼下门口儿，爷让你看看嘛叫张飞吃豆芽——小菜一碟儿！

不一会儿，人撤走了车也摆好了，屋里只剩我们四个人继续来牌。我叼上烟大吼一声："给爷点上！"对面小子立刻夹来个烧红的煤球。二发子两眼发直，大胖，别说我欺负你，想好再干。我嗤之以鼻，说不急，先放这吧。那小子把煤球直接就搿我右胳膊上了。只听嗞啦一声，一股白烟小型原子弹赛的蹿了上去，浓烈的焦糊味儿让人喘不过气来，闹半天烧人肉跟烧猪蹄儿味道一样，都臭烘烘的，人比猪强不到哪去。钻心的疼痛令我晕眩，痛到极致很像电击，让我周身震颤。我恨不得杀了眼前这帮兔崽子，除此难以平复我心中的仇恨。但我极力控制着，既然决定赌这一把就得扛住喽，洪信不是说死扛吗？我就扛给你洪信看看。我大叫一声，出牌出牌，这有嘛可看的，该谁了，出牌！没人吭声，直到煤球渐渐变白，陨石般陷进我胳膊里，只留一半露在外面，微微冒着青烟。

我扭头问芷江路和平，这行吗？行。这算吗？算。那老子就不陪你们哥儿几个了。说着我把煤球一甩，哟，还粘上了。我只得用手拨拉，煤球掉在地上，露出胳膊上好大一个血窟窿，血像融化的哈根达斯一样黏稠。我刚准备离去，却被芷江路和平拽住。大胖，大胖，对不住你，你走没问题，我绝对保证你的安全，就是车子不能骑走。为嘛？刚才忘告你了，这车子我答应给马三儿了，他马上来取，你骑走我拿嘛给他，对吗？说着他嘴角一撇，略过一丝嘲笑。

哦，玩儿我？

江湖上有种时髦叫玩儿人，历来如此。就是编谎话挖陷阱，让对手自己往圈儿里跳，等明白过来为时已晚，失去的不光是物质，更是做人的脸面，江湖拼的其实就是面子。洪信说的"由不得你，必须死扛"，现在看来一是冤冤相报，所谓恩情不过代，仇恨传千年，一旦结仇你就是仇恨的奴隶，卖给它了。再有就是面子的问题。没有荣耀过的人不懂尊严的分量，而一朝光荣，你得毕生用鲜血捍卫你曾拥有的骄傲，否则就是自甘堕落。正因为如此，玩儿人这种事是双刃剑，你伤对方面子越深，对方反抗就越强烈。这就看你能不能兜住，兜不住只能自取其辱。而此刻我发誓让芷江路和平自取其辱，我绝不会吞下这枚"煤球"苦果，让手臂上的血窟窿成为终身的羞耻。我的愤怒已完全将我浇铸成一台复仇的机器，生命不过是它的燃料而已，除此毫无意义。没有预警，没有任何迹象，我飞起一拳将芷江路和平击倒，铁指套果然派上了用场，鲜血从他脸颊滚滚而下，遮住了他刚才的笑容。他哇地扑倒在我面前，臀部正好朝上。我毫不犹豫，一把从后面攥住他一对睾丸，你不说把蛋子儿卸下来让我当泡儿踩吗，我帮你搭把手！我的手越攥越紧，铁指套硌着他的睾丸上发出砰砰的勃动，让你坚信那是男人的另一颗心脏另一条生命，那生命正因为被挤压被窒息而拼命挣扎着。

二发子扑上来，被我一脚踹中肋下，他只顾弯腰大口喘着粗气。我借势把刮刀插进他左耳朵眼儿里。动，再动老子戳进去信吗？信信，哥哥我信。我对另外那小子说，去，夹个煤球来！他没动。我一掐芷江路和平的睾丸，叫他快去！这小子才迟疑地夹来个半红的煤球。我用脚尖一挑火筷子，煤球正落在二发子后背上，小型原子弹，烧猪肉，外加吱哇乱叫，让他逼亏彻底痛快一把。

芷江路和平终于服软儿，他哭泣着央求我，我错了，大胖我错了，车子你骑走，求求你别掐了，再掐成公公了。我毫不手软，羞辱与仇恨像混凝土注满我的心房，他越求我越掐，求一句紧一点儿，终于逼他吐出了实情。是二发子告密马三儿说洪信离开了我，还请他跟芷江路和平联手收拾我。马三儿欣然同意，满口答应跟他们一起对我下手。二发子还献媚马三儿说，你记得二蔷吗？就是大胖的小媳妇，多好啊，削完大胖咱就手把二蔷办了，你头水我二水，怎么样？之所以尚未动手是因为……因为嘛？哎呀呀呀我说我说，因为你老不出门没找到机会，这次扣自行车就为引你出来，由我俩先拖住你，再等马三儿过来处理。你通知他了？通知了。马三儿现在在哪儿？不知道，我也纳闷儿为嘛他还没到，别真去堵二蔷了吧，不过他肯定来，他说要亲手，亲手废了你。听到这儿我热血迸裂喷涌，躯体像枚炙热的炸弹几近爆炸。我情不自禁使劲一掐，一股黏稠的液体从芷江路和平的睾丸或狗鸡里流出来，弄我一手。他一声惨叫瘫在地上，断续地说，马三儿说话就到，你，你逼亏有种别走，让马三儿先灭了你，再办了二蔷……话没说完竟昏了过去。我恍叽扔下芷江路和平怒视二发子，哥哥哥哥，我错了，就看我跟你这么些日子……没等他说完我狠命用手一挑，锋利的刮刀在二发子脸上豁开个漫长的血痕，他一声号叫扑倒在地上。我转身朝楼下狂奔，抓住自行车拼命蹬起来，我只有一个愿望，就是立刻见到二蔷，看她是否安全。

芷江路并不长，南端接成都道，左手是博爱里，右手是幸福里和世界里。就在幸福里世界里之间这段成都道上，有家只做早中餐的小饭铺，门脸儿不大，进门下台阶，早起浆子果子嘎巴菜，晌午烩饼捞面。它门口儿一侧的便道上架着口大油锅，半边被木板盖住，木板上放着笊子和铁筷子。这是我的必经之地，穿过世界里就是重庆道，再从重庆道上桂林路，一拐弯便是常德道。

当我正经过这家小饭铺时，我骑得飞快，应该说白驹过隙，可就在一闪之间有个声音破击而出：胖子，胖子！我一捏闸，是杨乐乐。他正在这儿吃午饭，远远看我急赤白脸赶过来，一把叫住我。他劈头盖脸对我说，胖子，我正说吃完饭给你送书去，托尔斯泰的《战争与和平》，来劲吧？说着他晃晃手中的报纸包。我愣愣盯着他说，哪有和平，没有和平，这世界只有战争。为什么，怎么了胖子？说话间他发现我手背上的血迹，大叫起来，怎么了这是，胖子你怎么了？闭嘴你，瞎嚷嚷嘛，你赶紧走，我随时跟马三儿有场硬仗要打，你赶紧走吧乐乐哥！

我俩说话时他面向世界里，我背对着世界里，话没说完就发现杨乐乐的眼珠儿不转了，嘴唇半张呆在那里。待我回头儿一看，干了，马三儿一群二十多个正像泥石流从世界里冒出来，我发现他们的同时他们也看到我，相距不过十来米，连汗毛都看得清。我对杨乐乐说，崴了，叫你走你不走，操，抄家伙吧！说着拾起油锅旁一把铁锨递给他。他边接边问，这，怎么用啊？抢，照脑袋上抢。那出人命怎么办？十二月党人还怕出人命，普希金都敢决斗，听着，出人命也出他们的，不能出咱的！说着我把自行车往路边一扔，咣一下，顺手从腰里拔出刮刀。

晌午的阳光把精致的成都道映得闪亮，马路在此略显弯曲，光线将透视感强烈烘托，似庆典的舞台绚丽而斑驳。风声如洞，扬起无边落木旋律般挥舞，人影如织，苍云浩远，天地一片萧瑟。我看到马三儿的尖脑壳再次浮现在我面前，几月不见更显尖凸了，让人一看就觉得不属于这里，与天地六合说嘛对不上号。我确信这是我的宿命，宿命就是怎样躲也躲不过的定数。我想起二蓓和洪信，在楼顶数星星的夏夜柔情，在重庆道肉铺前面对死亡的心悸震颤，伴着奔涌翻腾的无限深情和愧疚，潮水般扑向远天枯色。既然赶上就只有死扛，洪信说得没错，男人的终结必须是对尊严的坚守，除此别无选择！这时，只听马三儿哼哼哼狞笑着说：

> 哟呵，这不大胖吗，还真给堵住了。
>
> 马三儿，爷在此已候你多时了。
>
> 大胖你知道为嘛我非灭你吗？
>
> 灭我？你忘了被爷打得满地找牙？
>
> 我看上你媳妇了，不灭你没法办她。
>
> 是吗，我也正想把你妹肚子揣起来呢。

马三儿脸色骤然一变，眼神由嘲笑转向冷酷顽俗。他一挥手，哥儿几个给我上，灭了大胖这逼亏的的的的的的的……！只听嗡一声，刮风赛的，这帮王八蛋把我俩围得水泄不通，挥舞着家伙，菜刀、板儿带、木棍子，乱七八糟往上冲。我和杨乐乐拼命抵抗，杨乐乐转着圈儿抢他的铁锹，还别说，真砸倒几个。一砸到人他就停下看，神色慌乱而犹疑。我对他大喊，别停，不能停，照脑袋上抡！我自己虽有刮刀护身，但毕竟短家伙，混乱中感觉扎到了什么，我不愿看更不愿想，只顾杀出条血路带杨乐乐逃出去。我四处寻找马三儿，只有制住他才能解脱困境，可这逼亏的比猴儿都精，站在远处无法靠近。我体力正在透支，心情濒于崩溃。我发现杨乐乐被人按在地上，刚想营救，几个王八蛋趁势冲上来抱住我，将我放倒。马三儿过来二话不说狂抽我耳光，啪啪作响。你逼亏大胖也有今天，就你也想罩地面，我叫你罩地面，我叫你罩地面，噼里啪啦把我脑袋打得拨浪鼓赛的。滚

二蒿

烫鲜腥的浆液注满我的口腔，碎牙像蝌蚪一样在黏稠的血液中盘游，我感到末日将至，生命正在这场当年名噪一时的"成都道斗殴事件"中走向极点。读书是读不出江湖的，就像在没有航标的河流中行船，任何骄纵与轻佻都可能翻覆。我铆足劲儿，噗一下将满口鲜血连同落齿啐向马三儿，喷漆般给他脸上来个满堂彩。马三儿恼羞成怒抄起根木棍，嘿你个逼亏的，说着向我头上砸来。就在这生死攸关之际，真是要多寸有多寸，只听一声巨响在天地间震发出来！

胖胖胖……！

哥哥哥哥哥………！

我睁眼一看，他奶奶的，只见童小辉领着二蔷和洪信从世界里的胡同口喷薄而出，肯定这小子看我半天不下楼，认为我被芷江路和平拿住了，便跑回去叫来二蔷和洪信，恰好在这儿撞上我。二蔷满脸泪水往上冲，早被洪信彪悍的身影落在其后，没有停顿，没有中间过程，洪信使唤钢丝锁很像李小龙耍三节棍，不用看，背后长眼，前后左右都盖得住，锁上的铜头儿簇亮，流星般画出一个个圆圈儿划过空中。马三儿的人相继倒下哀声四起，洪信正一步步靠近马三儿靠近我。

我看出马三儿眼中对洪信的恐惧，战争最终得靠精神。但马三儿也绝非等闲之辈，非常狡黠残暴。他一把攥住我，正掐在我那个血窟窿上，疼得我毫无还手之力。他把我头压在那口大油锅的木板上，在我头顶悬起满满一舀子滚烫的热油。他对洪信喊道，听真了洪信，只要你再挪一步，我就把这舀子热油浇大胖脑袋上！洪信一愣。二蔷赶紧叫住他，洪信你停停，别打了。对，这就对了，还是小媳妇知道疼人，既然打到这份儿上，老子也豁出去了，二蔷，是叫二蔷吧，今儿你让我马三儿亲一把咱没事儿，我放过大胖，否则别怪我不客气，非把这舀子热油泼他脸上信吗？别听他逼亏的，二蔷你千万别过来！我大声喊着。哦，不信？我叫你瞧瞧马王爷是不是三只眼。说着马三儿把热油浇在我手上，哗地燎起一片血泡。二蔷绷不住了，她问马三儿，你说话算数？绝对算数，亲一把就放人！只见二蔷挣脱童小辉和洪信的阻拦，缓步向马三儿走来。我过来了，你放人呐？不行，还没亲着呢！我都这么近了你还不放，你骗人！儿要骗你，再过来一点儿小媳妇。突然间，只见二蔷猛地向马三儿扑去，想先发制人把他的油舀子从我头上推开。不幸的是，马三儿一个趔趄，脱手的油舀子飞向空中，半舀子热油哗一下盖在二蔷右脸上，一片雪白的燎泡爆米花似的铺天盖地迸裂开来。二蔷哇一声倒下去。

二蔷蔷蔷……，啊啊啊啊啊……

我和洪信疯了。洪信挥舞着钢丝锁，我抄起杨乐乐丢下的铁锨，相继冲向马三儿。开始他还用一根木棍抵挡，很快便发现毫无希望。他迅速转身逃跑，就在他回眸一瞥之际，洪信的钢丝锁鹰隼般迅捷，正击中马三儿左眼，只见他的眼球像水珠一样四面开花，紫色的浆液向日葵般均匀飞溅，这正是后来江湖上"独眼儿马三儿"的由来。但与此同时，一把菜刀劈向我的后背，在我左肩胛骨处豁开个尺把长的口子，我倒在二蔷身旁，昏了过去。迷蒙之中，我感到二蔷的手在轻轻抚摸我的面颊，凝滞的，微微颤抖的感觉，指尖一点点儿诉说般从我脸上滑过。那是我，最后一次感受到二蔷。

我在医院躺了二十多天，全身共缝了一百三十几针。出院后几经辗转我入伍当兵，在北京南口成为一名六二式坦克的驾驶员，再没回过常德道。

6

附录：故事中主要人物后续状况一览表（按出场顺序排列）

  我 当兵复员后考上大学，后漂泊海外。

 洪 信 1973年严打中被判死缓，下落不明。

 二 蔷 赴呼伦贝尔草原插队落户，后成为公社书记，
     易名乌兰娜其格。久寻拒见。

 二发子 某街道办事处办公室副主任，已退休。

 马三儿 现为永安道上一家棋牌店老板。

芷江路和平 下岗后靠低保为生。

 童小辉 某外国语大学日语系教授。

 杨乐乐 于缅甸北部山区加入缅共人民军，后任营长。
     不久在"滚弄战役"中牺牲，时年二十三岁。
     经向其兄探询查实，杨乐乐牺牲时我正在内
     蒙古参加军演，我驾驶的坦克突然熄火，再
     未能重新启动。

          2014年8月11日 纽约随波斋

列文的来路问题

"人种"的书面语言是种族，指一个人的来路。我本人没有来路问题，史书说得很清楚，陈姓源于陈国，就在今天河南省周口地区。当年孔子周游列国从陈国前往蔡国的路上断了粮，史称"陈蔡之厄"。是当地的父老乡亲给他们吃给他们喝，才有后来著述《春秋》一说。我们这个陈家以后又流落到鲁西北，打明朝开始在一个叫南彦寺的村子糁地，直到我来纽约留学。所以我不存在来路问题。列文同学就难说了。他的高鼻梁凹眼窝儿，还有白皙的皮肤，都与我的对应部位不大相同。我俩乘同架飞机飞纽约，我问他，你去啥学校？二十世纪九十年代的留学生都这样，张口闭口就学校专业。他瞥我一眼，石溪大学。哎呀巧了，我也石溪大学，咱做个伴儿吧，做个伴儿！说着我赶忙跟旁边的换座，死乞白赖坐在列文身边。

离家时我爹说，胖子，两句话你记牢：一是在家三辈老，出门三辈小；二是脸皮厚吃个够，脸皮薄吃不着。人在江湖这两句话能让你交上朋友不吃亏。我一上飞机就开始实践我爹的忠告，主动交上了列文这个朋友。我对他说，我叫胖子你叫啥？李文。我又问他哪儿的人，在我们那敩儿遇到生人都问哪村哪镇的。这个问题让李文犹豫了

一下。他反问，你呢？我南彦寺的！那你看我像哪儿的人？哪儿的
人，这咋看得出来？我真想开个玩笑：外国人。他的确长得有点儿意
思，属中国人里很像老外那种。但欲言却止，萍水相逢，这么说未必
妥当。我只得琢磨他的口音，听口音是我一绝，当年我们铁道兵的战
友五湖四海，各地口音略通一二。李文虽然讲普通话，尾音似有河南
腔。我试探着，河南？他说沾边儿，再猜。这下我卡住了，猜出河南
就不易，哪市哪县我可真没辙。我只好胡抢，郑州、洛阳、开封，当
说到开封时，李文的上眼皮往下一滑，表示认可，并似乎含有某种优
越感。我顿生疑惑，咋开封二字会勾出这副表情，难道比纽约还牛
吗？谁知李文这时冒出一句，我真正的老家那可远了。多远？李文凝
视着窗外的蓝天白云，没吭声。

得，说着说着列文变李文了，先打李文说。

赶飞机落了地，一到石溪大学我俩先忙着报到，稀里糊涂四处
跑，紧接着便找住处。校园一侧有个叫"十六段"的研究生宿舍区，
我按接待人员的指引好容易摸到那里，刚才报到时遇到李文我还冲他
嚷嚷："嘿，咱俩住一块儿吧？"他毕竟是我来美留学遇到的头一人，
凭这条就是缘分，缘分就不能轻易放弃，江湖么。等到了十六段却找
不见他人影儿。我向管事的打听，有个李文么？李文？人家把花名册
翻出踢踏舞似的节奏，归齐也没找到叫李文的。嘿，这兄弟哪去了？
最后我被安排跟一个叫博格列文的老外同室，小伙子学者范儿，说是
法籍犹太人，笑着不住对我说哈喽。我紧盯着他的卷毛灰眼睛，发现
李文可没他像外国人，差不少呢。想到这儿不知何故，心里竟哗哗泛
起郁闷，丁点儿道理都没有。

由此我便开始了疯忙，这才意识到从南彦寺到纽约石溪大学之间
的时空跨度确实忒大了点儿，大到整个儿找不着北的程度。人家管这

叫"文化震撼",就像把人放进一座钟,然后咣咣猛敲,时候大了还不得神经,我就快神经了。就说课程注册吧,他们这儿愣没"班集体"的概念,课程之外没有一个集体,上课来下课走谁跟谁不挨着。这不要命吗,本来英语就稀里糊涂,再没人商量商量,心里真是没着没落,虚得慌。这我才明白啥叫自由,就是孤独无助,就是撒手闭眼爱咋咋。比如查理教授讲的"交叉学",起初我理解就是有事互相商量,考试也这么答的。赶卷子判下来大家都有分,就我没有,只有一行字:到我办公室来。我这心忽地就自由落体了,虚无得像空气一样,存不存在都不知道。最后才闹明白,我对这门课的理解打根儿上就错了,不是相互商量,是各学科的综合交融。那几个月我跟你说,天天冒冷汗,头发大把大把掉。南彦寺的农民想一下步入现代化看来并非易事,现代化根本不是知识问题,是感觉,是拿捏。心里失落就更想李文,也不知这哥们儿在哪儿呢,咋样了?要跟他一块儿混肯定会好很多。

那天我从图书馆出来回宿舍。经过教务部大楼门前的广场,看到很多同学聚在那里喊口号。往细一打听才知道是抗议以色列最近对加沙的轰炸,炸死不少妇女儿童。这种事我现在是顾不上了。过去行,过去抗议个啥日本佐藤呀,缅甸吴奈温呐,我常去。不跟你吹,我喜欢国际事务,上中学那会儿经常守着世界地图一看就大半天儿。我爹问看啥呢,看金子还是看银子?伸手就扯,被我一把夺下。那时看地图是为了走出国门到世界闯荡,现在走出国门反倒没工夫搭理世界了。我闷头儿走路想尽快离开此地,突觉有个声音十分耳熟,在众多呐喊中尖锐凸行,直抵我的心房:"谁保护以色列的利益?谁保护以色列的利益!"原来在抗议人群一侧还有十来个同学搞"反抗议",跟主流对着干,为以色列说话。他们中有张唯一的东方面孔,那不是,李文吗?没错就是他!只见他瘦高个儿白净脸,站在台阶上声嘶力竭叫喊着。这可是几个月来头次见到他,我二话不说往前跑,李文、李文，是我，我胖子！开始他没反应，按说我音量不算小，小时候喊羊喊牛练出来的，我们那敞儿谁家孩子不下地啊。他不理我我就直末喊，归齐把他给叫了下来。

　　没见我忙着吗胖子？
　　不是，你咋支持以色列了？
　　我为什么不能支持以色列？
　　弱者强者分不清吗？
　　那是我的祖国！

　　说罢李文扭头要走，被我一把拽住。等等儿你，你家不开封吗，咋又搬以色列了，这趟可不近。我死缠活泡不让他走。你说这人吧，不知哪辈子欠他的，就舍不得他。最后总算把他拉到我宿舍，给他泡方便面，还特意炝锅卧鸡子儿，外加几片火柿子，对我来说这已倾其所有，南彦寺可吃不上这个。

　　聊开了一谈，李文竟说他是"开封犹太人"。犹太人？没听说开封还有犹太人呀，那不是咱中国地面儿吗，不是东京汴梁吗，咋冒出老外了？结果听他一掰扯才明白个大概齐。敢情打宋朝那会儿洋人就来咱们这敞儿移民做生意，真是风水轮流转，现在全反了，逼得咱留学生上赶子往人家这儿跑。李文他们老李家打中亚某地来到开封再没回去，一直住在个叫"南教经胡同"的地方，听说那儿是犹太人聚集地，估计跟唐人街差不多，就这么代代相传，直到若干年前有个外国人到开封寻根，这才把千年秘密揭了锅。赶巧政府又推动新政，对少数民族实行各种优惠政策，入学、招工、生二胎，当政协委员，都优惠。好么，就这一下子，嗖地全成少数民族了。我们村儿老喜家，祖宗八辈儿在南彦寺糊地，突然在旗了，说是当年山东总兵的后代，结果生了二胎！大伙儿眼红呀，还有地儿说理吗，谁不想妻妾成群啊，不是，儿女成群啊，地按人头儿分，有地才有收成不是？估计李文也赶上这拨儿了，这小子玩儿得更大，直接奔外国了，愣以色列，那还不敞开儿肚皮可劲儿造，生他五六七八个，反正又不占中国指标。

你这，护照也以色列啦？还没呢。李文叹了口气。听他意思好像这事没那么简单，得有专门机构验明正身，批准后才能更换护照。有个"国际犹太人协会"设在旧金山，专管这方面事务，只要他们开具证明，就能到以色列驻纽约领事馆办交涉。那赶紧着，给他们写信呀！写了，早写了，可一直没答复呢。望着李文落寞的神色我立马鼓励他，他本来就内向，再憋出毛病来。别急李文，咱人在美国还怕个屁，不行直捣旧金山说理去，人家一看你这模样肯定批，只要咱把英文练好，到时侉侉一亮，震他一溜大跟斗，岂有不批之理？李文笑起来，说他没住"十六段"就因为中国学生太多，像中国城，根本没机会说英语。现在他租一个洋人老太太的房住，每天跟她聊天儿，挺管用的。我连忙打断他，那倒未必，我的室友博格列文也犹太人，据说还是什么犹太十二大姓氏之一呢，我俩天天练英文，可惜没你那么高的天分，结结巴巴老说不利索。

什么，什么列文？
博格列文。
对呀，我该叫列文呀！

没想到一顿方便面竟跨越中以两国，李文从此变列文，以色列嘛，列字更像老外，列宾不就姓列吗，可以理解。打那儿后我俩不仅重续前缘，还同修了特鲁波教授"人类学"这门必修课，成为名副其实的同班同学。不过话又说回来，不提这门课也罢，提起来我就心怀忐忑，忍不住为李文，不，列文，担忧不已。

　　所谓人类学其实是最典型的"交叉学科"，内容涉及遗传学、历史学及社会学等诸多领域，用我们南彦寺的方言说就是"杂了咕咚"，啥都能扯上。特鲁波教授是该学科大牛，闻名世界。他讲课从不打稿，一支粉笔加海阔天空，全齐。那天他讲南美洲印加文明的崇拜，啥太阳神、雨神、彩虹之神，好多好多。听来听去我发现他有个基本论点，美洲大陆原住民文明与东方文明息息相关。比如印加文明与玛雅文明，虽崇拜物不尽相同，但都相信来世，认为死亡是另一次重生，恰恰与东方的宗教信仰完全重叠。而且印加帝国的图腾是两条龙一样的动物，更与古代中国人对龙的崇拜不谋而合。这种课我乐意听，说中国好的事儿我都爱听。别看特鲁波是纯种苏格兰，听他的课我有种感觉，西方压根儿就没有古代文明，埃及巴比伦又不算西方的喽，文明都打东方发源的。遗憾的是，发展得早发展得慢，发展得晚发展得快，越晚越快，美国才二百多年，咣唧，世界霸权了。

　　讲到这儿特鲁波教授渐入佳境，其特征是恣意发挥。他说中华民族是伟大的民族，不仅创造了人类历史最初的农耕系统，比如水稻种植，还开辟了最早最完备的吏治与伦理制度，伦理才是文明进步的根本标志。他甚至声称，中国的汉族具有复趾特点，真正汉人的小脚指甲是两片分开的，不信自己看，班里不是有中国同学吗，脱鞋看看，不要不好意思嘛。特鲁波这么一招呼，干了，美国人都人来疯，我正迟疑呢，人家早脱个干净，光着脚丫子到处跑，还抬腿让我和列文看，非逼我俩把鞋脱了。心说幸亏不是看奶子，要不还真麻烦，我跟你说，特鲁波干得出来，名人名家个个儿二百五，没有二百五精神绝对出不了名。我二话不说也脱了。特鲁波上前掰着我的脚嚷起来，说什么来着，你们仔细看看是不是两片？还别说，大教授真不白给，我两只小脚豆儿的趾甲正是四片，每只两片。我扭身再看列文，几个美国同学正帮他脱鞋，接着便喊道，列文也是，列文也是！一听"列文也是"我浑身一震，心像过山车激烈起伏。只见列文的脸霎时由红转绿由绿转红，红绿灯般循环往返。我赶忙过去帮他套上袜子，偷瞄一眼他的脚，的确分叉儿，很明显。我悄声安慰他说，特鲁波开玩笑呢，你别当真，哪有靠小脚豆儿定乾坤的，胡扯！咱决不能放弃"以色列行动"，一定将革命进行……我话没说完，列文蹬上鞋一把推开我，鞋带儿都没顾系，头也不回跑出教室。"列文，列文呐……"

那晚我独坐灯下发呆。博格列文早出晚归，大多时间是在学校。窗外月亮又大又圆，把树影摇荡到我身上，飘忽不定。我望着我的脚丫子纳闷，心说上帝您累不累呀，非把中国人脚指甲弄得不同，几个意思啊您老人家？咱倒无所谓，这辈子跟南彦寺死磕了，可列文咋办？到时奔旧金山，人家让他脱袜子咋整？真不是闹着玩儿的，别再出人命。我突然想起当木匠的二叔，在我们村儿他算能人，谁家盖房起灶不找他合计合计？他左手大拇指就没指甲，被榔头砸的，最后用钳子拔掉再也没长，秃着像个肉头。对呀，把脚指甲拔下来不就齐了，啥大不了的？我想给列文拨电话，又怕他受不了这个罪，十指连心，当年渣滓洞对江姐用刑才这么干，他白白净净像昆剧小生，顶得住吗？何况，就算拔出来，真不再长了吗？犹疑之间电话突起，是列文，他问，胖子，你说趾甲拔出来还能长吗？我靠，你说这。

当然，医院铁定不能去，那时穷留学生谁买得起医保，医院大门朝哪开都不知道，全凭火力壮，外加板蓝根顶着。地点就选在列文家卫生间的浴缸里，我特意带来酒精碘酒和一把老虎钳。咱当年在铁道兵做过卫生员，略通包扎术，没想在美利坚合众国的地面儿上愣能用上！再看列文，人家真不含糊，小白脸儿不见得不坚强，得分干啥，只见他光屁股穿条短裤坐浴缸里等候。我说我可动手了？人家脸不变色心不跳，动动，捏准了呀。赶真要动手我犹疑了，不是，这可是大活人，开啥玩笑，真要再长出来算谁的？算我的，胖子，算我的。列文一个劲儿鼓励我。到最后消毒时又出争议，我说必须先酒精后碘

列文

酒，这是死规矩，因为碘酒的穿透力比酒精强，方能避免感染。列文说不行，就酒精。为啥？因为碘酒会渗进皮肤造成色素沉着，到时满身串怎么办？嘿，你说你，怎么想的呀？我差点儿喊出来。具体细节不提了，想想难过，满浴缸的血，有只脚连另一片都拽出来，惊得我一身冷汗，裤裆里拔凉拔凉。我算领教了，只求天遂人愿，列文能早点儿那啥。离开时我特意提醒他按时服"头孢拉定"，感染起来要锯腿的，懂吗？他挥手闭眼，没说话。

谢天谢地买嘎德，打那儿后列文的状态逐渐向好。啥叫青春无敌，怎么解释啊？就是大卸八块儿，碎尸万段，照样能拼起来复活重生！甭管干啥就得早，老大方知万事休，所谓"大器晚成后起之秀"全瞎掰，千万别信。从此列文再没提脚趾之事，还公然打出"中国犹太人"的旗号，估计旧金山那边搞定了，大家聊起他都会说"就那个中国犹太人吗"，蔚然成风。他自己也很卖力气。比如读报，我每天去附近的东方店买中文报纸，老惦记国内的事儿，那时中国第一座核电站，秦山核电站，刚刚落成，我追踪这个消息。列文不价，他看《纽约时报》，《纽时》每天上百页，读得过来吗你？还有吃饭，列文说他喜欢意式通心粉。咱不行，通心粉含大量奶酪，我一吃就打嗝放屁，南彦寺的屁不同凡响，非把博格熏回法国去。最让我惭愧的是体育，人家列文学了自由泳，一口气二百米如履平地。咱狗刨儿，一鼓秋一鼓秋的，后来我不跟他去了，丢不起那个人。再比如看球赛，咱南彦寺能看懂篮球网球就不赖。嘿，他列文还涨行势了，非橄榄球，也不知打哪儿学的，超级杯赛啊、纽约喷射机队啊、得分区啊、死线啊，我整个蒙圈了，已经跟不上他了，都快不认识他了。不过话说回来，列文的英语水平进步飞快，比我强，特别是和一个叫苏的美国女生交友后更兵贵神速。就说看电影吧，当时迈克尔·道格拉斯主演的《华尔街》大热，里面充斥着术语俚语，我听懂一半就不错。人家列文居然能与老美观众同哭同笑，不是装，绝对不是装，我能听出来他发自内心的。跟他看电影一半光瞧他了，不管你信不信反正我信了，语言跟人种好像真有关系。

　　话虽这么说，我对列文交往的这个叫苏的女生，还不如叫春呢，非常不以为然。你以为咱谁都不认识，啥都不懂，这回还真撞到我们南彦寺枪口上了。这个苏即便不是烂货，咱可不想骂人，起码也是野蛮女友。美国女生有这么一路，未必多坏，但浑不吝缺心眼儿，你跟她开玩笑吧，哇，波涛汹涌嘛。人家二话不说撩起上衣就给你看，滴溜嘟当晃得睁不开眼，苏就属这种人。凭啥这么说？有一次我亲自把她和博格堵屋里了！那天下午我回宿舍取支票，开门一愣，屋里拉着窗帘，定睛一看才发现博格和苏躺一被窝儿里。苏赤裸着上身，一对儿好波，热情洋溢地跟我打招呼，嗨，帅哥儿，今天好吗？我忙说抱歉，取张支票就走，你们继续，你们继续。因为我们南彦寺有个规矩，抓奸不许破门而入，这完全出于人道考虑。男人那话儿最怕受惊吓，从此不支，这攸关身家性命，多大罪过儿把人家废了呀？点到为止，你敲门人家就懂了，他俩狗男女不害臊咱还怕折阳寿呢不是？其实那天我就没找到支票本，稀里糊涂又跑出来。我能理解学者范儿的博格，肯定是苏生扑，那对儿好波谁也挡不住。男人生扑算强奸，女的没事儿，随便扑，一扑一个准儿。男女最大区别就是，女人她挑食，而男人时刻准备着，全天候，是女的就行。你说赶上苏这么一主儿，挑食挑到列文身上，我真替他冤得慌，你学学人家博格，打一炮算尿，交女友就找个正经的，到时生儿子蓝眼珠儿就崴了，后悔去吧你。

　　你说咱一片好心吧，列文他愣不领情。我拐弯抹角跟他掰扯，让他明白苏的为人。当然我不能把博格卖喽，这种事儿不能如实禀报，弄不好吃官司。我们村儿李寡妇跟村长谁不知道，不能说，明白就行。嘿，那天赵大妈当着村长老婆面儿说秃噜了，好么，俩娘儿们打到溅血，公安都出动了。我要啥都说列文再和博格溅了血，肯定知道我挑的，那还行？咱就这么跟他讲，听别人说，据有关人士透露，苏这娘儿们个性豪放，我没说她公共汽车啊，我可没说，这意思你明白了吧？列文扭头儿甩我一句，谁说的、告我谁说的，有证据吗？不是，我解手时听隔壁讲的，谁知道谁呀？那你就闭嘴胖子，你们别是嫉妒我吧，我就不该有老外女友吗，我是犹太人耶！说完列文转身就走头也不回，把我晾在那儿发呆。望着他背影一点点儿缩小直到小蚂蚁，心说咋都"你们"了？难道咱俩不一头儿啦？

从此心绪就飘了，像落叶一样虚无得漫无边际。情感是种在心里的树，对爹娘的，对南彦寺的，还有对友人的。性情中人是心里有好多树的人，非性情中人是心里没树的人，一片荒漠。这些树的根须会从心里往下长，通过双脚扎进泥土，让你活得牢靠，平时看不出来，遇到风雨才张显分量。可是，当这些树从心里被连根拔起时，抽空的感觉明白吗？嗖一下撤火，上面所有负重噼里啪啦掉下来，像破碎的梦境散落一地，拾都拾不起来，哭也哭不出来，人像个影子在风中游荡。生命原来是为情感而活的，没有情感就是一种死亡，心的死亡。于是我不再理会时光啊岁月啊，日子像高速上开车，跟着前面的刹车灯走就是了，管他娘。

那天傍晚回到宿舍，正赶上博格和他几个同学在我们客厅聚会。嚯，满屋子烟味儿，那时室内吸烟是合法的，伴着浓烈的酒气，勾兑般溅我一身。我这人喝酒不抽烟，很讨厌烟味儿。正要走开被博格一把叫住，胖子、胖子，跟我们一起喝酒吧，你尝尝这种捷克啤酒，非常带劲儿。本没想搭理他们，我对谁都没兴趣。可望着他递上的啤酒，盖儿都开了，直往外冒沫子，鬼使神差突发酒性，看来酒性也是兽性一种，没道理，本能的，接过酒瓶咕嘟咕嘟灌了下去。博格和那些同学兴奋地嗷嗷乱叫，译成中文就是，胖子你太牛逼了，中国人也这么能喝呀！这啤酒很上头的，悠着点儿胖子！我心说啥叫"中国人也能喝呀"，杜康酿酒刘伶醉，我们喝酒那敞儿你们还是埃及人的奴隶呢，我六岁就被我爹灌醉过，谁怕谁啊，走着！那天晚上我跟你说，放松，太他妈放松了，这捷克啤酒真不含糊，喝得跟神仙一般无所畏惧。博格这小子也高了，口无遮拦，愣号称"国际共运"是他们犹太人的杰作。他是政治学博士候选人，专攻苏俄问题。我当然不服他了，他睡了我朋友的女人，借酒劲儿今天得凿本儿回来。你说得不对吧，马克思是犹太人，但恩格斯不是，列宁、斯大林更不是！博格看去胸有成竹，胖子你接着说，列宁、斯大林往下呢？往下？斯维尔德洛夫？犹太人。捷尔任斯基？犹太人。那布哈林呢？也是犹太人胖子！欧买嘎？我深表震惊。下面这句话我确实不是故意的，脱口而出，"那，列文呢？"屋子里顿时静下来，鸦雀无声，接着便一片哄笑，哈哈哈哈。他们七嘴八舌，亲爱的胖子同志，我们的胖子帅哥儿哟，你难道真相信列文是犹太人吗？

嘿，怎么说话呢这是？他们的嘲弄口吻让我不快，我最烦那些自以为是的家伙。犹太人咋了，有本事"二战"别来上海避难呐，连你们耶路撒冷的市长奥尔默特都打哈尔滨出来的，凭啥列文就不能是犹太人，人家正儿八经是"开封犹太人"，懂啥呀你们？不可能胖子，绝不可能，谁听说过"开封犹太人"，只知道埃塞俄比亚犹太人、阿根廷犹太人、库尔德犹太人，这些人身份至今悬而未决，打哪儿又冒出开封犹太人了？他们纷纷摇头表示否定。我一狠心，看来不动真格是不行了，本来没想提旧金山的事，咱毕竟没有列文的准信儿，更没见过原文，但顾不上了，兵不厌诈，得杀杀他们的气焰。看来你们是有所不知啊！怎么讲？怎么讲，知道有个"国际犹太人协会"吗？知道，在旧金山。那就好，该机构已来信承认列文是"中国犹太人"，就差到以色列大使馆换护照了，怎么样哥儿几个，傻了吧？

时间一愣！

后来想想当时说这番话肯定因为酒劲儿，忒二百五了。遗憾的是并未把博格等人镇住。他们面面相觑，看得出十分错愕，胖子，你确定"国犹会"承认列文的犹太身份了？那当然，我说得不够清楚吗？不会，应该不会！为啥？接下来他们的解释才让我意识到问题的复杂性，正如哲人所云，历史是生动的过程，教科书无法涵盖，因而支离破碎被人遗忘也是无法避免的。据称，犹太民族本质上不是种族问题，是宗教问题，这是犹太社区的共识，也是纽带。宗教？对，宗教。对埃塞俄比亚等地犹太人的身份迟迟未决，是因他们的犹太教信仰已断裂，在奥斯曼帝国的漫长统治中他们皈依了穆斯林，这才是问题的根源。所谓"开封犹太人"，如果真从宋朝就定居该处，他们已被当地人同化上千年，完全脱离了犹太信仰，谁见过列文读《旧约》，他懂希伯来语吗？他进犹太教堂吗？犹太人都有希伯来语名字，列文有吗？不是不相信你胖子，太离谱儿，对了，你亲眼见到那封信啦？

得，来了不是，直接刺我软肋！要依着我们南彦寺的脾气就得死扛，说是就是不是也是，不改口。可听了他们刚才的议论还真有些含糊，颇感进退维谷。我只好稀里糊涂跟他们打哈哈，你们呐，就是心胸狭隘，看不得人家列文入选，他可是你们亲兄弟，于心何忍呐，就冲你们这点儿出息今天咱比画比画，来，谁敢跟我再干一个？说着我嘁里咔嚓又一瓶落肚，心说反正我不付酒钱，照死了喝，真不信喝不过你们。就这一下子，高潮了，兴奋得喘不过气来，酒精面前人人平等，比啥立法都灵。这帮人开始胡说八道，模仿苏叫床的声音，哦，哦，哈哈哈哈。他们挤眉弄眼儿对我调侃道，亲爱的胖子同志，知道为何不，不信你吗，因为列文的某，某一部分，结构完全不合。结构不合？你得去，去问苏，哈哈哈哈，这个骚货最，最清楚，她亲口告，告我们的。啥意思你们？我反倒糊涂了。不过听他们提到苏，我突然有种不祥之感，列文可别栽她身上身败名裂呀，太不值了！

酒醒后第一个念头就是找列文核实情况，必须的，到底旧金山咋说？如果人家同意了，咱不能白受这窝囊气，一定得帮列文赢回面子，让这帮人领教领教南彦寺的厉害。真不跟你吹，来美后从没露过，就我这身拳脚，上三路下三路，十几个人不得近身，我们村儿正经绰一份。沮丧的是，打上次拌嘴后就再没见到列文，他肯定跟苏成天腻一块儿，谁知又躲哪儿去了？给他打电话吧，净瞎对付我，稀里马哈不谈正事儿。这不行，我得奔图书馆堵他去，非讨个说法不可。

石溪大学图书馆位于体育馆正对面，那是我们常去之处。我跟列文游泳就是先在那里做功课，然后顺路去对面游泳，一趟车，非常方便。图书馆四层是文科阅览室，有几个中文书架，武侠爱情秘闻传奇，没几本正经的，列文喜欢做作业时翻阅中文书，换换脑筋权当休息。我来过几次，遗憾的是都没等到他。刚才碰巧看到苏，本想拦住问问，算了，少搭理她，万一缠上咱，她的波谁也挡不住。就在我离开之际，欧买嘎，那不是列文吗？只见他由远而近急赤白脸朝这边逼近。我砰地站起来，列文、列文，可等到你小子了！列文看着我并未停留，继续向前走去。我这才发现，苏和一个老外男生坐在我后面，他俩挨得很近，好像关系非同一般，列文正朝他们冲去。我突觉苗头不对，别再出啥事？只见列文冲到苏面前，伸手就拽。苏也发现了他，跳起来蹿到男生背后，边跑边喊，你不要碰我，你不要碰我！接着二人便争吵起来。大意是这样，列文对苏那么好，打工挣的钱都花在她身上，苏为何要背叛他？还一而再再而三，原谅过你没有，你怎么向我保证的，你这臭婊子，要他要我，今天你给个痛快的！好么，周围人可就拥了上来，乱哄哄把列文和苏围在中央，人群中好像还有博格和他几个同学的面孔。我一看架势不对，等会儿再把校警招来列文不占便宜。我拉他欲走，他还死犟，非要跟苏吵下去。

> 你这个婊子，婊子！
>
> 你这个骗子，骗子！
>
> 我骗你什么了？
>
> 你是"犹太人"吗，是吗？
>
> 那又怎样，这重要吗？
>
> 你的包皮那么长，会是犹太人？

说着苏噌地蹿上桌子，女士们先生们，你们说说看，谁都知道犹太男人出生后第七天要行割礼，把包皮切掉。可这个列文，所谓"中国犹太人"，却长着长长的包皮，每次做爱都得先翻起来，否则弄不成，这样的男人是犹太人吗，不是骗子是什么？还说他被"国际犹太人协会"承认过，给我看看文件呀，到现在他也拿不出来，我从未见过这么个东西，你们说他不是骗我吗？说实在的，你是什么人并不重要，既然你非说自己是犹太人，就该证明给大家看，起码给我看吧。我不在乎你是谁，我好奇的是你为什么偏要这么说，到底你想干什么呢？

那天局面是有些惨烈，校警来了方散，散去时已不见列文的踪影。打那儿后我再没见过他，直到现在，说话这都多少年了。

这么说好像又未必准确。几天前我陪国内友人逛曼哈顿，经过西村酒吧一条街时，竟发现有个叫"中国犹太人"的酒吧，中西合璧的设计格外赏心悦目，让我不禁驻足，查看竖在门前的菜单招牌。除了那些"金汤利""黑玛丽"等大路货外，在"本店特制"一栏中，还有几款匪夷所思的新品种，比如"凯翁蓝"，比如"奈言丝蓝"，为啥都加个"蓝"，不知道蓝在英语里有忧伤的意思吗？想着想着我心咯噔一下，凯翁蓝，开封蓝？奈言丝蓝，南彦寺蓝？蓝，蓝……

我的泪水夺眶而出。

2016年12月12日　纽约随波斋

纽约有个田翠莲

田翠莲姓王叫师师。不对，应该是王师师姓田名翠莲。听着有点儿乱，反正她俩是一个人，她就是她，她也就是她，住在纽约的第二唐人街法拉盛。

初见田翠莲是因为一次大型义演，我是召集人。有个朋友对我说，他认识个东方歌舞团的女声独唱演员，嗓子不错。我说没问题，叫来试试，好坏一听便知，如果真好肯定给她机会。没想到话音刚落，这位仁兄冲着房门一声大喊：田翠莲，进来，九兄让你进来呢！我一愣，心说谁啊我就让进来，我袜子还没穿呢，你你你让她等等。最后这个等字没说利索，一个三十来岁的女人，高挑个儿长方脸，丰乳肥臀呈现在我眼前。九哥吧？她进门便问，看来男人称兄女人叫哥。啊。我也糊里糊涂应对着。

我唱段《在那桃花盛开的地方》咋样？

好啊——别价，那是男声独唱。

是，我就爱唱男歌儿。

说完她举起嗓子就唱，"在那桃花，盛开的地方，有我可爱的故乡"，底气十足声音脆亮。故乡的"故"字有个拖腔，其实你悠着唱就行，跟着调门往上走，可她却来个点击式，把一个故字分成好几段儿，一听就是唱梆子的出身。您这是，东方歌舞团？她笑笑脸哗地红起来。最后一落实，果然是唱河北梆子出身，让我大跌眼镜。可又话说回来，虽说她点击式用得不是地方，但梆子唱得确实不错，高得上去低得下来，这是唱梆子的难度所在，这路戏就是靠音调上的大反差宣泄情感。我对她说，你看你，何必搬什么东方歌舞团，纽约这地方唱歌的多了，跟西红柿似的，得拿簸箕撮，可唱河北梆子的恐怕你是蝎子屎——独一份儿，你干脆就来老本行，唱段儿《宝莲灯》，裴艳玲的绝活儿如何？

好么，就这几句话，差点儿把田翠莲眼泪说下来。她说九哥你太牛了，还以为纽约洋地方没人稀罕这土了吧叽的玩意儿，你咋知道《宝莲灯》，你咋知道裴大师？这我算遇到知音了！我连忙说你别价，我也是皮毛，小时候家里老爷子爱听河北梆子，常带我到北京天桥儿、天津下瓦房，专串小戏园子。那时你那个裴大师也在小戏园子唱戏，我就知道这么丁点儿，千万别捧我。那行，既然九哥喜欢，我现在就给九哥献上一小段儿。人家唱不叫唱，叫献，听听你，一张嘴就是行家。不过她刚要开口还是被我果断叫停了，梆子戏唱起来会听的还行，不会听的，特别是隔壁邻居大老美，还以为闹家暴呢，再把警察给我招来。田翠莲这才怏怏作罢。

可惜的是，那天演出田翠莲的《宝莲灯》并未大红。其实也不奇怪，纽约华人还是南人居多，他们更习惯杏花春雨的越调，不大适应梆子戏这种沙尘暴般的粗犷风格。但不管怎么说，纽约有个田翠莲，在此激情唱响河北梆子《宝莲灯》，我虽然没考证过，绝对敢说这是开天辟地的首创，填补了艺术空白。梅兰芳当年填补了京剧空白，田翠莲如今填补了河北梆子空白，了不得呀。我这儿还兴奋着呢，手拍得生疼，再看田翠莲，下台时却显得郁郁寡欢。她独自站在后台一隅，看去凸显落寞。我赶忙走上前安慰她，田小姐，你真了不起呀，唱得太好了，你填补纽约一项艺术空白知道吗？田翠莲扭头望着我，眼里分明泛着泪花。我顿时紧张了，别价啊田小姐，不是，田妹妹，翠莲儿，咱不至于呀，你这就很不简单了，反正又不当饭吃，别太较真儿。她凝视着我，眼神儿发愣，突然冷不丁冒出一句，那我可咋活呀？我漫不经心地答道，打工呗，大家不都这么过来的。可我，欠那么多钱……说到这儿田翠莲把头埋进怀里，半天没抬起来。

台上正走着戏呢，我是舞台监督，实在没法听她唠叨。我忙活时她一边静等，我告一段落她就接着刚才的往下说，一点儿不乱，就这么断断续续，点击式梆子式，总算把她的故事听了个大概齐。原来田翠莲是个县城梆子剧团的演员，县城的都唱这么好，让我颇感诧异。她工武生，老公唱旦，俩人有个七岁的儿子。前些年不景气剧团搞承包，城里没人听就只好下乡，有时仅够混个吃喝。那年下乡老公弄断了腿，明明被道具砸的，该算工伤，可团里非说是自己不小心，一分医疗费不给报，老公是连气带病一卧不起。几个月前有个亲戚对她说，只要出二十万，把你弄美国去，到美国还愁没钱挣吗？人家一块是咱的八块，干一年顶八年，干八年顶一辈子，多合算。田翠莲想想是这个理儿，也没其他选择呀，索性拼他八年，把儿子上大学和养老的钱都攒出来。于是她东拼西凑磕头作揖，总算凑足二十万，接着就一猛子扎到了纽约。

真有本事你，能借这么多钱！

我……我把儿子押给人家了。

什么，儿子也能押！还不上咋办？

死也得还上。九哥，你看干按摩来钱不？

那得考执照，好像不容易。

执照？这也得起照？

咱寻思的是医疗按摩那种，没往旁的想，我也没其他经验呐。田翠莲的脸色却半信半疑，没再继续跟我讨论下去。打那儿以后就没了田翠莲的音讯。纽约这地方的华人活得都不容易，睁开眼就奔吃奔喝，有工的给人上工去，没工的给人找工去。海外华人看去什么都不缺，喝酒吃肉有房有车，但有一点儿他们没有，永远没有，就是片刻的悠闲，真正从骨子里透出来的悠闲。他们甚至连休息度假时，潜意识都在思考着生意或工作。无论贫富，命运状态基本差不多，都不敢多事，遇到麻烦同样一筹莫展。人的社会地位不光看财富多寡，也看遇到危机时的命运。交朋友也是这样，来美时间越长朋友越少，平时各忙各的，见面儿彼此打个招呼，见不到就先放一边儿。田翠莲就被我放一边儿了，其实干脆就淡忘了。像她这种新移民多了，咱又帮不上人家，想也白想。

那天下班到家，一进门电话正响着等我。紧跑几步拿起来，竟是田翠莲！她说九哥我能过来吗，想见见你？我一琢磨，你个孤身女人又丰乳肥臀，我当然非常欢迎了，可老婆马上就回来，她是否欢迎还真吃不准。特别是老婆大人最近不知来哪门子神，在办公室跟一帮小丫头学女子防身术。那天比画着给我看，让我做她的道具，说你来摸我。我说怎么摸呀？就像调戏妇女那种，你没调戏过妇女呀？废话，我怎么会调戏过妇女？假装地假装地，快点儿啊。我刚出手，尚未到达指定部位，只觉一阵飞沙走石，稀里糊涂被她压在地上。想到此，算了吧，你田翠莲还是别来了。俺们纽约华人玩儿不起浪漫，房子一栋栋买孩子一个个生，闹起离婚可就亏大发了。

田翠莲觉出我的踟蹰，改口说算了吧，她就想最后再唱一次河北

田翠莲

梆子，希望旁边有个懂行的。我说干吗最后唱呀，哪天我找个地方，
就咱俩，九哥听你的专场。田翠莲迟疑了一下说，太晚了九哥，唱完
这次就不唱了，不仅不唱，恨不得连名字都想改，过去那个田翠莲不
存在了。打住打住！我听着怎么像赴刑场的架势，杀了我一个自有后
来人。连忙问她，你不叫田翠莲叫什么，宋朝汴梁城里有个快嘴李翠
莲，刀子嘴豆腐心，是千古传唱的烈女子，这名字不挺好的吗？她听
罢又沉默起来，过了好一会儿才说，九哥呀，妹妹就在电话里给你唱
一段儿吧，你听着。

> 多蒙大人恩量海
> 终身孝子古之常
> 梁千岁设围场
> 大胆贼人起不良
> ……
> 辞别大人把马上
> 但愿此去早还乡

　　欧买嘎，令我拍案叫绝！这不是裴艳玲的《连环套》吗？我们老
爷子活的时候一高就这段儿，我情不自禁嚷嚷起来。田翠莲咯咯笑出
了声，说她这个电话没白打，河北梆子没白唱，还说遇到九哥是运
气，告别九哥是良心……我再次打断她，停，停停，你今儿话怎么这
么多呀，哪儿还都不挨哪儿，神神道道的，没出什么事儿吧你？她说
好着呢，九哥别担心，她要大干快上，提前完成四个现代化的宏伟目
标，从此不做田翠莲了。那你做谁？我问。话筒那边静了一下，接着
嘟一声，挂了。嘿，你个小娘子，来如风去如影唱得是哪一出儿啊？
早干什么去了你，热乎劲儿快过了你又想起九哥，还来段儿河北梆子
搞得缠缠绵绵，好戏都让你耽误了。我心里突感空荡荡，涌起不可名
状的忧伤。

田翠莲就此算结束了，你想啊，人家连名字都改了，又不乐意告咱，铁定是不再来往了。可生活往往很奇怪，再没比生活更奇怪的事儿了，有些东西甭管时隔多久，总会绕来绕去跟你兜圈子。什么叫缘分呐，缘分就是你妈，命中注定摆脱不掉。

这不，都过好些日子了，快忘干净了。我有个老同学的儿子来纽约读书，他爸托我帮他租房子，越洋电话里一个劲儿嘱咐，得干净啊，别太贵了。废话，不要钱最好，谁让你租？我最烦这种事儿，找好了是应该的，老同学嘛，找不好就落埋怨。都什么年头儿了，天下都大乱了，哪儿找又娶媳妇又过年的美差啊？可说来也巧，无巧不成书，那天来个朋友。聊起租房之事，他说他刚看个房，就在法拉盛，离地铁五分钟又便宜又安静，只是面积偏小不适合他们两口子住，问我要不要，我说要啊，麻利儿地，赶紧着咱。我俩风风火火找到地方上前敲门，"王小姐，王小姐开门"，这哥们儿一个劲儿喊，边喊还边向我解释，房东姓王，是位女士，叫王师师，人非常和气。说话间大门咣一声打开，一个女人，高挑个儿长方脸，丰乳肥臀呈现在我面前。我一惊，心里咣当一下，田，这个田字还没出口，我朋友先行一步对她说，王小姐，我哥们儿想租您房，人家押金都带来了。王小姐看着我，你要租啊？我一听声调更确定她就是田翠莲，唱戏的人说话都带舞台腔，吐字清晰像洗过一样。是。我点头答道，给我侄子租的，他来纽约读大学。王小姐的面孔全无表情，<u>丝毫没认识我的意</u>思，晚了，租出去了！不是，我朋友一听急了，五分钟前我刚来过怎么就？五分钟，王小姐用鼻音擤了一下说，一分钟都能租出去，五分钟老娘我五间房都租好了。说罢她转身昂首，砰一声撞上门，生把我们哥儿俩给晾外面了。

嘿，这种人！我朋友都傻了，你……你你你，他一急就有点儿小结巴，你他妈有什么了不起的呀！好容易才算把话说利索。听他的意思，王小姐刚才还好好的，很温和，怎么才五分钟就老娘老娘的呀，听着像开妓院的夜叉。你看，这位朋友愤愤不平地说，她叫王师师，宋朝的汴梁有个妓女叫李师师，同名嘛。我听罢莞尔，又是宋朝，又是汴梁，怎么风花雪月都离不开宋朝啊？上次李翠莲这次李师师，愣还是本家，但愿李师师也是李翠莲变的。我连忙劝我朋友，算了算了，李师师也不全是妓女，人家侍候皇上十七载，皇上说她"幽姿逸韵在色容之外耳"，实际跟情人差不多。不租不租吧，算屄，没准儿这房子也给皇上预备的。你消消气，对面"东王朝"的烧腊一级棒，咱俩整两杯？

话虽这么说，我心里还是很别扭，颇感受伤。本来说租突然变卦，明明田翠莲非说王师师，莫非专冲九哥而来？好你个田翠莲，九哥没亏待过你吧，没大恩也有小惠呀！当初不是我一句话，你能破纪录，在美利坚合众国的地面儿上喊河北梆子？不是认我做知己吗，什么叫知己，用我挑明吗，若不是老婆会几手防身术肯定早床上见了，怎么变成王师师就翻脸不认人呢，心也变得忒快了吧？王师师，没错，这名儿要多暧昧有多暧昧。秀兰儿大凤，翠花儿也行，什么不比师师强，懂点儿历史的能起这名儿吗？等等，好像不大对嘛，这娘儿们不是欠了一屁股债吗，怎么摇身一变当起房东了？傍大款了，嫁给姓王的了？你嫁人跟我甩什么脸子呀，我又没拦你，什么人啊这是？

算屄，好男不跟女斗。出国的人个个儿想摇身一变，我见得多了。当年朦胧诗创始人之一山川，来美探他老婆。他老婆在机场递给他五百美金，说，对不起山川同志，你好生照顾自己，有什么事给我打电话吧。说完转身挽着个男人就走。才分别一年，用山川自己的话说，亏得飞机上光睡觉没吃没喝，要不真尿一裤。还有一小子，跟我在纽约同所大学读硕士，本来见面都打招呼，后来他找了个美国女朋友就不和中国同学来往了。不来往就不来往吧，可有一次在电梯里碰见他，我习惯地用中文问，电梯是上是下？他愣装不认识我，还摆摆手用中国腔英语说，"我不会讲中文。"你知道当时我想干什么？抽丫大嘴巴，碰谁都想这么干。来美国的新移民都想洗心革面重活一把，老听人说如果能重活一遍如何如何，千万别价！亏得老天爷只给每人一次机会，就知道你们丫贪心太重，都重活世界非崩盘不可。不能实现的梦是美好，能够实现的梦就是疯狂了，什么都可抛弃，也什么都敢索求，难怪老有人念叨世界末日呢。

这天晚饭后我又照常看电视报道，就跟国内看《新闻联播》一德行，美国典型的居家生活可不就这样嘛。我喜欢看"纽约一台"，讲本地的事儿多于世界的事儿。世界的事儿联合国秘书长潘基文都管不了，你不让打叙利亚人家非打，你说朝鲜不能有原子弹人家偏造，全世界都在干潘基文不让干的事儿，也就潘基文，换杜十娘早投河了，换崇祯皇帝早上吊了，活他妈什么劲呐你。这时，一则消息跃入我眼帘：纽约警方今天捣毁了一家位于法拉盛的地下妓院，并逮捕了老板师师王。谁，谁？这名字听着这么耳熟啊？由于是说英文，老美念"师师王"几个字不分四声，顺序又反着来，让我不好判断，可当屏幕上出现王师师被抓的画面时，我一下就认出她正是田翠莲，背后的建筑也正是当年我要租屋的那栋楼宇。只见她高挑个儿长方脸，丰乳肥臀呈现在我面前。我一把捂住嘴，生怕自己叫出声儿，惊动隔壁的老婆大人，我的脉搏开始加快，疯狂跳荡不停。你……你你，我一下想起当时租屋的情景，还有田翠莲"老娘老娘"的神态，难道她是怕？我望着屏幕上田翠莲平静的面孔，恨不能立马跳进去拉起她就跑，我要是李小龙多好，神探邦德也行，只要能帮她逃过这一劫就行，我实在无法接受田翠莲被押进警车的镜头。

这太不公平了！纽约警察就会欺软怕硬，柿子拣软的捏。虽说卖淫嫖娟在纽约州违法，除内华达州的极个别县市，美国所有州都禁止色情行业，可那不过是个幌子，表明你盛产普世价值，差不多就行了，还他妈嘚瑟起来了，虚不虚伪呀你？不就欺负我们田翠莲是华人吗，卖淫嫖娟的多了，是美国常态，州长议员电影明星，哪个不豁楞水儿啊，敢管吗你？当年的著名老鸨海蒂，就因手里攥着上百个政要明星的嫖娟名单，最后仅以逃税罪轻判缓刑，与色情无关，牢饭都不用吃。还有那个风情万种的妈妈安娜，面对警察从容镇静，愣还放话说：今儿你怎么抓我，明儿你怎么放我。后来咋样？当庭释放！没看纽约一台的特别报道吗，人家安娜捋捋头发拕拕衣服，胸脯挺得倍儿瓷实，年轻时真是条少见的尤物，上台领奖似的蹀出法庭。你们警察躲他妈哪去了？我们田翠莲容易吗，她把儿子都押给人家了，你让她怎么活？个王八蛋。

我后来到处打听过田翠莲的下落。托熟人问法拉盛109警察分局的，人家说扫黄这事儿有专门机构管，抓人放人他们说了算，片儿警插不上手。又托法院的老赵，以前听说被抓的小姐都得过堂，就是出庭，由法庭宣判如何处置，一般是进"从良班"，关个三五天后定期集中，学习法律法规，以学代刑，三个月为一期。老赵跟我调侃道，早先韩妹进去得较多，她们凑一块儿还交流经验，你几期的？你几期的？跟他妈黄埔军校似的。这种地方可不就这样吗，法律没学会，同党倒结识不少，单崩儿的找到组织，学徒的练成师傅，什么叫"河里没鱼市上看"呐，本来单打独斗心里发怵呢，偏把她们凑一块儿相互支持相互鼓励，这胆儿一下就练出来了：有什么了不起的，有本事你把老娘毙了，敢吗？我听老赵扯太远了，连忙打断他说，您就帮着给问问吧，有没有个叫王师师师师王的？干吗呀九兄，几个意思呀，你不会跟她也有一腿吧？瞧您说的，我是受人之托，您行行好帮忙给捞出来，能宽大处理也好哇。最后是饭也吃了酒也喝了，愣还茅台原

浆，狗屁都没打听出来。我跟你说，在纽约托华人办法律的事儿纯属
瞎鬼，千万不能当真。当地华人别看他们吹得呜嚷呜嚷，这爷那爷
的，一到法律问题全他妈扯淡，官司官司打不赢，后门后门没得走。
法律是这座城市的最后底线，也是利益交织最敏感的领域，根本没华
人份儿，即便在里面工作的也净是龙套，自身难保指不上他们。

不说这个了，一提就憋气。

日子就这么一天天过，没觉得就没了，蝇营狗苟匆匆忙忙，头发
也稀了。几年后的一天，我跟朋友们去法拉盛吃饭，我们轮流做庄，
这次是我。都说"雁鸣春"的西湖醋鱼不错，大家慕名而来。落座后
有个朋友去洗手间，回来时面带讪笑对我说，九兄，你猜怎么着，我
听见隔壁有人好像在哼河北梆子，纽约这地方咋啥鸟都有？大家权当
一笑继续吃喝。突然间，隔壁桌上传来高声调侃，回头一看是几位恣
情流露的女性食客。有人悄声对我说，九兄，知道这帮人干什么的
吗？不会是？没错，全是鸡，那个岁数大点儿的就是法拉盛著名的老
鸨子王师师，此人背景深厚，几进几出不在话下。我浑身一震，头皮
嗖地抽紧，连忙回头再看，只见那个女人也正盯着我。田，田田，我
终于认出她正是阔别已久的田翠莲。她变多了，长脸变宽了，原来的
丰乳已成片儿汤，渐与赘肉打成一片，脸上涂着厚厚的粉底，眉毛纹
得又细又弯。我愣愣望着她发呆，直到她扭过头去。

你大爷的，这饭还怎么吃，我的胃口彻底倒掉。我不时用余光瞥
向田翠莲，可她再没注视我。差不多的时候我高喊结账，顺手把信用
卡递给服务员。他面带窘色，说本店只收现金不收信用卡。嘿，奶奶
的，都他妈什么年代了，世界都快末日了，老子哪儿给你找现金呐，
附近又没银行。服务员只顾一遍遍道歉说不好意思，坚持把信用卡还
给了我。这下崴了，忒他妈现眼，好容易轮到我九兄请客却掏不出

钱，人家怎么想你？我的脸一阵红一阵白，血红血白，不知如何是好。这时只见前台经理走过来，他一身黑衫笑容可掬地对我说，先生，您这桌已经付了，连小费都付了。什么，谁付的？大家诧异地叫起来。黑衫经理神秘一笑，付就付了管他谁付的，我总不能收两份儿吧？

透过大玻璃窗，我发现田翠莲一行刚出大门，正欲远去。紧追几步我赶了出来。田小姐，翠莲儿！情急之下我怎么连"翠莲儿"都喊出来了，殊不知带不带这个儿化音意思是完全不同的。有个年轻女子问田翠莲："干妈，这小子喊谁呢？"田翠莲回过头看也不看我，对身边女子们一声吆喝："来生意了姑娘们，还不快给朕拿下！"话音未落，几个女孩儿转身走向我，先生啊，咱们好像在哪儿见过吧，你难道不认识我了？吓得我抱头鼠窜，只听背后轻佻的笑声如影随形，一浪盖过一浪。渐渐地，那笑声变成了歌声，是女声小合唱，女小合，唱什么听不清，因为她们的口音有南有北，好像是：

多蒙大人恩量海
终身孝子古之常
梁千岁设围场
大胆贼人起不良
……
辞别大人把马上
但愿此去早还乡

这不河北梆子吗？妈的，田翠莲怎么把这当成她们的队歌儿了！

2016年7月15日　纽约随波斋

母猪沙赫

那是1973年，我刚过十七岁生日。就在那年我遇到母猪沙赫，还跟她朝夕相处同居一室过。母猪？对，母猪。

先从她的名字说起，为何叫沙赫？这事儿说来怪我。那年我们铁道兵十八团转战到河北省玉田县。距我们营房十里外有个装甲师，那天他们一辆六二式坦克正好坏在我们大门口儿，请求协助修理。铁道兵使用的"移山八十"推土机的发动机和六二式坦克发动机相似，都是大功率柴油机，所以二话不说就干起来。修好后试车，我出了个主意，说彩亭桥今日大集，咱就奔那儿，开坦克赶集去。坦克车手也十七八岁，跟我一样二百五，想都没想，开着坦克就走，我们真就把一辆虎豹威猛的六二式坦克开进了集市。

这下算毁了。坦克是武器，不是交通工具。连长非要处分我，他给我的罪名很强暴，说我把坦克当私人工具，属军阀行为。真是胡扯，军阀只会抽大烟养姨太太，哪有如此豪情。说了你别不信，当坦克开进集市时，老百姓都蒙了，不明白咋回事。我从坦克前窗伸出半个身子，戴着坦克兵帽，向周围人们行军礼，朦胧中就觉得自己是在易北河会师，攻克柏林，哇塞，骇透了。现在十七八岁的年轻人顶多玩儿个蹦极，比起我们当年玩儿坦克差到姥姥家去啦。

后来处分总算免除，连长念我少不更事，罚我去养猪。就这样，我结识了母猪沙赫。我俩见面时她还没名字，都叫她大白猪，她个头儿特大，立起来有一个半人高。当时我正在读俄国作家车尔尼雪夫斯基的小说《怎么办》，里面有个革命党人沙赫美托夫，我说，就叫你沙赫美托夫吧。说完又觉得这名字太长，那就叫你沙赫好了。话音未落她向我走来，沙赫由此得名。

由战斗班贬至养猪很没面子。为少和别人接触，每天我都把十几头猪赶到一里外的河滩上，让它们吃草拱河泥，逍遥自在。以前这些猪从未放养过，开始叫它们跟我走，它们一脸茫然不知所措。我只好对母猪沙赫大喊，沙赫，带上你的兵跟我走，听见没？她望着我没动。我扭头就走不睬她，没想到再回头时，只见她领着所有猪跟在后面。我肩扛一根竹竿，整齐的军装领章帽徽，后面跟一群猪，屁颠儿屁颠儿出现在清早的地平线上。河北的大平原啊，有名地，一望无际。上工的村民们，特别那些戴花头巾的姑娘媳妇们，驻足看我飘然而过，看不懂。

原来的饲养员老曹说，打，就一个字，不听话就照死打，且打不死呢。我接过他递上的木棍，咣啷扔在门角，吓得那群猪望着我，安静得像雕塑。我毫无打谁的心情，人在低谷时大概都这样，只想独来独往不惹人注意。可话说回来，我也没觉得需要打。母猪沙赫领导的这群猪都很听话，早上出圈时，它们高兴得欢叫，中午该回家了，如果谁不听话，母猪沙赫会咬它，听说这群猪都是她的子女，都听她的。比如喂食，前任班长训出的规矩，凭哨声吃饭，根据哨声变化轮到谁谁吃。我头一回吹哨时，估计吹得不准，所有猪都不动。再吹，母猪沙赫这时发出个微笑般的哼哼声，猪就开始吃了。我认准母猪沙赫是头儿，就像沙赫美托夫是革命党的头儿一样，只要伺候好她就能镇住台。

正值仲春，鹅黄色柳丝甩起水袖，美得像青衣花旦。我仿佛被遗忘了，连里有些新兵竟叫不出我的名字。谁？就那个养猪的。实际上，我情绪稳定多了，除了养猪便是读书。饲养员不需站岗，只要把猪养好就没人睬你，那是我人生中读书最疯狂的时光。从霍尔巴赫、马克思、费尔巴哈等一路读下来，未必都懂，但深有印象。再沿司汤达、巴尔扎克、雨果、哈代、托尔斯泰读上去，昏天黑地。在一片无名河滩地上，陪着母猪沙赫及其子女，我悄然步入青春的启蒙时代。启蒙永远是美的，无论什么心境，什么环境，谁来陪伴，都一样，因为启蒙的本质是希望，对未来的梦想和希望。这里我得解释一下，有人会质疑，那年月这都是禁书，你个小当兵的咋能弄到？那时的我呀，求知欲比性欲明确很多，部队到玉田不久，我就和县图书馆的管理员小李称了兄弟。他哥是军长，他因患小儿麻痹后遗症不良于行，他哥便托县上给他安排了这个工作。这些书都是小李偷偷借我的，条件是：一本换一本，还必须包上书皮儿。有时我一天就跑一趟。比如屠格涅夫的《罗亭》，用现在的标准是中篇，连读带做笔记一会儿就完，根本不经看嘛。

就在这时，母猪沙赫突然发疯了。那天打开圈门时，她一头冲上来，把我撞个屁蹾儿。按说你无端撞人，应该歉疚，可她毫无此意。她一改往日与我配合的优良传统，嗷嗷乱叫乱跑，完全没有方向。她的嘴角泛起白沫，下体红肿鲜嫩一目了然，我喊她威胁她都没用。可恨的是，其他猪也随其起舞，造反了，把一片青翠的河滩地搅得七零八落。我想起家法，就是饲养员老曹的绝招，抄起根树干向母猪沙赫的后背砸去。她毫无防备，转身发现是我，嗷一声向水面窜逃。我追得紧她跑得快，眼看水漫过她的腿，遮住肚皮。怎么，我一惊，莫非你要投河自尽？我想起裴多菲的诗句：若为自由故，二者皆可抛。沙赫，你要干啥，到底要干啥！我甩掉鞋挽起裤腿儿，他奶奶的，不信制不服你大白猪，就一个字，打，照死了打。我正准备拼了，只听一个急促的女声凭空响起：别打，不能打，她起骚呢，起骚呢！话音未落，一个三十多岁的中年女人，悬一对硕大乳房，应该没戴乳罩，滴里嘟当闯到我面前。她说，再打，她敢把自己撞死你信吗？女人的语调像唱歌，比乳房精致很多。我不敢看她，什么叫起骚？女人大笑，起骚就是要配了，得给她配种，找个公猪配，城关就有种猪场，十块钱一配，赶明儿我带你去。

第二天清风白云。我向司务长要了十块钱，去给母猪沙赫配种。那个中年女人早在猪圈旁等我，她递给我一条柳枝，用这个，轻轻赶她就行。母猪沙赫今天很乖，她走在前边，四蹄颠跃春情洋溢。我低着头，不好意思看母猪沙赫，也不好意思看乳房大女。女人问，你叫啥？陈九，你呢？叫我莹婶儿吧。我们沉默前行，我想起童年的一首歌：小鸟在前边带路，风儿吹着我们，我们像春天一样，来到草地上。此刻呢，母猪在前边带路，乳房陪着我们，我们像流氓一样，来到配猪场。我毕竟十七岁，不解风情，更赶不上母猪沙赫成熟。配种时我不敢看，只听莹婶儿大喊着，再来一只，再来一只，刚才那只没挂上，要不我不给钱。

打那儿后母猪沙赫渐渐与以往不同。一是不像从前合群，放猪时不屑与他猪为伍，自顾自，谁的闲事也不管。二是吃饭变得很挑剔，对不爱吃的，先稀里哗啦尝几口，再停下来望着我不动。我有种错觉，觉得她不是猪，而是介于人猪间的某种生物，比如她能尝出猪食的成熟度，煮六成熟她不吃，非八成以上，不仅吃还会吃很多。这样一来我不得不给她开小灶住单间，处处由着她。莹婶儿嘱咐，好生照顾着，沙赫保准怀上了，她的咯咯又大又多，肯定高产。莹婶儿说这话时我偷瞄了眼她的大乳房，北方老百姓管乳房叫咯咯，吃咯咯就是吃女人的奶。

说话间母猪沙赫的肚子真大起来，像长着四肢的麻袋，缓缓沿地面蠕动。肚子大固然好，但随体重增加，她的脾气也大起来。比如放猪，我必须单独放她，否则就赖在窝里不动。我又不敢打，怕伤到肚里的孩子。好好，就带你一人走，行了吧？走你就好好走，还走走停停，想走就走不想走便往地上一趴。那天她趴在南关农具厂洗澡堂外面，真把我气蒙了，人家以为我在偷看女工洗澡呢。我用当地方言痛骂沙赫：你个骚货，你这个让老爷们儿压的骚货。再比如吃东西，过去一天喂三次，现在四次，晚上熄灯前要加一次，不喂她就撞门，咣咣作响。多年后我太太怀老大时，我处处由着她，想走就走想停就停，想吃就吃想喝就喝。当时我并未想到母猪沙赫。太太问，你怎么这么会照顾孕妇啊，是不是以前有私生子呀？要有就接来，你的孩子我都爱。就那一刻，我突然想起母猪沙赫。我觉得人类除了会使心眼儿没什么高尚的，跟动物没多大区别。看一个人是否善良，最简单的办法就是看他如何对待动物，没有猪道主义、狗道主义，绝对也不会有人道主义。

为母猪沙赫盖的产房已经完工，是最简单的一兜门结构，中间有扇门，右边是沙赫睡觉之处，左边是我的。盖房子铁道兵最在行，我们走遍千山万水，必须有就地取材绝处逢生的本事，找个高点儿的地方弄弄平，四根立柱托起房檩，里外用秫秸秆儿一围，抹上泥就成了。夏天太热就打开门窗，反正有蚊帐，严冬太冷就盘起火炕，穿着衣服睡，中国人没这点韧劲儿凭啥就五千年呀！莹婶儿那天说，你看沙赫一个劲儿拱窝，肯定快了，你多絮点儿草，点上灯，屋里一定要亮堂，要不然生下来没瞅见，翻个身就能压死。没想到她话音刚落，

莹婵

就在当晚，母猪沙赫一胎产下十三只小猪崽儿！莹婶儿走出产房，浑身汗水湿透她的小褂儿，两个乳头像两把枪对着我，令人不敢逼视。她笑得手舞足蹈，幽黑的腋毛时隐时现，小陈啊，我说啥来着，十三只，你这个沙赫忒了不起了。女人欢乐时的语言是成串的，叮叮咚咚像唱戏。从那一刻起，我住进沙赫的产房，我必须时刻看着她，防止她翻身压死小猪崽儿。那一排晶莹剔透的小猪崽儿哟，像瓷像玉像珍珠玛瑙，眼没睁开就知道拱妈妈的肚子，争先恐后吃咯咯。我觉得生命是一个奇迹，男女间美妙一下，哗地变成一片新生命。我的心顿时柔软了，抱着母猪沙赫的头，抚摸她再抚摸她。她一会儿闭眼一会儿又睁开，一动不动只有呼吸声，她满足了，也累了。

半夜我出来撒尿。深蓝的夜空如洗，繁星伸手可及。远处蛙鸣和狗叫此起彼落，沙赫产房泻出的灯光，像黑暗中的一声呼唤直抵心房。我的心绪在仲夏夜凉爽的风里潮涨潮消，时而是屠格涅夫笔下的罗亭，他反抗帝俄专制的万丈豪情竟无法抵消内心深处的自卑，脆弱得连女人的爱意都不敢承受。我觉得自己就像罗亭，敢把坦克开进集市，可敢怎样怎样吗？我也想到连里的议论，十三只小猪崽儿尽管打破全团纪录，但隐约的流言令人心烦意乱。有人说南关大队的漂亮寡妇缠上我，要吃我童子鸡。我知道这是说莹婶儿，莹婶儿是南关大队的，还是寡妇？我根本不知道这些。她都多大岁数了，怎能这样糟践人家，没她的帮助沙赫能产十三只猪崽儿吗，这群王八蛋，谁敢当面说这话非废了他不可。我担心天一亮莹婶儿还会来，我也担心天一亮莹婶儿不来了。

回到房里，灯光下，我发现母猪沙赫的位置有变化，她翻身了！从原来头朝外变成头朝里。我一惊，莹婶儿临走时一再叮嘱，只要翻身就得查，看猪崽儿少没少。我一二三四地数，十二。再数还是十二。妈的，肯定压住了，肯定把一只压住了。我大吼一声，沙赫，你怎么当娘的，起来，快起来！可沙赫根本不理我，吭吭唧唧继续睡她的大觉。我只好冲上去推她，掀她肚子，像鲁智深倒拔垂杨柳那样揪她的头，都没用，母猪沙赫横下心跟我过不去，一动不动。我焦急地大喊大叫，突然想到了家法，对，家法伺候！我跑回猪圈找到老曹留下的木棍，准备狠狠将母猪沙赫暴打一顿，救出小猪崽儿。

我手持木棍骂骂咧咧闯进来，莹婶儿居然站在我面前。我瞭望夜空，还是星光灿烂没有月亮，四下漆黑一团。我的心开始怦怦跳，下意识系好领扣儿，紧张得顾不上瞭视她丰满的胸部。她问你要干啥？我说沙赫压住一只猪崽儿，我把她打起来。打，你这傻孩子呀，你今儿打明儿她就没奶了你信吗，到时候猪崽儿吃啥？你过来，我告诉你咋让她站起来。我向莹婶儿靠近，能闻到她裸肩散出的女性原始气息，我停下，觉得双脚僵住了，迈不动。这样，就这样，说着莹婶儿用一根稻草捅母猪沙赫的耳朵，还有鼻孔和眼睛，母猪沙赫忽地站起来。我连忙俯身查看，果然一只小猪崽儿毫无生息躺在她身下，已经死了。

我悲伤地将小猪崽儿拾起。我是真悲伤。刚才还打破全团纪录，接着就压死只猪崽儿，本指望靠着十三只猪崽儿重返战斗班，这倒好，功过相抵半年的苦算白吃了，让我怎不悲伤。我举起木棍欲揍母猪沙赫，老子对你这么好，你凭啥恩将仇报！莹婶儿上前一把攥住我悬在空中的胳膊，你这孩子咋这不懂事呀，不是说过不能打不能打吗？突然，我觉得胸部被两团柔韧荡漾的东西撑个满怀，除了心跳啥都不存在了，那东西发出嘭嘭作响的电流，像岩浆一样吞没着我。我开始焦渴，口腔和舌尖都需要额外的唾液才能存活。我像雪崩一样垮塌，心中的马奇诺防线还没用上就一钱不值俩钱报废了，我的血在拼命奔涌，向四面八方胡乱扫射，并迅速注满一切部位，我不知该怎么办，真后悔配猪时没多看一眼。

就在这时，半掩的房门被吱地推开，连长一身戎装，左肩右胁挎着手枪走进来。他说半夜查岗路过此地，想看看小猪崽儿。你，你这是干啥呢？连长指着我手中的木棍问。连长同志啊，你得说说小陈。莹婶儿抢先一步对连长说，就因为压死一只猪崽儿，他非揍母猪沙赫不可，你今儿揍她，明儿她就没奶了，我咋跟他说都不中。你，是莹婶儿吧？是是。辛苦你了莹婶儿，这么着，你把小陈交给我，他要敢揍猪我就处分他，早点儿回去歇着吧，放心吧啊。莹婶儿走了。连长也走了。莹婶儿的脚步沙沙乱成一团。连长的脚步噔噔响，一步算一步。死个猪崽儿算尿，睡觉。连长临走时说。顷刻，我紧绷的身体一下瘫倒在地，像散落的麻袋摔在母猪沙赫身上。她焦虑地望着我，满目不知所措。

几天后我在起圈。起圈就是把猪圈里的猪粪清理干净，再铺上新土。这是最脏最累的活，会弄得满身猪粪。连里已将这事包给南关大队，由他们负责起圈，所有猪粪也归他们，猪粪是最好的有机肥，性质温和，不用沤便可直接施在田里。只因压死猪崽儿的事，还有连长撞上莹婶儿，我吃不准连长的心思，总觉得要大祸临头。心里一虚自然想靠自虐自赎博得同情，起圈便是一例。我稀里哗啦先弄一身猪粪再说，最好嫌臭离我远点儿，都甭理我，烦着呢。正干到一半，通讯员隔着大老远喊我，小陈，快到连部去，连长找你。好啊，该来的终于来了。我的心长舒一口气反倒平静下来。我衣服不换，就这么臭烘烘闯到连部门前，报告！你咋这副德行呀？连长边说边从地上拾起水管儿，打开龙头朝我身上乱冲。他说，小陈啊，麻山寺隧道塌方了，团里让我们组建一支抢险队，你算一个，明早出发。

我一愣，半天没反应过来。我心情很复杂，像莹婶儿的脚步声乱成一团，既有对连长的感激，也有对母猪沙赫的不舍。参加抢险队是晋升的好机会，并非想去就能去，只要全身而返必能立功受奖。何况隧道已经塌了，该砸的已经砸了，抢险队再险也险不过那些被堵在里面的人，铁道兵啥险没见过，这点儿小事算个屁。我明白连长的意思，他想快刀斩乱麻，让我远离是非之地，再用立功受奖一雪前耻堵住别人嘴。我望着连长，连长望着我。是！我一个立正。去吧，准备去吧。

回到母猪沙赫身边我才发现自己脆弱得几近崩溃。我抱着沙赫不住流泪，什么也说不出来。那晚我一夜未眠。母猪沙赫似乎也没睡，她头一会儿朝墙一会儿朝我，眼睛一会儿睁一会儿闭，但她没翻身，没影响小猪崽儿吃咯咯。我数着窗外的星星，静静守候着沙沙作响的夜，直到天明。

后来我在抢险中负了伤，被直接从工地送进野战医院。连里来人探望，还送来了红通通的嘉奖令。沙赫呢？杀，杀了。杀了？她不吃食也没奶水，连长说杀了吧。为啥不找个懂行的问问，肯定有懂行的呀。可，连长说杀了吧。

这是我得到的关于母猪沙赫的最后消息。

2014年8月1日　纽约随波斋

后　记

感谢作家出版社再次把出版机会赐予我，一个海外的写作者。海外写作者的意思不光指居住海外，还指我们想得到一次书籍出版的机会，文章发表的机会，将会付出更多的努力，更多的等待，更多的冥冥遐想，春去春来花开花落。日子就这样有一搭无一搭地过着，期盼的心情让文学之梦越来越浓缩，也越来越有含金量，因此一旦机会咣地降临，我们的心充满喜悦，都想像拜把子那样单膝下跪，向家乡父老致敬。

我真这么想。

最早写小说是十九岁，我在山西修太原到岚县的铁路，住在汾河边一个叫河口的小村子里。当时局面很压抑，人人都望不到路的尽头。这种忧患感，加上愈演愈烈的青春骚动，浮云游子意落日故人情，很难平静下来，总想搞事儿，比如擅自上山打猎，偷雷管去汾河炸鱼，暗中给女兵排座次，谁最漂亮谁二漂亮，哦哟很危险，我坚信没人管的青春是最危险的岁月。好在我是闷骚型，作家大多数是闷骚型，那时有看书写字的习惯，拯救了我的贞洁，一闲下来就读书做笔记，我的第一部中篇小说《晚霞》就是那时完成的。

后来恢复高考，忙着复习考试。上了大学忙着做功课。毕业分到部里又忙着建功立业，升副处升正处，一点自我都没有，像机器人。现在想想好可惜，没什么比丢失自己的青春年华更伤感了。再后来呢，出国，自我放逐，像幽灵一样在北美徘徊，一点点搞定自己搞定生活，寻回丢失已久的自我。我很感谢漂泊时光赋予我的人生经验，更深刻体会到人情的珍贵。有一次我在一家叫"中国门"的餐馆当服务生，由于做这种工作心里很不平衡，手在打抖，在接待一对年轻情侣时，不小心把一杯红酒洒在那位女士的身上。她身着米色西装，红酒沿着她的肩膀流下来，鲜血般凝固了我。老板姓陆，冲上来逼我用薪水赔人家衣服。我完全失去反应，木呆呆站着像一具蜡像。

这时只见那位男士起身走向我。我以为他至少会呵斥我。没想到他一把从背后将我搂住，紧紧地搂着，在我耳边说，别害怕，什么都没发生，什么都没发生。他感到我在颤抖，对老板喊道，你不要吓坏了他，如果你扣他工资我就永远不来你的餐馆吃饭。多年后我带领全家浩浩荡荡返回那家餐馆怀旧，仍是同样的陆老板，老了许多。他说上次那个男士后来选上蓝开斯特市的市长，经常来此用餐。

还有一次在首都华盛顿西北区送外卖，那是最贫穷的区域，一片狼藉。我车刚刚停好，正准备摇上车窗，只觉一支冰冷的枪口顶在我火热的太阳穴上，枪要是块冰多好，我能融化它，可它毕竟坚硬无情，吓得我险些失禁。忙问，哪路好汉，所为何事啊？他掏出一包海洛因让我买，五十美元。悲催的是，除了一袋外卖我身上就几块钱。我试图向他解释我没那么多钱，这袋外卖送你行吗？他不仅不答应，好像还被激怒了，哗啦一下抽动枪栓杵着我。我第一次体会汗毛竖起来的感觉，过去是听说，没真见过，此刻我身上每根毛发都竖起来，扎扎的，惊恐万状。就在命悬一线之际，只见一个女人，一看就是阻街女那种，穿着齐平的短裤，呼之欲出的胸膛，对打劫我的仁兄喊道，嘿，你跟送外卖的过不去干吗，他哪有钱，来来来跟我走吧宝贝，到我那去。他们离开后，我在车里坐了很久才喘过这口气，发现浑身都是冷汗，沿着后脊梁骨潺潺流淌。

几天后我又去十七街送外卖，正赶上一群阻街女在警署门前举牌抗议。原来警察扫黄的方法很差劲，不抓不关，而是用巴士把抓住的她们送到很远的郊外，然后赶下车，让人家自己走回来，她们走了整整一夜才各自回到家中。一听到这儿我义无反顾加入抗议的行列，再怎么说人家救过咱，不表示表示不够意思。我跟她们一齐喊，"没有公平，没有和平"。事后想想有些不安，外卖郎带阻街女呼口号，警察逮住我怎么解释呢？

坦率讲，漂泊让我大开眼界，只有经过冷暖荣辱才知人间的多姿多彩，才能扩展心胸，丰富的阅历才是写作的基础。好文字绝非有感而发那么简单，更要有用血汗熬出的厚重。你可以不当黑社会老大，但要有黑社会老大的见地，才能写出有张力的作品，在作品里你可以是任何人，这种把握只能来源于坚实的生活体验。

海外作家没有专业的，各有各的饭辙，工作是我们谋生的手段，必须干好，才能享有安稳的生活品质。而写作完全是我们的生命形态，无法停止，就像无法不吃不喝，只要真的喜欢，就什么也挡不住。很多伟大作家听着是专业的，但他们开始写作时无一例外都是业余的。列夫·托尔斯泰发表作品时是当兵的，左拉开始写作时是个小牧师，马尔克斯是新闻记者，他们都有自己的职业，都是在写出名气后，有稳定的版税收入后，才全身投入文学创作的。他们是幸运者，他们的才华和勤奋，使他们最终获得随心所欲的自由，但这只是结果，并非走向文学成功的必要条件。

一个写作者首先要读懂自己，读懂真实的自己，敢于豁出去追求心中的最爱，为此不必太在意个人荣辱。作为一个写小说的人，一个文学创作者，要有把自己像祭品一样献出去的坦然，献到文学祭坛上，没有这种勇气和真诚，文学女神缪斯是不会光顾你的，她有太多人要关照，怎顾得上一个三心二意的作者？这与你的职业，你的过去和未来，都没有太大关系，你真选择了吗，那就跳下去，"唐塔跳下去了，昭仓也跳下去了"，现在轮到你，有信心吗？还有些人喜欢打探写作的诀窍，其实没什么诀窍，唯一诀窍就是在创作时忘记尘世中的自己，天马行空，我行我素。人很难在现实中活出真实的自己，因为这有危险，但在文学中可以，就看你愿不愿意了。

再次感谢作家出版社，感谢责编王烨老师的厚爱，感谢邱华栋老师撰写的序言，感谢夏坚勇老师，金宇澄老师，徐则臣老师，任芙康老师对本书的推荐。谢谢你们。

陈 九

2019年8月9日　纽约随波斋

图书在版编目（CIP）数据

卡达菲魔箱：陈九中短篇小说选 / 陈九著. -- 北京：作家出版社，2019.10

ISBN 978-7-5212-0629-6

Ⅰ. ①卡… Ⅱ. ①陈… Ⅲ. ①中篇小说 – 小说集 – 中国 – 当代 ②短篇小说 – 小说集 – 中国 – 当代 Ⅳ. ①I247.7

中国版本图书馆CIP数据核字（2019）第142917号

卡达菲魔箱：陈九中短篇小说选

作　　者：	陈　九
责任编辑：	王　烨
装帧设计：	天行云翼·宋晓亮
插　　图：	卞丽珠
出版发行：	作家出版社有限公司
社　　址：	北京农展馆南里10号　　邮　　编：100125
电话传真：	86-10-65067186（发行中心及邮购部）
	86-10-65004079（总编室）

E-mail:zuojia@zuojia.net.cn

http://www.zuojiachubanshe.com

印　　刷：	北京明月印务有限责任公司
成品尺寸：	152×230
字　　数：	210千
印　　张：	15.5
版　　次：	2019年11月第1版
印　　次：	2019年11月第1次印刷
ISBN	978-7-5212-0629-6
定　　价：	45.00元